KB104100

중국 도교의 철학과 문화

I

최대우·이경환

오늘날 현대를 살아가는 사람들에게 도교라는 종교는 매우 낯선 그 무엇이라고 말할 수 있다. 이른바 '도교'라는 말은 자주 들었지만 그것이 무엇인가에 대해 말하고자 하면 막상 떠오르는 이미지가 별로 없다. 우리가 도교에 대해 그런 인상을 갖게 된 것은 이 '도교'라는 종교가 걸어왔던 길과 관련이 있다고 할 것이다.

도교는 중국에서 탄생하고 성장한 종교이다. 이 말을 중국 사람들은 '토생토장'(土生土長: 중국이라는 땅에서 생겨나고 성장했다)이라고 표현한다. 그러나 엄밀하게 말해서 도교는 불교의 영향아래 성장한 종교이다. 필자는 이것을 격의불교(格義佛教)에 빗대어 격의도교(格義道教)라고 부른다. 불교가 없었다면 도교는 성립할 수 없었다고 생각되기 때문이다. 물론 지금의 도교를 격의도교라고 부를 수는 없다. 그런데 이 문제를 제기한 것은 중국학자들이 도교를 논의할 때 불교의 영향을 최소화하거나 미미한 것으로 보려는 경향이 너무 강하다는 인상을 지우기 어렵기 때문이다.

이 책은 도교와 관련된 몇 가지 측면을 철학과 문화라는 키워드를 중심으로 하여 고찰한 것이다.

첫째, 도교의 철학적 측면이다.

도교철학이란 무엇인가? 이것에 대한 정의는 간단하지 않다. 학자들마다 견해가 다르다. 어떤 학자들은 '도교에도 철학이 있는가?'라고 질문한다. 그러나 선진시대 도학, 특히 노장철학에 그 연원을 두고 있다는 점은 분명하다(어떤 학자는 도교에서 노장철학을 이용한 것뿐이라고 말하기도 한다). 아무튼 도교는 종교이다. 그런 까닭에 선진시대 노장철학에서 형이상학적 핵심 개념이었던 '도'를 신격화하였다. 그래서 도에 의한 천지만물의 탄생을 신비화하는 경향이 매우 강하다. 뿐만 아니라 노자라는 인물을 신격화하기도 한다. 그 결과 한대에 노자는 '태상로군'(太上老君)이 되었다. 뒤에는 불교와의 교섭을 통해 도교의 천계를 구성하고 그에 맞게 수많은 새로운 신들을 만들었다. 도교의 천계와 여러 신들을 고찰해보면 그 세계와 신들이 매우 복잡하고 다양하다는 것을 알 수 있다. 도교의 천계는 33천설, 36천설, 9천설 등이 있다. 또 그곳을 다스리는 신들이 각각 있다. 최상의 신 역시 시대적 변화에 따라 달라졌다. 이것은 민중의 필요에 적응한 결과로 보인다.

둘째, 도교의 문화적 측면이다.

우리는 흔히 유학을 중국문화의 핵심 또는 전부라고 생각하는 경향이 있다. 그러나 유학은 관방철학으로서 역할을 했지만(그것도 한나라 무제 이후, 더 정확히는 송대 성리학 성립 이후이다) 일반 백성들의 삶, P. 틸리히가 말한 이른바 '궁극적 관심'의 문제라는 측면에서 볼 때 그 역할은 매우 미미하였다. 다시 말해 중국문화라는 틀에서 보면 일반 백성들의 삶에서 유학의 영향은 어떤 면에서 매우 제한적이었다. 그러한 한계를 보완했던 것이 도교이다. 인간은 윤리도덕만으로 삶을 영위할 수 없다. '종교적'인 것을 필요로 한다. 특히 문자도 모르는 일반 백성들에게 유학에서 말하는 문자화된 문헌을 통해 윤리도덕을 습득한다는 것은 거의 불가능하였다. 그런 까닭에 '믿음'에 바탕을 한 종교적 신앙은 매우 중요하였다.

과학절대주의가 지배하는 21세기 오늘날에는 이성과 합리성을 중시하지만 지금도 여전히 종교의 역할은 사라지지 않고 있다. 과학(특히 수학에 의한)이 지배하는 이 시대에 왜 종교가 아직도 강력한 힘을 발휘하고 있는가를 생각해보면 이러한 점은 매우 분명해진다.

도교는 중국문화 전반에 매우 큰 영향을 주었다. 어떤 면에서 도교문화를 이해하지 않고는 중국문화를 이해할 수 없다고 말할 수 있다. 도교문화의 중국문화에 대한 영향은 중국의 철학과 종교뿐만 아니라 의학, 식물학, 광물학, 인체해부학, 미학, 문학, 미술 등등에 미치는 것으로 그 범위가 매우 넓다. 그런 까닭에 단언하건대 도교문화를 이해하지 못하면 중국문화를 이해할 수 없다.

학자들은 일반적으로 도교를 상층도교와 민간도교로(용어는 학자들마다 약간 다르다) 나눈다. 상층도교를 또 신선도교라고 부른다. 이 상층도교에는 주로 사대부 계층의 인물들이 있다. 그들은 단약(외단과 내단)을 통해 불로장생하는 신선이 되는 것을 추구하였다. 거칠게 말하면 선진시대(특히 전국시대)로부터 송대 이전에는 외단을 통해 신선이 되고자 하였지만 송대 이후에는 주로 내단을 통해 신선이 되고자 하였다. 그러나 결과적으로 외단을 통해 이 육체가 죽지 않는다는 장생불사의 꿈은 실패하였다.

이 책에서 필자는 중국 도교의 철학과 문화를 현대사회와 관련지어 살펴보려고 하였다. 그 성공 여부는 알 수 없다. 평가는 독자의 몫이다.

이 책 각 장의 내용을 간략히 소개하면 다음과 같다.

제1장 도교란 무엇인가? 도교에 대한 개념적 정의가 여전히 불명확하다. 학자들마다 견해를 달리하기 때문이다. 이 장에서는 기본적으로 여러 학자들의 관점을 소개하였다.

제2장 신선이란 무엇인가? 신선(설)이 출현하게 된 역사적 배경과 이론적 배경을 설명하였다. 그리고 인간의 실존적 한계, 즉 삶과 죽음의 문제와 신선의 개념과 특징을 서술하였다.

제3장 노장철학에 나타난 신선사상 노자철학에서 직접적으로 신선을 논의한 내용은 없다. 그러나 도교에서 노자를 교주로 삼고, 그를 또 태상로군(太上老君)이라는 신으로 삼았으며, 노자철학의 핵심 개념인 도(道)를 우주창조의 신으로 여겼으므로 노자철학을 논의하지 않을 수 없었다. 장자철학에는 신선사상과 연관된 내용이 비교적 많다. 선진시대의 노장철학은 도교의 형이상학적 뿌리이다.

제4장 신선이 되는 길(1): 외단 외단(外丹)은 외단황백술(外丹黃白術)이라고 한다. 외단은 기본적으로 단약을 제조하는 기술이다. 단약을 구하는 방법은 신선들로부터 구하는 방법과 직접 제조하는 방법으로 나누어진다.

제5장 신선이 되는 길(2): 내단 내단(內丹)은 외단이 실패한 뒤에 나온 것이다. 내단은 인간의 몸을 정로(鼎爐)로 삼아 인체 내에 단약을 만드는 것이다. 내단가의 이론에 의하면 인간의 몸에는 삼단전(三丹田:

上丹田·中丹田·下丹田)이 있다. 내단 수련의 방법은 성명쌍수(性命雙修)이다. 내단 단법은 크게 장백단(張伯端)의 남종(南宗), 왕중양(王重陽)의 북종(北宗), 이도순(李道純)의 중파(中派), 육서성(陸西星)의 동파(東派), 이함허(李涵虛)의 서파(西派) 등이 있다.

제6장 도교, 민중의 삶을 껴안다 이 단락은 도교의 농민기의(農民起義)와 관련하여 장각(張角)의 태평도(太平道) 삼장(三張: 張陵·張衡·張魯)의 천사도(天師道), 장수(張修)의 오두미(五斗米道)를 소개하였다.

제7장 도교와 동양의학 고대 중국에서 의학의 발전은 도교와 매우 밀접한 관계를 맺고 있다. 도교는 고대 중국의 의학·약학·기술과학·양생학·위생학·식물학 등 여러 학문과 연계된다. 특히 고대 중국 의학의 최고 의학서로 평가받는 『황제내경』(黃帝內經)과 갈홍(葛洪)의 『포박자』(抱朴子)에 나타난 의학사상을 중심으로 논의하였다.

제8장 신선의 계보학 도교에는 수많은 신들이 존재한다. 도교의 신들은 도교의 천계와 인간세계를 다스린다. 신선의 계보학을 소개하였다. 신선이 되는 과정은 매우 어렵다. 신선이 되는 과정에서 윤리도덕 역시 중요하다. 신선과 윤리도덕의 관계를 서술하였다.

도교에는 이 책에서 논의하지 않은 많은 중요한 내용들이 매우 많다. 그러나 지면의 한계로 여기에서는 다룰 수 없었다. 다음에 기회가 주어진다면 그러한 문제들도 함께 논의하기로 한다.

필자가 지금까지 공부를 하는 동안 많은 도움을 주신 수많은 스승들께 감사의 말씀을 전합니다.

최대우·이경환

<h1>‖ 목차 ‖</h1>

제1장 도교란 무엇인가?

제1절 종교에 대한 일반적 고찰

우리는 중국에서 도교 발생의 원인을 살펴보려면 먼저 인간과 종교의 관계에 대한 일반적인 고찰이 필요하다.

인류의 역사에서 인간의 다양한 종(種)의 출현에 대해 콜린 텃지는 이렇게 지적하였다.

모든 호미니드 종들은 아프리카에서 발생했음이 확실시되고 있다. 아르디피테쿠스(Ardipithecus)는 약 5백만 년 전에 출현했으며 오스트랄로피테쿠스(Australopithecus)는 조금 뒤에 나타났다. 최초의 호모속(屬)인 호모 하빌리스(Homo Habilis)는 2백만 년 이전에 출현했다. 호모 에렉투스(Homo erectus)는 약 20백만 년 전에 나타나 약 1백 5십만 전에 아프리카 밖으로 나갔다. 그와 비슷한 시기에 다른 호모족들의 조상으로 생각되는 호모 에르가스터(Homo ergaster)가 나타났다. '고대의 호모 사피엔스'로 알려진 호모 하에넬베르겐시스(Homo heidelbcrgensis)는 호모 사피엔스(Homo sapiens)의 선조인데 약 1백만 년 전에 아프리카 밖으로 나갔다.[1]

그렇다면 인류 역사에서 종교의 출현은 언제인가? 이 문제와 관련하여 엘리아데는 이렇게 지적하였다.

> 그러나 여기에서 강조해두고 싶은 것은 세계 어디에서든, 역사의 어떤 시점에서든, 완전히 "순수한" 그리고 "원초적인" 종교 현상은 발견될 수 없다는 사실이다. ……그리고 최초의 석기시대에 앞선 수십만 년 동안 인간이 그 이후와 똑같은 정도로 강렬하고 다양한 종교 생활을 영위하지 않았다고 가정할 만한 근거는 아무 것도 없다. 적어도 석기문화 이전의 인류의 주술적-종교적 신앙의 일부가 그 이후의 종교적 관념이나 신화 안에 보존되어 있었다는 것은 거의 분명하다.[2]

그는 또 다음과 같이 말하였다.

> 그러니까 종교사 어디에서든 "원초적" 현상을 만날 수 있는 것은 아니다. 왜냐하면 역사는 언제 어디에서든 종교 관념, 신화적 창조, 의례, 접신술을 변화시키거나 개조하거나 보태거나 빼거나 하기 때문이다. 모든 종교가 그 기나긴 내적 변화의 과정을 겪은 뒤에 결국 자율적 구조를 전개하고 이어서 독자적인 "형태" 그리고 그 뒤에 올 인류가 수용할 "형태"를 제시한다는 것은 분명하다. 그러나 완전히 "새로운" 종교도 없고 과거를 완전히 폐기하는 종교적 메시지도 없다. 태고부터 있어온 종교 전통의 모든 요소-가장 본질

---

1) 콜린 텃지, 『다윈의 대답2-왜 인간은 농부가 되었는가?』, 김상인 옮김, 이음, 2007, 41쪽.
2) 미르치아 엘리아데, 『샤머니즘-고대적 접신술』, 이윤기 옮김, 까치, 1996, 30쪽.

적인 요소!-의 개조, 갱신, 가치 회복 그리고 통합이 있을 뿐이다.3)

인간 역사에서 종교의 출현은 후기 구석기 시대(Upper Paleolithic Period, 약 4만-1만 8천 년 전)의 "매장은 숭배(cult)와 관련된 의례(ritual)를 분명히 포함하고 있었다."4) 그런데 과학자와 신학자들은 종교가 인간의 독특한 현상이라고 하는데 그들은 "종교만큼은 인간이 만들어낸 가장 독특한 산물이며, 종교만이 인간을 다른 동물들과 확실하게 구분해준다"5)고 말한다.

종교와 매우 깊은 관계를 갖는 핵심 내용은 '인간의 죽음'이다. 그런데 고고학적으로 볼 때 13,000-4만 년 전에 살았던 네안데르탈인/호모 네안데르탈렌시스(Homo Neanderthalensis)는 "죽은 자를 매장하고 환자를 돌보았다는 강력한 증거를 남긴 최초의 인류"이다.6) 이처럼 죽은 자를 '매장'하는 것은 "죽은 자들에 대한 배려", "죽음에 대한 배려"이다.7) 모랭은 "죽음에 대한 혼돈적인 실체가 없었더라면, 죽은 자들에 대한 강박관념도 없었을 것"8)이라고 말한다. 그는 이 "혼돈스러운 사건으로서의 죽음"9)에 대한 '정신적 충격'에 대해 이렇게 말한다.

---

3) 같은 책, 31쪽.
4) 세르게이 토카레프, 『세계의 종교』, 한국종교연구회 옮김, 사상사, 1991, 16쪽.
5) 리오넬 오바디아, 『종교』, 양영란 옮김, 웅진지식하우스, 2007, 20쪽.
6) 재래드 다이아몬드, 『총, 균, 쇠』, 김진준 옮김, 문학사상사, 2002, 53-54쪽.
7) 에드가 모랭, 『인간과 죽음』, 김명숙 옮김, 동문선, 2000, 25쪽.
8) 같은 책, 32쪽.
9) 같은 책, 31쪽.

죽음의 이 정신적 충격 그것은 어떻게 보면 죽음의 인식을 불멸성에 대한 열망으로부터 떼어 놓는 간격이며, 죽음이라는 있는 그대로의 사실을 사후의 생이라는 단언에 대립시키는 모순이다. 죽음의 정신적 충격은, 이 모순이 이미 고대 인류의 가장 깊은 내면에서 아주 강렬하게 느껴지고 있었다는 것을 우리에게 보여 준다.[10]

그렇다면 종교란 무엇인가? 먼저 종교의 개념적 정의를 살펴보자. 마이클 피터슨·윌리엄 해스커·브루스 라이헨바하·데이비드 배싱어의 저작 『종교의 철학적 의미』에서 이렇게 말하였다.

종교는 궁극적인 실재자 개념을 중심으로 형성된, 개인적이면서도 집단적인 믿음과 행위의 경험들의 집합으로 구성된다.[11]

이 책에서는 종교적 믿음의 다섯 가지 유형을 소개하고 있다.[12] 첫째, 자신이 곤경에 처해 있다는 믿음이다. 둘째, 그 곤경을 해결할 방법이 필요하다는 믿음이다. 셋째, 우리를 도와주거나 우리의 존재의 목적이 되는 초월자가 존재한다는 믿음이다. 넷째, 이 초월자는 특정한 방식으로 알려질 수 있거나 접근할 수 있다는 믿음이다. 다섯째, 구언이나 해탈을 성취하기 위해서는 무언가를 해야만 한다는 믿음이다.

사실 개인에게 "종교적 믿음이란 객관적으로 검증 가능한 사실을 지적으로 승인하는 것이 아니라, 검증 가능성 여부를 떠나 나의 실존

---

10) 같은 책, 36쪽.
11) 마이클 피터슨·윌리엄 해스커·브루스 라이헨바하·데이비드 배싱어, 『종교의 철학적 의미』, 하종호 옮김, 이화여자대학교출판부, 2006, 20쪽.
12) 같은 책, 20-21쪽.

이 무엇인가를 총체적으로 수용하는 것"13)이다. 이것은 폴 틸리히가 말한 "궁극적 관심"(ultimate concern)의 문제라고 말할 수 있다.14) 그는 종교에 대해 "무한적인 의미(the unconditioned meaning)에 대한 정신의 지향성(志向性)"15)이라고 말하였다. 다시 말해 종교는 "한 개인이나 공동체의 궁극적(窮極的) 가치들을 표현하고 있다는 사실과 그에 따른 독특한 주장을 한다는 것"16)이다. 따라서 우리가 개인적으로 종교에 대해 어떤 태도를 취하든지 상관없이 인간 역사에서 종교는 결코 무시할 수 없는 내용이다.

종교를 간략히 분류하면 원시종교와 고등종교로 나눌 수 있다.

1. 원시종교

원시종교에 대해 학자들은 다음과 같이 분류하였다.17) ①정령(精靈)·영혼(靈魂)을 인정하는 애니미즘(Animism), ②원시종교의 기술적 방면으로서의 주술(呪術), ③정령에 대한 소극적 태도로 금기(禁忌, Taboo), ④민족의 선조를 동물·식물이라고 생각하는 토테미즘(Totemism), ⑤이것들을 숭배하고 제사하는 신화(神話)를 낳는 여러 가지 의식(儀式)이다.

원시종교에서 핵심은 토테미즘과 샤머니즘이다.

---

13) 한국종교연구회, 『종교 다시 읽기』, 청년사, 1999, 39쪽.
14) 폴 틸리히, 『存在에의 勇氣』, 玄永學 譯, 1980, 43쪽.
15) 폴 틸리히, 『종교란 무엇인가』, 황필호 옮김, 전망사, 1985, 81쪽.
16) 金勝惠 編著, 『宗教學의 理解』, 분도출판사, 1993, 15쪽.
17) 任東權, 『韓國原始宗教史』(1), 고려대학교 민족문화연구소, 『韓國文化史大系』(X), 1992, 23쪽.

토테미즘은 자연적 신앙으로 종족적 토템과 개인적 토템으로 구분된다. 종족적 토템은 어떤 종족 또는 그 조상이 어떤 토템에서 유래 또는 어느 토템의 화신이라 생각하는 것이다. 개인적 토템은 개인의 출생연도에 해당하는 동물을 수호신으로 삼는 것과 관련이 있는데 어떤 영웅의 출생과 사망이 어떤 동물과 연관이 있다고 생각하는 것이다.[18]

샤머니즘은 주술과 밀접한 관계가 있다. 엘리아데는 샤만에 대해 이렇게 지적하였다.

샤만은, 원시적인 샤만이든 근대적인 샤만이든간에, 의사들처럼 병을 치료하기도 하고 주술사들처럼 고행자풍의 이적(異蹟)을 행하기도 하는 것으로 믿어진다. 그러나 샤만은 여기에 머물지 않고 영혼의 안내자(psychopomp) 노릇을 하는가 하면 사제 노릇도 하고 신비가 노릇도 하는가 하면 시인 노릇도 한다.[19]

그는 또 "가장 위험 부담이 작은 정의는 샤머니즘=접신술이라는 정의가 될 것이다"[20]고 말하였다.

2. 고등종교

인류문화가 발전하면서 종교 역시 새롭게 정립되었다. 오늘날 세계

---

18) 王治心, 『중국종교사상사』, 전명용 옮김, 이론과 실천, 1988, 18-19쪽.
19) 미르치아 엘리아데, 『샤머니즘-고대적 접신술』, 23-24쪽.
20) 같은 책, 24쪽.

여러 곳에 널리 퍼져 있는 종교는 기본적으로 고등종교이다. 물론 원시종교의 형태를 한 것 역시 여전히 존재한다.

고등종교에는 기독교(가톨릭), 이슬람교, 불교 등이 있다. 종교를 구성하는 내용에서 중요한 요소는 종교를 창립한 교주, 그 종교를 설명하는 이론, 종교적 의식을 표현하는 제례 등이 있다. 아래에서는 이 세 종교에 대해 간략히 살펴보기로 한다.

기독교(가톨릭)는 유일신(唯一神) 사상이 핵심이다. 그런데 기독교 발생에서 매우 큰 영향을 준 것은 메시아(Messiah) 사상이다.[21] 기독교(가톨릭)는 본래 유대교에서 근원하지만 예수라는 인물을 통해 세계적 종교로 정립되었다. 기독교 교리에서 핵심 내용은 '죄' 관념과 '구원' 관념이다. 여기에서 '구세주'(A saviour deity) 관념이 발생한다.[22] 기독교(가톨릭) 교리에서 중요한 이론에는 유일신론, 창조, 예수 그리스도를 통한 하느님의 성육신화 등이 있다.[23]

이슬람교는 무함마드(Muhammad)에 의해 창립되었다.

이슬람교의 경전은 『토라』(Torah), 『자부르』(Zabur), 『인질』(Injil), 『코란』(Koran)이다. 그런데 앞의 3권은 유대교·기독교와 관련이 있다. 가장 중요한 것은 『코란』이다. 이 책은 총 114장 6,239절로 구성되었다. 내용은 신조, 윤리, 규범 세 가지로 나누어진다.[24]

이슬람교는 알라(Allah)를 신앙하는데 '알라 외에는 없다'는 유일신 신앙이다. 토카레프는 이슬람교의 교설에 대해 아래와 같이 개괄하였다.

---

21) 홍익희, 『세 종교 이야기』, 행성비, 2015, 213쪽.
22) 세르게이 토카레프, 『세계의 종교』, 351쪽.
23) J. L. 곤잘레스, 『기독교사상사』, 이후정 옮김, 컨콜디아사, 2002, 50쪽.
24) 홍익희, 『세 종교 이야기』, 314-317 참조 요약.

이슬람교의 교설은 아주 간명하다. 모슬렘들의 신은 알라뿐이며, 무함마드가 그의 예언자라는 것을 확실히 믿는 것이다. ……세상에는 천사와 악령진(Jinns)이 있다. 최후심판의 날에 모든 사자(死者)들은 부활할 것이며 모든 피조물은 그의 행위에 따라 보상을 받기도 하고 처벌을 받기도 할 것이다.25)

앞에서 이슬람교가 기독교(가톨릭)와 관련을 맺고 있다고 했는데 여기에 나타낸 세계관도 역시 비슷하다.

쉐이크 하에라는 『이슬람교 입문』에서 이슬람교 신앙의 다섯 가지 기본 신조에 대해 ①알라는 유일신이고 무함마드가 신의 사자임을 고백하는 것, ②알라신의 정의로움이며, ③예언자와 신의 사자에 대한 믿음, ④영적 지도력, 영적인 것과 세속적인의 것의 합일의 필요성, ⑤부활에 대한 믿음이라고 말하였다.26)

불교는 석가모니에 의해 창립된 종교이다.

불교의 출발점에 '고'(苦)의 발견이 있다. 불교는 이 문제를 4성제(四聖諦)로 말하였다. 이 4성제는 고성제(苦聖諦), 고집성제(苦集聖諦), 고멸성제(苦滅聖諦), 고멸도성제(苦滅道聖諦)이다. 부처는 인생의 고통에는 생로병사(生老病死) 4고와 이것에 '사랑하는 사람과 헤어지는 고통'(愛別離苦), '미운 사람과 만나는 고통'(怨憎會苦), '구하는 것을 얻지 못하는 고통'(求不得苦), '오온에 집착하는 고통'(五取蘊苦, 五陰盛苦)을 더한 8고가 있다.

그런데 고통의 근본 원인은 '갈애'(渴愛)에 있다. '갈애'에는 '욕애'

---

25) 세르게이 토카레프, 『세계의 종교』, 384쪽.
26) 쉐이크 하에라, 『이슬람교 입문』, 김정헌 옮김, 김영사, 1999, 40-42쪽.

(欲愛), '유애'(有愛), '무유애'(無有愛)가 있다. '욕애'는 감각적인 욕망 또는 정욕을 말한다. '유애'는 생존이 계속되기를 바라는 욕망이다. '무유애'는 생존이 단절되기를 바라는 욕망이다. '갈애'를 또 '무명'(無明)이라 한다.[27] 부처는 이것을 없애는 방법으로 '팔정도'(八正道)를 제시하였다. 이 '팔정도'는 정견(正見), 정사(正思), 정어(正語), 정업(正業), 정명(正命), 정정진(正精進), 정념(正念), 정정(正定)이다. 이것을 '중도'(中道)라 한다.

불교에서 또 한 가지 중요한 이론은 '무아'(無我)이다. '무아'는 '고정적인 실체로서의 나'(實體我)는 존재하지 않는다는 의미이다. 근본불교에서는 몸과 마음을 '오온'(五蘊)으로 분석하여 '무아'를 가르친다. '오온'은 색온(色蘊), 수온(受蘊), 상온(想蘊), 행온(行蘊), 식온(識蘊)이다. 그러므로 무상(無常)인 것이다. 무상의 논리는 삼법인(三法印)으로 나타난다. 제법무아(諸法無我), 제행무상(諸行無常), 일체개고(一切皆苦)이다.

불교는 또 인간 존재를 12연기설(十二緣起說)로 설명한다. 12연기는 무명(無明), 행(行), 식(識), 명색(名色), 육입(六入), 촉(觸), 수(受), 애(愛), 취(取), 유(有), 생(生), 노사(老死)이다.[28]

불교는 무엇에도 걸림이 없는 마음으로 일체를 사실 그대로 볼 때 진리가 발견된다는 입장이다.

제2절 도교의 개념적 정의

---

27) 平川彰, 『印度佛教의 歷史』, 李浩根 譯, 民族社, 1991, 60-61쪽.
28) 같은 책, 72쪽.

도교는 종교이다. 그것도 중국에서 발생한 독특한 구조를 가진 종교이다. 고대 중국에서 한(漢) 이전에는 구체적인 종교가 없었다. 그런데 불교가 중국에 전해지면서 동한(東漢) 말기에 도교가 탄생하여 종교가 생겨나게 되었다.29)

중국 사람들은 도교를 말할 때 중국에서 생겨나고 성장한(土生土長) 종교라고 말한다. 그러나 이러한 말은 정확하지 않다. 중국의 도교 성립사에서 불교의 영향을 빼놓고 말할 수는 없기 때문이다. 만약 불교의 영향이 없었다면 도교는 성립하지 못했을 것이다. 적어도 지금과는 전혀 다른 종교 형태를 갖추게 되었을 것이다.

어쨌든 '도교란 무엇인가' 하는 문제는 아직도 비교적 복잡한 성질을 가지고 있다. 왜냐하면 오늘날까지도 도교가 무엇인가 그에 대한 개념적 규정이 다양하기 때문이다. 먼저 여러 학자들의 도교에 대한 정의를 살펴보기로 한다. 먼저 일본학자들의 견해이다.

(1) 도가라는 이름에다가 신선도(神仙道)와 천사도(天師道)를 혼합하고, 거기에 민간신앙을 포함해서 불교와 유교의 교의와 의식을 융합시킨 것. 노자를 신격화하고, 장생승천(長生昇天)을 교지로 하며, 소재멸화(消災滅禍)를 위해 모든 방술(方術)을 행한다.

(2) 신선도에서 복식연양(服食煉養)을, 도가철학에서 치심양성(治心養性)을, 민간신앙에서 다신(多神)을, 무축(巫祝)에서 장초법(章醮法)을 취해서 종합 통일한 것.

(3) 도(道)는 유교와 도교에 모두 통하지만, 중국민족의 사회·정치상의 정통은 유교이며, 도교는 이단이다.

(4) 공자의 유교가 합리주의적인 것인 데 비해, 도교는 신비주의적이고 은

---

29) 王治心, 『중국종교사상사』, 16쪽.

둔·명상적인 노자를 내세워 주술에 의한 병의 조복과 자연력의 지배를 설한다.

(5) 노자는 도 또는 자연의 일원론을 설하는데, 도교는 도의 최고관념을 지고신(至高神)으로 하고 그것을 천(天)·상제(上帝)로 삼는다. 도교에서는 천·상제라는 유일 최고신이 정치성을 상실하고 옥황이 되었다. 이 유일 최고신의 지배하에 몇 단계를 이루고 있는 다신이 신앙된다. 옥황 이전에는 노자를 신격화했던 태상노군(太上老君)과 원시천존(元始天尊)이 최고신으로 불러지기도 하고, 삼청(三淸) 등도 만들어졌기 때문에 교체신교(交替神敎)라고도 할 수 있으나 세계 대종교와 같은 일신교라고는 말할 수 없다.

(6) 도교는 신사(神祠)의 종교와 구분되는데 후자에는 민중의 여러 가지 현세적인 이익을 지켜주는 신들이 있다. 이것은 고대의 방사·무축의 신사 계통에 속한다. 신사·사묘의 신들은 불교·도교·민간종교의 세 가지로 구분되는데 대부분 자연력·동물·역사상의 인물 등 민간종교(민간신앙)의 신들이며, 순수한 도교의 신은 적다.

(7) 도교는 중국의 오랜 민간신앙에서 발달한 것으로 그 내용이나 형식면에서 보면 두 가지로 구분된다. 하나는 도관(道觀)·도사(道士)의 교단조직을 가진 성립도교(成立道敎: 敎會道敎, 敎團道敎라고도 한다)이고, 다른 하나는 민중 사이에서 행해졌던 모든 도교신앙을 포괄하여 총칭하는 민중도교이다. 도교의 내용에는 (ⅰ) 도가적 철학, (ⅱ) 참위(讖緯), 무축, 음양, 신선, 복서(卜筮) 등의 수술적(數術的) 부문, (ⅲ) 민중 윤리적 부문을 포함한다. 도교는 이러한 내용을 기본으로 하고 불교와 병행해서 성립된 자연종교이다.

(8) 도교는 중국의 민중종교로서 일본의 신도(神道)나 인도의 힌두교 등과 대비된다. 일본과 중국의 문화교류를 통해 유교·불교는 일본에 전해졌지만 도교는 일본에 전해지지 않았다. 도교는 중국사회의 모든 계층, 특히 서민층의 요구를 반영한 종교이다. 관료지배층도 사적으로는 도교를 신봉하였고, 관직에서 물러나 민간인이 된 지식인, 즉 일민(逸民)은 도교의 교리를 정리하기도 했다.

(9) '도가'와 '도교'는 일반적으로, 특히 중국인들 사이에서는 동일하게 사용된다. 엄격히 구별한다면 도가는 Philosophical Taoism이고, 도교는 Religious Taoism이다. 도교에서는 노자를 신격화하여 태상노군(太上老君) 또는 현원황제(玄元皇帝) 등이라 부르며 숭배하고, 그것을 중심으로 많은 신들에게 제사를 드리는 묘관(廟觀)과 교단을 가진 종교이다. 도교는 원시도교(古道敎, 寇謙之 이전의 도교), 구도교(舊道敎, 正一敎 중심)와 신도교(新道敎, 全眞敎 중심)로 발전하였다.

(10) 중국 민간의 주술적 신앙, 노장사상, 신선사상 및 다른 여러 가지 잡다한 종교적 또는 의사 종교적인 모든 요소가 결합한 것이 도교이다. 그것이 교단으로 처음 조직된 것은 후한 말로써 당시 농촌사회의 정세와 민중신앙을 바탕으로 형성되었다. 도교는 중국의 민족적인 종교라고 말할 수 있을 것이다.

(11) 고대의 민간신앙과 신선사상, 노장사상을 결합하고 노자를 개창자로 하여 유교의 도덕사상과 불교의 인과응보사상·불교의 경전·교단조직들을 모방해서 성립한 것이 도교이다.

(12) 도교는 유교와 마찬가지로 중국인 및 중국사회의 문화복합체이다. 거기에는 철학·사상·종교·미신·민중의 생활·풍습·관행·도덕·문화·예술·과학 등의 요소가 있다. 풍토와 지역적인 조건을 근간으로 하고, 정치·사회·문화의 각 현상과 관련을 맺으면서 중국의 역사를 통해 전개된 중국의 대표적인 민족종교이다.

(13) 중국 고대의 샤머니즘적인 주술신앙(鬼道)을 기반으로 하면서 유가의 신도(神道)와 제사의 의례·사상, 노장사상의 '현'(玄)과 '진'(眞)의 형이상학을 그 상부에 두고 거기에다가 불교의 교리·의례 등을 복합적으로 받아들임으로써 수·당시대에는 교단으로서의 조직과 의례를 일단 완성하기에 이르렀다. '도의 불멸'과 일체가 되는 것을 궁극의 이상으로 하는 중국 민중의 토착적이고 전통적인 종교가 도교이다.[30]

---

30) 酒井忠夫 외, 『道敎란 무엇인가』, 최준식 옮김, 民族社, 1991, 16-18쪽.

구보 노리타다(漥德忠)는 이렇게 정의한다.

도교란 중국 고대의 애니미즘을 바탕으로 하는 다양한 민간 신앙을 기초로 삼아 신선사상을 중심으로 도가, 역, 음양, 오행, 위서, 의학, 점성 등의 설이나 무속신상을 첨가, 불교의 조직이나 체제를 본떠 정리된 것으로 불로장생을 주요 목적으로 삼는 주술종교적 경향이 강하며 현세의 이익을 추구하는 자연종교라고 정리할 수 있다.[31)]

다음은 중국학자들의 정의이다. 먼저 호부침(胡孚琛)·여석침(呂錫琛)의 견해이다.

이른바 도교란 중국 모계 씨족 사회에서 자생한 여성 생식기 숭배를 특징으로 한 원시 종교의 연변 과정 중에서 고대 무사문화(巫史文化), 귀신신앙, 민간 전통, 각종 방기술수(方技術數) 등이 종합적으로 들어가서 도가 황로지학(黃老之學)을 기치와 이론 지주로 하여, 유가, 도가, 묵가, 의학, 음양, 신선 등 여러 학설 중의 수련사상(修煉思想)·공부경지(功夫境地)·신앙요소(信仰要所)와 윤리관념(倫理觀念)을 포함한 도세구민(度世救民), 장생성선(長生成仙)을 위하여 체도합진(體道合眞)을 총괄적인 목적으로 한 신학화(神學化), 방술화(方術化)를 포함하는 다층화한 종교체계이다. 도교는 한대 이후 특정한 시대적 조건 아래 부단히 불교의 종교의식을 섭취하여 중국 민족 전통 문화의 모체 중에서 잉태되고 성숙된 "도"(道)를 최고신앙으로 하며 중국 민족 문화의 특색을 가진 종교이다.[32)]

장지견(張志堅)는 "도교는 다신교로 '삼청'(三淸)을 주신으로 신앙하

---

31) 구보 노리타다(漥德忠), 『도교의 신과 신선 이야기』, 이정환 옮김, 뿌리와 이파리, 2004, 64쪽.
32) 胡孚琛呂錫琛, 『道學通論-道家·道教·仙學』, 社會科學文獻出版社, 1999, 254쪽.

는 다신교이다"[33]고 말하면서 다음과 같이 설명한다.

　　도교는 도를 가르침으로 삼고 사람들을 제도하며 우주화해, 국가태평과
개인의 장생구시(長生久視)를 추구하여 득도성선(得道成仙)하는 것이다. 그러
므로 도교가 추구하는 이상 경지는 이중적이다. 하나는 세속적인 것으로 현
실적 세계에서 도교의 교의에 따라 이상적 왕국, 즉 매우 공평하고 태평하
고 평화로운 세계로 사람들이 모두 편안한 삶을 살고 천수를 누리며 세상에
재난, 전쟁, 질병이 없는 세계를 세우는 것이다. 다른 하나의 이상 경지는
"선경"(仙境)이다. 득도성선하면 생사를 벗어나 허정(虛靜)에 이르며 즐겁게
소요하여 근심걱정이 없고 구속됨이 없어 자유자재하게 되며 외물에 구속되
지 않고 자신으로 인해 곤경에 빠지지 않으며 선경에서 선인의 생활을 하게
된다. 도교에서 선전하는 최고 이상은 곧 득도성선하여 장생불사하는 것이
다.[34]

　　왕잡(王卡)은 "도교의 의미는 '도'의 교화와 설교를 가리키는 것으
로, 다시 말해 바로 '도'를 신봉하는 것인데 개인의 수련을 통해 신선
이 되고 '도'를 얻는 종교이다"고 말한다.[35]
　　이원국은 이렇게 말하였다.

　　도교는 중국 고대의 종교 신앙을 기초로 하여 '도'(道)를 최고 신앙으로
삼고 신선학설(神仙學說)을 중심으로 삼으며 성명쌍수(性命雙修)를 수단으로
하여, 현재의 삶에서 불로장생을 추구하는 종교라고 말할 수 있다.[36]

33) 張志堅, 『道教神仙與內丹學』, 宗教文化出版社, 2003, 3쪽.
34) 같은 책, 2쪽.
35) 中國社科院世界宗教研究所道教室, 『道教文化面面觀』, 齊魯書社, 1990, 1쪽.
36) 이원국, 『내단, 심신수련의 역사』(1), 김낙필·이석명·김용수·나우권 옮김,
　　성균관대학교 출판부, 2006, 28쪽.

장언푸는 도교의 기원에 대해 아래와 같이 설명하였다.

　도교의 기원은 전국(戰國)시대에 유행했던 신선(神仙)신앙에 바탕을 두고 있는데, 중국 원시시대부터 전해오는 무술과 금기(巫術禁忌)·귀신에게 바치는 제사·민속 신앙·신화와 전설·각종 방술(方術) 등이 결합하여 이루어진 것이다.37)

한국학자 이용주는 '도교'라는 개념을 정의할 때의 문제점에 대해 이렇게 지적한다.

　'도교'라고 범주화될 수 있는 종교적 현상, 종교적 사건들이 처음부터 '도교'라는 명칭을 가지고 역사에 등장한 것은 아니었다. 애초에 그것은 신선도(神仙道), 방선도(方仙道), 선도(仙道), 선술(仙術), 황로(黃老), 도가(道家), 노장(老莊), 도학(道學) 등 다양한 명칭으로 존재했다. 그런 명칭들이 서로 완전히 동일한 현상을 가리키는 것은 아니지만, 그렇다고 해서 그 명칭이 엄격하게 구별되어야 하는 독자적인 여러 대상을 지칭하는 것이라고 볼 수도 없다. 그런 여러 명칭은 유사한 내용과 형식을 가진 어떤 종교적 실천과 신앙을 지칭하는, 잠정적인 범주화의 여러 시도라고 보아야 한다. 사람들은 그들의 사용하는 명칭을 통해 대상을 인식한다.38)

그렇지만 도교의 개념을 정의할 때 여전히 융합되지 않는 두 가지 요소가 있다. 그것은 '개인적 수련을 통한 득도성선'과 '삼청을 최고신으로 삼는 다신교' 신앙이다. 이 둘의 차이가 상층도교(신선도교)와 민

---

37) 장언푸, 『한권으로 읽는 도교』, 김영진 옮김, 산책자, 2008, 17쪽.
38) 이용주, 『생명과 불사』, 이학사, 2009, 12쪽.

간도교의 구분을 낳다. 이 두 가지 유형의 차이를 달리 표현하면 내재초월(內在超越)과 외재초월(外在超越)로 구분할 수 있다. 상층도교(신선도교)는 자신의 노력으로 초월을 추구하는데 비하여 민간도교는 신앙에 바탕을 둔 종교이다. 따라서 하나의 틀로 통합할 수 없다.

어쨌든 도교에 대한 개념적 정의는 도교의 내용을 살펴보는데 있어서 중요한 의미를 갖는다. 위에서 살펴본 것처럼 도교 속에 이처럼 다양한 내용을 포괄하고 있는 것은 한편으로 그 연원의 복잡성을 나타내지만 다른 한편으로는 바로 도교의 포용성을 나타내는 것이다. 다시 말해 도교는 다른 종교에 비해 배타성이 없거나 적다고 말할 수 있다. 물론 도교가 형성되던 초기에는 중국에서 도교와 불교의 대립이 심하였다. 그렇지만 도교가 형성되는 과정에서 불교의 영향력이 절대적이었다는 것 역시 사실이다. 도교는 불교를 모방하여 자신의 모습을 완비할 수 있었다.

제3절 도교의 발생원인

중국에서 도교는 왜 발생하게 되었는가? 사실 이 문제는 인간 역사에서 종교가 왜 발생했는가 하는 것이 더 근본적인 질문이다. 인간의 종교의 관계에서 종교가 발생하게 된 가장 핵심적 원인은 삶의 고통과 죽음이다. 그런 까닭에 중국에서 도교가 발생한 원인 역시 이 문제가 그 핵심이라고 할 것이다. 그렇지만 삶의 고통과 죽음에 대한 인식과 태도는 각 지역의 역사적 맥락에 따라 다르다.

우리는 중국 도교사를 고찰할 때 먼저 한말 사회의 역사적 사실을 살펴보아야 한다.

한대는 전한(前漢)과 후한(後漢)으로 나누어진다. 후한 중기 이후 외척과 환관이 중앙권력을 장악하게 되었다. 외척에 의한 정권의 농단은 환관에 의해 무너졌지만 외척을 대신하여 권력을 장악한 환관세력 역시 부패한 것은 마찬가지였다. 그런데 한 편으로 관료사대부가 출현하여 이에 대항세력이 되었다. 관료사대부는 '청의'(淸議)를 통해 당시의 정치에 비판적 입장을 견지하였다. 이 '청의'는 '인물평'으로 나타났다. 환관과 관료사대부 사이의 싸움은 먼저 환관세력에 의한 '당고'(黨錮)로 발전했다. 제1차 '당고'는 166년에 발생하였고, 제2차 '당고'는 168년에 발생하였다. 이 '당고'로 많은 사대부들이 죽었다.[39]

한 왕조의 몰락에 대해 페어뱅크는 이렇게 개괄하였다.

한 왕조가 쇠퇴하게 된 근본적인 구조적 요인은 평범한 것이었다. 지역 혹은 지방 권력의 성장이 중앙의 권력을 쇠약하게 만들었던 것이다. 중앙권력이 약화된 이유는 여러 가지가 있는데, 나약한 황제의 잇단 등극, 외척의 전횡, 환관의 권력 찬탈, 그 외 궁정애서의 수많은 당파 싸움 등을 들 수 있다.[40]

이처럼 권력층 내부에서 외척·환관·관료사대부 사이에 발생한 권력투쟁은 사회적 위기를 가중하였고, 지주세력은 토지 약탈을 강화함으로써 백성들의 삶은 고통에 빠지지 않을 수 없었다. 그 결과 184년에 황건농민기의(黃巾農民起義)가 발생하였다. 이 황건농민기의는 태평도

---

39) 徐連達·吳浩坤·趙克堯, 『중국통사』, 중국사연구회 옮김, 청년사, 1989, 229-233쪽 참조 요약.
40) 존 킹 페어뱅크, 『신중국사』, 중국사연구회, 까치, 1994, 91쪽.

(太平道)를 창립한 장각(張角)을 지도자로 하여 일어난 것인데, 즉 종교의 형태로 발생한 것이다. 이처럼 당시의 민중은 현실의 고통의 문제를 태평도라는 종교를 통해 극복하고자 하였다.

호부침·여석침은 중국에서 도교가 발생하게 된 그 원인을 다음과 같이 정리하였다. 첫째, 진한(秦漢) 이래로 중국사상 문화운동의 과정이 도교가 생겨나는데 기초를 지웠다. 둘째, 대통일의 가장제 봉건 제국의 백성에 대한 통치라는 정치적 필요가 도교 발생의 근본 원인이다. 셋째, 동한 말기에 살았던 민중은 자연 역량에 비하여 더욱 더 강력한 사회적 역량의 고통을 받아 견딜 수 없는 고통 속에 빠지게 되자 고통에서 벗어나고자 하는 강렬한 바람이 절박하게 되어 강렬하게 종교의 필요성이 생겨났다. 넷째, 불교의 전래는 도교의 성립에 자극을 주었고, 도교의 종교형식에 영향을 주었다. 다섯째, 방선도의 활동은 도교 발생에 새로운 길을 열었다.[41] 이러한 설명들 역시 크게 보면 앞에서 말한 삶의 고통과 죽음이라는 틀에서 벗어나지 않는다.

제4절 도교의 특징

도교는 중국에서 발생한 종교이다. 그렇다면 도교의 특징은 무엇인가? 페어뱅크는 "전통적으로 도교는 노자에게서 비롯되었다고 하며, ……그를 받드는 학파는 유교가 거부한 다양한 믿음과 관습의 저장소가 되었다. 거기에는 초기의 대중적인 정령숭배, 연금술, 고대의 마술, 불로불사(不老不死)의 약과 신선이 산다는 섬에 대한 추구, 중국의 초

---

41) 胡孚琛·呂錫琛, 『道學通論-道家·道敎·仙學』, 254-259쪽.

기 의술, 자생적이거나 인도에서 수입된 일반적인 신비주의가 포함되어 있다"[42]고 하였다.

호부침·여석침은 먼저 종교의 일반적 종교 특징을 아래와 같이 정리하였다. 첫째, 종교 신학은 모두 인간에게 현실세계에 존재하지 않는 신 및 우상에 대하여 무조건적인 신앙과 숭배를 요구한다. 둘째, 종교 신학은 모두 현실 세속 생활을 초월한 피안세계를 그린다. 셋째, 종교 신학 모두 국가 사회 정치와 인간의 현실 생활을 복잡하게 반영하는데, 천국이라는 환상으로 고난이 가득한 세계에 처한 사람들을 위안하고 마비시킨다. 넷째, 종교 신학은 모두 영혼관(靈魂觀), 신령관(神靈觀), 신성관(神性觀), 생사관(生死觀), 운명관(運命觀) 등 종교적 관념과 사유체계를 가지고 있다. 다섯째, 세계의 각종 종교는 모두 신도의 종교 감정과 종교 체험을 배양하는데 주의를 기울여 종교 경험을 할 수 있는 수련방식을 가지고 있다. 여섯째, 각종 종교는 모두 자신의 법술(法術), 금기(禁忌) 및 신에 대한 제사와 기도가 있는데, 이것에서 나온 종교의식은 신도들이 종교 행위를 실현하고, 종교 활동을 진행하는 기본 내용이다. 일곱째, 종교는 일종의 군체성(群體性)의 활동과 사회현상이다. 여덟째, 종교는 본질상 사회와 인생의 궁극적 관심으로 무한한 우주 본체를 인간의 궁극적 신앙으로 제공할 뿐만 아니라 인간의 생명과 정신 본질, 출생, 사망 및 지성(至性)의 비밀에 대하여 해석을 한다.[43] 중국의 종교인 도교 역시 이러한 특징을 가지고 있다.

그런데 이러한 일반적인 종교의 특징과 함께 도교에는 또 그 자체의 독특한 성격을 가지고 있다. 첫째, 도교의 교지(教旨)에서 볼 때 도교는 육신성선(肉身成仙)·장생구시(長生久視)를 추구하기 때문에 현세의

---

42) 존 킹 페어뱅크, 『신중국사』, 70쪽.
43) 胡孚琛·呂錫琛, 『道學通論-道家·道教·仙學』, 259-263쪽.

- 28 -

이익을 중시한다. 이것은 3대 세계 종교가 영혼의 해탈을 추구하고, 내세의 이익을 추구하는 것과 아주 다르다. 둘째, 종교의 유형으로 볼 때, 도교는 기독교와 같은 순수한 사회윤리형의 종교와 다르다. 도교는 원시 사회에서 자연적으로 발생한 자연 종교와 계급 사회의 인위적 윤리 종교의 결합체이다. 셋째, 도교의 풍격으로 볼 때 수습법술(修習法術)에서 뛰어나 신비한 힘과 성물(聖物)에 다른 종교처럼 굴복, 겸비(兼卑)와 기도라는 자세를 취하지 않고, 그것을 가능한 한 어떤 방식으로 통제하고 지배하여 초자연적인 힘을 자신이 이용하려고 한다. 넷째, 도교의 내용 구조로 볼 때 도교는 3대 세계 종교에 비하여 민간신앙과 고대 무술(巫術)의 요소가 비교적 많고, 유가, 묵가, 도가, 의가(醫家) 여러 학파와 불교사상의 자료를 많이 취하였다. 내용상으로는 여러 가지를 함께 받아들이고 방대하고 잡다하다는 특징을 가지고 있다. 구조상으로 분명한 다층적 구조를 가지고 있다.44)

모종감(牟宗鑒)은 도교의 특징을 이렇게 정리하였다.45) "첫째, 종교발생학의 관점에서 보면, 도교는 원시형 종교도 어떤 창조자에 의한 종교도 아닌, 양자 사이에 끼여 있는 종교이다", "둘째, 종교교의학(宗教教義學)의 관점에서 보면, 도교는 여러 종교 중에서 현실생명을 가장 중시한다", "셋째, 종교관계학의 관점에서 말하면, 도교는 여러 종교 중에서 비교적 배타성이 적고 포용성이 많은 종교이다", "넷째, 종교문화학의 관점에서 보면, 도교의 정식 교인 수는 제한적인데, 이를 광대하게 영향을 미친 도교문화와 비교해 보면 선명한 대비를 이룬다" 등이다.

---

44) 같은 책, 264-266쪽.
45) 牟宗鑒, 『중국도교사』, 이봉호 옮김, 예문서원, 2015, 13-15쪽 참조 요약.

결론적으로 도교 문화는 중국 민족의 혈연, 지연, 국가 상황, 민간 상황과 밀접한 관계를 가지고 있는 일종의 민족 문화의 특징을 가진 종교이다.46)

---

46) 胡孚琛·呂錫琛, 『道學通論-道家·道敎·仙學』, 266쪽.

제2장 신선이란 무엇인가?

제1절 신선이 출현하게 된 배경

인간은 일상의 삶이 즐거울 때는 실존적 문제에 대한 고민을 하지 않는다. 그러나 어느 날 삶의 모든 것들이 한 순간에 무너질 때 실존적 문제를 직면하게 된다. 인간 존재의 의미는 무엇인가? 우리는 어떻게 살아야 하는가? 삶은 의미가 있는 것일까? 이와 같은 것 등등이다.

우리가 잘 알고 있는 것처럼 중국의 춘추전국시대는 분열과 통합의 역사이다.

주나라는 문왕(文王)과 무왕(武王)에 의해 세워진 국가이다. 그러나 국가의 기틀이 세워진 것은 주공(周公)이 어린 성왕(成王)을 대신하여 섭정을 하면서이다. 여기에서 한 가지 먼저 언급해 둘 점으로는 문왕과 무왕에 의한 주나라의 건국은 후대에 유학자들이 주장하는 것처럼 결코 천명에 의한 평화로운 정권 교체가 아니라는 것이다. 그런데 중국의 고대 문헌에서는 이것을 마치 천명에 의한 정당한 행위로 그리고 있다.

『시경』(詩經) 「대아」(大雅)의 기록이다.

문왕(文王)께서 위에 계시니
오, 하늘에서 빛나시도다.
주(周)나라가 비록 오래된 나라이지만
그 명(命)은 새롭도다.
주나라 덕이 밝게 나타나고
하늘의 명[帝命]이 때에 맞네.
문왕의 혼령이 오르내려
언제나 상제[帝]의 곁에 계시도다.[1]

이것은 문왕의 덕이 마치 상제[帝]와 같다는 점을 그리고 있다. 그러나 역사적 사실은 그렇지 않다. 이것은 어디까지나 후대인의 기록일 뿐이다. 역사적으로 보면 문왕은 미인계를 써서 주왕이 더욱더 타락하도록 이끌었던 인물이기도 하다.

『사기』(史記) 「은본기」(殷本紀)에는 아래와 같이 기록하였다.

서백(西伯, 文王)의 신하인 굉요(閎夭) 등이 미녀와 진기한 보물, 준마 등을 구하여 주(紂)왕에게 바치자 주는 곧 서백을 사면해주었다.[2]

「주본기」(周本紀)의 기록은 좀 더 구체적이다.

---

1) 『詩經』「大雅」「文王之什」: "文王在上, 於照于天. 周雖舊邦, 其命維新. 有周不顯, 帝命不時. 文王陟降, 在帝左右."
2) 『史記』「殷本紀」: "西伯之臣閎夭之徒, 求美女奇物善馬以獻紂, 紂乃赦西伯."

주(紂)왕은 마침내 서백을 유리(羑里)에 가두었다. 굉요 등이 이 일을 걱정하여 유신씨(有莘氏)의 미녀, 여융(驪戎)의 문마(文馬), 유웅(有熊)의 구사(九駟)를 다른 여러 특산물과 함께 주왕의 총애를 받는 비중(費仲)을 통해 바쳤다.3)

이러한 책략을 꾸민 것이 서백의 신하들이라고는 하지만 서백의 동의도 없이 행해진 것으로 볼 수는 없다.

사실 걸(桀)·주(紂)가 정말 역사책에서 말하는 것처럼 포악한 군주였는지 알 수 없다. 『논어』 「자장」(子張)편에서 자공(子貢)은 이렇게 말하지 않았는가?

자공(子貢)이 말하였다. "주(紂)왕의 포악함은 이처럼 심하지는 않았다. 그러므로 군자는 하류에 처하는 것을 싫어한다. 천하의 악이 모두 그곳으로 돌아가기 때문이다.4)

우리가 오늘날 보는 유가경전의 많은 내용들은 역사적 사실이 아닌 그들의 이상을 기록한 것이 많다.

또 한 가지 의문은 권력을 잡기만 하면 정당한가? 인간의 역사를 되돌아보면 권력을 잡은 자는 언제나 그것을 정당화하였다. 그렇지만 그들이 권력을 잡는 과정에서 발생했던 그 폭력성은 문제가 되지 않는가?

---

3) 같은 책, 「周本紀」: "帝紂乃囚西伯於羑里. 閎夭之徒患之, 乃求有莘氏美女, 驪戎之文馬, 有熊九駟, 他奇怪物, 因殷嬖臣費仲而獻之紂."
4) 『論語』 「子張」: "子貢曰: '紂之不善, 不如是之甚也. 是以君子惡居下流, 天下之惡皆歸焉."

무왕이 은나라 마지막 왕 주를 죽인 과정에 대해 이렇게 기록하였다.

주왕(紂王)은 성(城)으로 다시 도망하여 녹대(鹿臺)에 올라 보석이 박힌 옷을 뒤집어쓰고 불 속에 뛰어들어 타죽었다. ……무왕(武王)은 드디어 성으로 들어가 주왕이 죽은 장소에 이르렀다. 그는 직접 주왕의 시신을 향해 화살 세 발을 쏜 뒤에 마차에서 내려 경검(輕劍)으로 시신을 치고 황색 도끼로 주왕의 머리를 베어 커다란 백기에 매달았다.5)

이 문제를 제기하는 이유는 국가 건립에서 언제나 드러나는 그 국가폭력의 문제를 말하기 위해서이다. 우리는 국가폭력을 자행하던 권력을 물리치고 새로 등장한 권력이 '새로운 국가폭력'이 되는 경우를 많이 겪었다.

이처럼 국가의 존재에는 근원적으로 폭력성이 존재한다. 어떤 면에서 인간의 역사는 폭력의 역사이기도 하다. 오늘날에도 국가에 의한 폭력은 사라지지 않고 있다. 비극적인 일이기는 하지만 인간의 역사가 존재하는 한 국가폭력은 사라지지 않을 것 같다. 지금과 같은 국가가 다른 형태로 대체되지 않는 한 그럴 것으로 보인다.

전쟁은 국가폭력이 극단적으로 나타난 형식이다. 중국의 고대 춘추전국시대가 바로 전쟁이라는 국가폭력이 그렇게 극단적으로 나타난 시대였다.

---

5) 『史記』「周本紀」: "紂走, 反入登于鹿臺之上, 蒙衣其殊玉, 自燔于火而死. ……遂入, 至紂死所. 武王自射之, 三發而後下車, 以輕劍擊之,, 以黃鉞斬紂頭, 縣大白之旗."

1. 역사적 측면

우리가 잘 알고 있듯이, 주대(周代)는 서주시대(西周時代)와 동주시대(東周時代)로 나누어진다. 여기에서 동주시대를 춘추전국시대(春秋戰國時代: 기원전 771년부터 기원전 221년까지)라 부르는데, 또 이 시기를 춘추시대(春秋時代, 기원전 771년-기원전 481년)와 전국시대(戰國時代, 기원전 480-기원전 222년)로 구분한다.[6]

신선이 출현하게 된 원인을 역사적 측면에서 살펴보면 결국 정치적, 사회경제적 문제에서 찾아야 할 것이다. 정치적 원인의 핵심은 전쟁이고 사회경제적 원인의 핵심은 경제구조에서 발생한 착취, 즉 경제적 불평등 문제이다.

양관(楊寬)은 춘추시대와 전국시대의 전쟁의 특징에 대하여 이렇게 말하였다. 먼저 춘추시대이다.

춘추시대의 군대는 국인(國人, 하층 귀족)이 주력군으로 전차를 타고 전쟁을 하였는데, 병력 수는 비교적 적었다. 전쟁은 군주 또는 경대부(卿大夫)가 북을 치며 지휘를 하였으며, 승부는 쌍방이 배열한 전차전으로 결정되었다. 한 번의 큰 전쟁으로 승부는 하루 이틀 내에 분명하게 가려졌다.[7]

---

6) 춘추시대와 전국시대의 구분에 대해 학자들의 입장은 약간 다르다. 그런데 "한(韓)·위(魏)·조(趙)의 3가(家)가 진(晉)을 삼분하여 사실상 독립했던 B.C. 453년을 그 분기점으로 보는 견해가 가장 설득력이 있다."(中國史研究室 編譯, 『中國歷史』(상권), 신서원, 1993, 123-124쪽.); "역사적 사실로 양시대를 구분해 보면 周의 東遷에서 晉이 삼분되어 韓·魏·趙가 독립했던 기원전 453년까지를 춘추시대라 하고, 그 이후부터 秦이 중국을 통일했던 기원전 221년까지를 대체적으로 전국시대로 취급하고 있다."(李春植, 『中國 古代史의 展開』, 신서원, 1992, 99쪽.)

7) 楊寬, 『戰國史』, 上海人民出版社, 1998, 2쪽.

고대 중국의 주나라 초기에는 대략 150여 개의 국가(제후국)가 있었다고 한다.[8] 그러므로 당시 국가의 규모는 그리 크지 않았다. 주나라 천자가 직접 다스린 지역(비록 이론적인 범위에 해당하겠지만)은 사방으로 천리이고, 제후가 다스리는 땅은 사방 백리에 불과하였다.

천자의 제도는 직접 다스리는 땅이 사방 천리이고 공후(公侯)는 모두 사방 백리이며, 백(伯)은 칠십 리이고 자남(子男)은 오십 리이다.[9]
천자가 다스리는 땅은 사방 천리이다. ……제후가 다스리는 땅은 사방 백리이다.[10]

그런데 동주시대에 들어와 춘추시대에 이르자 주나라 천자에 의한 제후의 지배, 즉 종법질서가 서서히 무너지게 되었다. 그 결과 각 제후국들은 주변의 작은 나라들을 정벌하면서 점차 대국으로 성장하였다. 그런데 여기에서도 국가폭력(전쟁)이 핵심적인 방법이었다. 춘추시대에는 12개의 강대국으로 재편되었고, 이들 강대국 가운데 하나가 패자가 되어 천자를 대신하여 제후들을 실질적으로 다스리던 시대이다. 우리는 이들을 춘추오패(春秋五霸)라고 부른다.[11]

---

8) 주나라 초기 제후국의 수에 대해서는 학자들마다 다르다. 李春植은 이렇게 말한다. "또 『순자』에 의하면 이 가운데 희성제후는 53개국, 『사기』에는 55개국 내지 56개국으로 기록되어 있는데 제후 총 수효는 희성제후국이 약 56개국, 이성제후국이 약 70여 국, 모두 70여 국에서 180여 국이 있었던 것으로 추측되나 확실한 것은 알 수 없다."(『中國古代史의 展開』, 70-71쪽) "서주시대에는 많은 소국이 있었고 춘추시대 초기에는 문헌의 기록에 의하면 140여 개의 제후국이 있었다."(徐連達·吳浩坤·趙克堯, 『중국통사』, 중국사연구회 옮김, 청년사, 1989, 82쪽.)
9) 『孟子』「萬章 下」: "天子之制, 地方千里, 公侯皆方百里, 伯七十里, 子男五十里."
10) 같은 책, 「告子 下」: "天子之地方千里. ……諸侯之地方百里."
11) 춘추오패에 대한 기록과 학자들의 관점이 다르다. "춘추시대에 활약했던 霸主를 열거해 보면 소위 春秋五霸라 하여 5인의 霸主를 열거할 수 있는데 『荀子』 王制篇에 의하면 齊 桓公·晋 文公·楚 莊王·吳王 闔閭·越王 句踐을 들고 있고, 漢代의 『白

결국 전국시대에 이르자 7개의 대국, 즉 전국칠웅으로 변화하였다. 다음은 전국시대의 모습이다.

전국시대의 전쟁은 군현(郡縣) 단위의 징병제도(徵兵制度)를 실시하였는데, 주력군은 농민으로 보병과 기병으로 전투를 하기 시작하였고, 군대의 병력도 크게 증가하였다. 예리한 철병기(鐵兵器)를 사용하고, 특히 원거리 사격이 가능한 노(弩)의 사용으로 이미 전차를 타고 전쟁을 할 수는 없게 되어 보병과 기병을 이용한 야전과 포위전이 널리 채용되었다. 작전의 지휘도 일종의 전문 기술이 되었고, 병법을 강조하게 되어 전문적으로 전쟁을 지휘하는 장군과 병법가들이 나타나게 되었다. 이러한 변화는 춘추 말기에 시작되었는데, 춘추 말기에는 이미 저명한 장군과 걸출한 병법가가 출현하였다."[12]

이처럼 전국시대의 전쟁은 그 중심이 귀족이 아닌 농민으로 옮겨가게 되었다. 이것은 대량학살의 시대가 되었음을 의미한다. 뿐만 아니라 전국시대 전쟁의 특징은 "전쟁을 하는 쌍방이 모두 적을 참수하여 죽이는 것을 장려하였다"[13]는 것이다. 이처럼 국가폭력을 정당화한 것도 드물 것이다.

虎通」은 齊 桓公·晋 文公·秦 穆公·宋 襄公·楚 莊王을 내세우고 있다. 또 『漢書』에는 齊 桓公·晋 文公·秦 穆公·宋 襄公·吳王 夫差를 열거하고 있다."(李春植, 『中國 古代 史의 展開』, 103쪽.); "구설(舊說)에 '춘추오패'(春秋五覇)라면 제 환공, 진 문공, 초 장왕, 송 양공, 진 목공을 지칭했다. 그러나 송 양공은 나타나자마자 곧바로 사라 져 패업을 이루지 못한 채 죽었다. 또 진 목공은 서융(西戎)에 치우쳐 있으면서 춘 추시대가 끝나기까지 동진(東進)의 목적을 달성하지 못했으므로 중원 지역에 대한 영향력은 크지 않았다. 그러므로 어떤 사람들은 오왕 합려와 월왕 구천을 집어넣 기도 하는데 대체로 큰 무리는 없는 듯하다."(徐連達·吳浩坤·趙克堯, 『중국통사』, 90쪽.)

12) 楊寬, 『戰國史』, 2쪽.
13) 같은 책, 183쪽.

전국시대에 전국칠웅이 있었던 것처럼 이제는 그에 걸맞게 전쟁의 규모가 확대되었다. 뿐만 아니라 전문적으로 전쟁을 담당하는 직책이 생겨났다. 이제 전쟁은 전문가를 필요로 한 것이다. 이처럼 전쟁이 전문화되고 그 규모가 확대되었다는 것은 인적으로는 전쟁에 참여하는 농민들이 확대되었다는 것을 의미하고, 경제적으로는 대량의 물자 수효가 발생하여 국가재정에 어려움을 더했다는 것을 의미한다. 그 결과 대량학살과 막대한 재물의 낭비가 발생하였다. 그런데 이러한 고통은 고스란히 힘없는 농민들의 몫이었다.

『회남자』(淮南子) 「본경훈」(本經訓)편에서 전국시대를 다음과 같이 묘사하였다.

사치스런 욕심이 많고, 예의가 폐하게 되어 군신 사이에는 서로 속이고, 부자 사이에는 서로 의심하게 되었다.14)

진한장(陳漢章)은 『상고사』(上古史)에서 다음과 같이 말하였다.

전국시대 248년을 통계하면 전쟁의 발생 회수는 위(魏)나라와 조(趙)나라 사이에 48회, 위나라와 한(韓)나라 사이에 49회, 위나라와 진(秦)나라 사이에 7회, 위나라와 초(楚)나라 사이에 2회이다. 위나라가 송(宋)나라, 정(鄭)나라, 중산(中山)나라를 침략한 것은 각각 2회, 적(翟)나라, 연(燕)나라, 제(齊)나라를 침략 한 것은 각각 1회이다. 한나라와 진나라 사이에는 21회, 한나라가 제나라, 정나라를 침략한 것은 각각 3회, 송나라를 침략한 것은 2회, 노(魯)나라를 구한 것은 1회이다. 조나라와 진나라가 군대를 사용한 것은 20회, 연나라를 침략한 것은 1회이다. 연나라가 제나라와 조나

---

14) 『淮南子』「本經訓」: "嗜欲多, 禮義廢, 君臣相欺, 父子相疑."

라를 침략한 것은 각각 1회이다. 제나라가 위나라를 침략한 것은 9회, 노나라와 연나라를 침략한 것은 각각 3회, 조나라와 연나라를 침략한 것은 각각 1회이다. 조나라가 정나라를 구한 것과 침략한 것은 각각 2회, 노나라를 침략한 것은 3회, 연나라, 제나라, 진나라를 침략한 것은 각각 1회이다. 진나라가 초나라를 침략한 것은 9회, 연나라와 제나라를 침략한 것은 각각 3회, 촉(蜀)나라를 침략한 것은 3회이다. 오국(五國)이 연합하여 진나라를 침략한 것은 2회, 삼국(三國)이 연합하여 진나라를 공격한 것은 2회, 오국이 연합하여 진나라를 공격한 것은 1회이다. 사국(四國)이 연합하여 초나라를 공격한 것은 1회, 삼국이 연합하여 초나라를 공격한 것은 2회, 삼국이 연합하여 조나라를 구한 것은 1회이다.[15]

중국학자들은 일반적으로 고대 중국의 역사에서 '신선'이 출현한 시기를 전국시대 중기 무렵이라고 말한다.

그런데 이 전국시대 중기는 전국칠웅이라고 말하는 것처럼 강력한 대국들이 천하를 분점하고 있던 시기로 대규모의 전쟁이 끊임없이 발생하였다. 전쟁은 인간성의 상실을 가장 극명하게 보여준다. 전국시대 말기로 가면 그 상황은 더 심각해진다. 예를 들어 『사기』의 진(秦)나라 장군 무안군(武安君) 백기(白起)에 관한 다음과 같은 기록이 그렇다.

그 다음 해(秦 昭王 14년) 백기는 ……이궐(伊闕)에서 한(韓)·위(魏) 두 나라의 연합군을 공격하여 24만 명을 참수하였다.[16]

진나라 소왕 34년 백기(白起)는 위(魏)나라를 공격하여 화양(華陽)을 함락시키고, 망묘(芒卯)를 패주시켰으며, 삼진(三晉)의 장수를 포로로 사로잡고,

15) 朱哲, 『先秦道家哲學研究』, 上海人民出版社, 2000, 9쪽(재인용).
16) 『史記』「白起列傳」: "其明年, 白起……攻韓·魏於伊闕, 斬首二十四萬."

13만 명을 참수하였다.[17)]

조(趙)나라 장수 가언(賈偃)과 싸웠는데 가언의 병졸 2만 명을 황하에 수장시켰다.[18)]

소왕 43년 백기는 한나라의 형성(陘城)을 공격하여 5개의 성을 함락하고 5만 명을 참수하였다.[19)]

이것뿐만이 아니다. 더 끔찍한 상황이 발생하였다. 진나라 소왕 47년에 있었던 장평대전(長平大戰)의 상황이다.

9월이 되자 조(趙)나라 군사들은 밥을 먹지 못한 지 46일이나 되자 안으로 은밀히 서로를 죽여 잡아먹기에 이르렀다. ……조나라 장수 조괄(趙括)이 정예 군사를 출병시켜 직접 싸웠지만 전사하고 말았다. 조괄이 죽자 그의 군대 40만 명은 무안군에게 투항하였다. 이렇게 되자 무안군은 이렇게 생각하였다. "전에 상당(上堂)을 함락시켰을 때 그곳의 사람들은 진나라의 백성이 되는 것을 원하지 않고 조나라로 귀순하였다. 지금의 조나라 병사들도 장차 마음을 바꿀 것이므로 다 죽이지 않으면 뒤에 난을 일으킬 것이다." 그래서 속임수를 써 그들을 모두 구덩이에 매장해 버리고 단지 어린아이 240명만 돌려보냈다. 이렇게 하여 모두 참수되고 포로가 된 사람이 무려 45만 명에 이르게 되었는데 조나라 사람들은 크게 공포에 떨었다.[20)]

이처럼 전쟁 중에 수십 만 명의 생명을 빼앗은 진나라 장군 백기

---

17) 위와 같음: "秦昭王三十四年, 白起攻韓, 拔華陽, 走芒卯, 而虜三晉將, 斬首十三萬."
18) 위와 같음: "與趙將賈偃戰, 沈其卒二萬人於河中."
19) 위와 같음: "昭王四十三年, 白起攻韓陘城, 拔五城, 斬首五萬."
20) 위와 같음: "至九月, 趙卒不得食四十六日, 皆內陰相殺食. ……其將軍趙括出銳卒自搏戰, 秦軍射殺趙括. 括軍敗, 卒四十萬人降武安君. 武安君計曰: '前秦已拔上堂, 上堂民不樂爲秦而歸趙. 趙卒反覆, 非盡殺之, 恐爲亂.' 乃挾詐而盡阬殺之, 遺其小者二百四十人歸趙. 前後斬首虜四十五萬人. 趙人大震."

역시 비참한 최후를 맞이하였다.

　진나라 왕은 화가 나서 사람을 시켜 무안군 백기를 몰아내자 그는 더 이상 함양에 있을 수 없었다. 무안군이 함양(咸陽) 서문(西門)에서 10리쯤 떨어진 두우(杜郵)에 이르렀을 때 진나라 소왕은 응후(應侯)를 비롯한 군신들과 백기에 관해 상의하면서 말하였다. "백기가 떠날 때 불만에 가득 차 원망을 하는 기색으로 말을 하였다." 그리고 사자에게 검을 내리어 무안군에게 자결하도록 하였다. 무안군이 검으로 자결할 때 이렇게 말하였다. "내가 하늘에 무슨 죄가 있어 이런 지경에 이르렀는가?" 그런데 이윽고 또 말하였다. "나는 진실로 죽어 마땅하다. 장평의 전쟁(長平之戰)에서 조나라 병사 수십 만 명이 항복을 하였는데도 내가 속여서 구덩이에 묻어버렸다. 내가 죽지 않는다면 누가 죽어야 한다는 말인가?" 드디어 스스로 목숨을 끊었다.[21]

　오늘날에도 이처럼 잔혹하고 끔직한 전쟁은 여전히 지속되고 있다. 그렇다면 이처럼 끔찍한 전쟁이 발생하는 원인은 무엇인가? 순자는 전쟁의 원인을 세 가지로 구분하였다.

　남의 나라를 공격하는 자는 명성[名]을 위해서가 아니라면 이익[利]을 위하여 하는 것이고, 그렇지 않다면 분노[忿] 때문이다.[22]

　순자는 전쟁의 원인으로 명성[名], 이익[利], 분노[忿]를 말하였다. 오

---

21) 위와 같음: "秦王乃使人遣白起, 不得留咸陽中. 武安君旣行, 出咸陽西門十里, 至杜郵. 秦昭王與應侯群臣議曰: '白起之遷, 其意尙怏怏不服, 有餘言.' 秦王乃使使者賜之劍, 自裁. 武安君引劍將自剄, 曰: '我何罪于天而至此哉?' 良久, 曰: '我固當死. 長平之戰, 趙卒降者數十萬人, 我詐而盡阬之, 是足以死.' 遂自殺."
22) 『荀子』「富國」: "凡攻人者, 非以爲名, 則案以爲利也, 不然則忿之也."

늘날에도 이 세 가지 원인은 변함이 없다. 그런데 이 세 가지 원인 중에서 핵심은 두 번째 원인 '이익'이다. 전쟁은 막대한 이익을 남긴다. 그런 까닭에 사람들은 자신의 이익을 위해 전쟁을 한다.

아무튼 전쟁은 집단학살을 일상화하지만 그와 더불어 따라오는 것이 삶의 고통이다. 전쟁은 막대한 예산이 비생산적인 일에 투입되는 사건이기도 하다. 이것은 힘없는 백성들에게는 헤아릴 수 없는 고통이었다. 전국시대에 군대의 주력군이 귀족인 국인(國人)에서 농민으로 바뀌고 그에 따라 또 경제적 착취가 더 강화되었다. 『안자춘추』에서 안영(晏嬰)은 이렇게 말하였다.

> 백성들은 수입을 3등분하여 둘을 공실에 바치고 그 하나만으로 생활하기 때문에 공실의 재물은 창고에서 썩고 벌레가 먹지만 백성들은 노인조차 추위에 떨며 굶주리고 있습니다. 나라 안의 시장에서는 신발보다 의족이 더 귀합니다.[23]

안영의 말을 문자 그대로 해석하면 66.6%의 세율이다. 복지제도가 거의 없었던 고대사회에서 이러한 세율은 백성들을 죽음으로 내모는 형국이었다. 맹자도 그가 살았던 시대의 모습이 얼마나 비참하였는지 이렇게 그렇다.

> 지금 왕의 주방에는 살찐 고기가 있고 마구간에는 살찐 말이 있는데, 백성들은 굶주린 기색이 있고 들에는 굶어 죽은 시체가 있으니, 이것은 짐승을 몰아서 사람을 잡아먹게 하는 것과 같습니다.[24]

---

23) 『春秋左傳』 昭公 3년: "民參其力, 二入於公, 而衣食其一. 公聚朽蠹, 而三老凍餒, 國之諸市, 屨賤踊貴."
24) 『孟子』 「梁惠王 上」: "庖有肥肉, 廄有肥馬, 民有飢色, 野有餓莩, 此率獸而食人也."

그런 까닭에 맹자는 "백성과 즐거움을 함께 한다"는 여민동락(與民同樂)을 주장한 것이다.[25]

숙향(叔向) 역시 다음과 같이 말하였다.

(진나라) 백성들은 피폐한데 궁실은 더욱 사치하고, 길에는 굶어 죽은 자가 줄을 이었는데도 군주의 총애를 받는 여자의 집에는 부가 넘쳐나고, 백성들이 임금의 명령을 마치 도둑이나 원수처럼 피하고, ……정치는 대부의 집안에서 전횡되어 백성들은 의지할 곳이 없습니다.[26]

이처럼 집단학살이 자행되고 삶의 고통이 만연했던 시대에 인간은 자연스럽게 인간의 실존문제를 고민하게 된다. 그리고 인간의 실존문제는 결국 종교와 관계를 갖게 된다. 그런데 문제는 고대 중국 사회에는 기독교, 불교와 같은 종교가 없었다는 점이다. 뿐만 아니라 흔히 중국인을 현세주의가 강한 민족이라고 말하는 것처럼 당시 고대 중국인은 죽음 이후의 피안이 아닌 지금 여기의 차안에서 문제를 해결하고자 하는 강한 욕망이 있었다. 그런 까닭에 고대 중국인은 신선세계에 주목한 것이다.

2. 이론적 측면

---

25) 같은 책, 「梁惠王 下」.
26) 『春秋左傳』昭公 3년: "庶民罷敝, 而宮室滋侈, 道殣相望, 而女富溢尤. 民聞公命, 如逃寇讎. ……政在家門, 民無所依,."

신선의 존재에 대해 믿는다고 하더라도 그것이 내가 추구할 수 없는, 즉 나와 무관한 존재라면 우리는 신선이 되는 것을 갈망하지 않을 것이다. 불가능한 일을 이루겠다고 생각하는 것은 어리석은 짓이기 때문이다. 따라서 신선에 대한 추구는 먼저 신선의 존재에 대한 믿음과 함께 신선이 될 수 있는 가능성이 무엇보다도 먼저 이론적으로 존재해야만 한다.

그러므로 당연히 신선이 출현하게 된 배경에는 철학적 이론이 존재한다. 그 가운데에서 가장 중요한 것은 노장철학에서 제기된 도(道)의 형이상학과 만물의 구성 원리가 되는 바로 기(氣)에 관한 이론이다.

도가철학에서 도는 천지만물의 존재 근거로 제시되었다. 인간은 변화무상한 현상계를 넘어 무엇인가 영원한 존재가 있을 것이라고 상상한 것이다. 노자는 도에 대해 이렇게 설명하였다.

도가 하나를 낳고, 하나가 둘을 낳으며, 둘이 셋을 낳고, 셋이 만물을 낳는다.[27]

그런데 이러한 만물은 모두 음양의 속성을 가지고 있다.

만물은 음을 등에 지고 양을 감싸고 있다.[28]

그렇지만 노자철학에서 기론은 분명하지 않다. 하지만 장자철학에서는 기론이 매우 풍부하다.

---

27) 『老子』 제42장: "道生一, 一生二, 二生三, 三生萬物."
28) 위와 같음: "萬物負陰而抱陽."

천하를 통하여 하나의 기이다.[29]

장자는 천지만물이 모두 '기'라는 공통된 속성을 가지고 있다고 생각하였다. 기론을 논의하려면 먼저 음양론과 오행론에 대한 이해가 필수적이다. 도학의 형이상학에 관한 논의는 다음 장(제3장)에서 자세히 살펴볼 것이다.

제2절 인간의 실존적 한계와 신선

일반적으로 천지만물 가운데 자기의식을 가진 존재는 인간뿐이라고 한다. 그런 까닭에 인간은 자신의 실존적 한계에 대해 사유하고 고민할 수밖에 없는 존재이기도 하다. 자기의식이 없는 존재가 실존적 사유를 한다는 불가능하기 때문이다.

1. 인간의 실존적 한계

우리는 부모로부터 이 몸을 받아 세상에 태어났다. 그리고 성장을 하면서 우리 자신은 자아(自我: identity)를 형성하게 된다. 그 후에 점차 자기 자신과 남을 구별하게 되는데 그 결과가 바로 '나'와 '남'을 다르게 바라보는 관념이다. 뿐만 아니라 이 '자아'가 형성되면서 이것과 저것 사이의 구별이 생기고, 또 그에 따라서 좋아하고 싫어하는 분

---

29) 『莊子』「知北遊」: "故曰通天下一氣耳."

별(好惡), 옳고 그름에 대한 판단(是非)이 생기게 된다.

우리가 살아가는 이 세상에 존재하는 모든 것을 통틀어서 천지만물이라고 표현한다. 이 천지만물 가운데에서 생명을 가지고 있는 존재는 언젠가는 죽음을 맞이하게 된다. 그런데 이러한 과정에서 특히 무엇보다도 중요한 사실은 인간은 자기 자신의 죽음을 사유할 수 있는 존재라는 점이다. 바꾸어 말해서 우리 인간은 죽음을 응시하는 존재라고 부를 수 있다.

인간은 삶을 살아가면서 최종적으로 죽음을 맞이할 수밖에 없는 존재이다. 이것은 그 무엇보다도 인간의 삶에 있어서 가장 본질적인 문제이다. 인간에게 이 죽음의 문제는 모든 문제들의 핵심에 놓여있다.

도학에서 말하는 도의 개념에서 보자면 인간의 죽음이란 자연의 이치에 불과하다. 너무도 당연하고 자연스러운 일이다. 그러나 인간의 현실에서 볼 때는 그렇지가 않다. 우리 인간에게 이 죽음은 '불안'이기 때문이다. 폴 틸리히는 이렇게 지적하였다.

죽음에 대한 공포는 모든 공포 속에 내포되어 있는 불안의 요소를 결정한다. 어떤 대상에 대한 공포로 변하지 않은 불안, 있는 그대로의 적나라(赤裸裸)한 불안은 언제나 궁극적인 비존재에 관한 불안이다. ……모든 공포의 밑받침이 되며 또 그것으로 하여금 두렵게 보이게 하는 것은 자기 자신의 존재를 보존할 수 없다고 하는 사실에 대한 불안이다.30)

이 '불안'은 우리의 힘으로 어찌해볼 수 없는 무엇이다. 이 '불안'의 핵심은 '죽음'이다. 그런 까닭에 이 죽음에 대해 여러 가지 해석을 내놓았다. 종교 역시 이 문제에 대한 하나의 해석이다.

---

30) 폴 틸리히, 『존재에의 勇氣』, 玄永學 譯, 展望社, 1980, 46쪽.

인간은 언제나 죽음이라는 이 불가항력적인 현상과 타협을 하거나 싸워왔다. 고대 중국의 신선은 이 죽음을 자신의 노력을 통해 극복하고자 하였다.

2. 신선의 개념과 그 특징

신선에게는 위에서 말한 것과 같은 인간의 한계가 없다. 다시 말해 신선은 인간의 한계를 초월한 존재이다.

『한서』(漢書) 「예문지」(藝文志)에는 신선(神僊)과 관련된 문헌 10가(家) 205권을 다음과 같이 기록하였다.

『복희잡자도』(宓戱雜子道) 20편
『상성잡자도』(上聖雜子道) 26권
『도요잡자』(道要雜子) 18권
『황제잡자보인』(黃帝雜子步引) 12권
『황제기백안마』(黃帝岐伯按摩) 10권
『황제잡자지균』(黃帝雜子芝菌) 18권
『황제잡자십구가방』(黃帝雜子十九家方) 21권
『태일잡자십오가방』(泰壹雜子十五家方) 22권
『신농잡자기도』(神農雜子技道) 23권
『태일잡자황야』(泰壹雜子黃冶) 31권

(1) 신선의 개념

먼저 이 '신선'이라는 개념을 살펴보면 『설문해자』(說文解字)에서는 '신'(神)자를 "천신으로 만물을 낳는 자이다"(天神引出萬物者也)라 해석하고, '선'(仙)자를 "장생하여 오래 사는 것이다"(仙, 長生遷去也)라고 하였다. 『석명』(釋名) 「석장유」(釋長幼)에서는 '선'을 "늙어도 죽지 않는 것을 선이라고 한다"(老而不死曰仙)고 하였다.

『한서』(漢書) 「예문지」(藝文志)에서 이렇게 기록하였다.

신선(神仙)이란 성명(性命)의 참됨[眞]을 보존하여 방외(方外)에서 노닒을 구하는 자이다. 뜻을 깨끗하게 하고 마음을 편안하게 하여 생사의 한계를 같은 것으로 여김으로써 마음에 두려움이 없게 한다.[31]

그런데 이어서 이렇게 비판하였다.

그렇지만 미혹된 자가 오로지 이것에 힘쓰게만 된다면 허망하고 거짓되며 괴이한 말이 더욱 많게 된다.[32]

『신선전』(神仙傳) 「팽조전」(彭祖傳)에서는 다음과 같이 말하였다.

선인(仙人)이란 혹 몸을 가볍게 하여 구름으로 들어가기도 하고 날개가 없이 날기도 하며, 혹 용이나 구름을 타고 저 신선세계의 태청궁 궁궐 계단에 이르기도 한다.[33]

---

31) 『漢書』「藝文志」: "神仙者, 所以保性命之眞而遊求于其外者也. 聯以盪意平心, 同死生之域, 而無怵惕於胸中."
32) 위와 같음: "然而或者專以爲務, 則誕欺怪迂之文, 彌以益多."
33) 『神仙傳』「彭祖傳」: "仙人者, 或竦身入雲, 無翅而飛; 或駕龍乘雲, 上造無階."

이것은 신선이 자유자재한 존재라는 점을 그린 것이다.

호부침이 주편한 『중화도교대사전』(中華道敎大辭典)에서는 신선을 이렇게 정의하였다.

일반적으로 장생불사(長生不死)하고, 수련하여 도를 얻은(修煉得道) 사람을 가리킨다. ……또 선인(仙人)·진인(眞人)이라 칭하는데 선진(仙眞)이라 통칭한다.[34]

이러한 것을 종합하면, 신선은 신과 같은 존재로 불로장생하여 이 몸을 가지고서 이 지상에서 영원히 사는 사람이라고 말할 수 있다. 신선은 그들이 원하는 것을 자유자재할 수 있는 존재이다. 그러므로 자연과 인간의 지배로부터 자유롭다. 그들은 그 한계를 넘어 그들이 원하는 것은 무엇이든지 실현할 수 있다.

(2) 신선의 특징

앞에서 설명한 것으로부터 우리는 신선의 기본적인 특징을 알 수 있다. 고대인들이 생각하였던 신선의 특징을 몇 가지로 나누어 정의할 수 있다.[35]

첫째, '불로장생'(不老長生)이다. 이 '불로장생'은 말 그대로 '늙지도 않고 죽지도 않으면서 영원히 사는 것'을 의미한다. 『장자』에 의하면

---

34) 胡孚琛 主編, 『中華道敎大辭典』, 中國社會科學出版社, 1995, 1434쪽.
35) 胡孚琛呂錫琛, 『道學通論-道家·道敎·丹道』, 社會科學文獻出版社, 2004, 507쪽.

팽조(彭祖)라는 인물은 800년을 살았다고 한다. 그런데 신선이 되면 그것은 별 것이 아니라고 말하였다. 왜냐하면 만일 정말로 신선이 되면 이 지상에서 자연(天)과 인간(人)으로부터 그 무엇의 부림을 받지 않으면서 영원히 행복한 삶을 살 수 있기 때문이다.

둘째, 신통력이 있다. 『신선전』에서는 한 무제가 선인 하상공(河上公)을 만나고서는 예교 윤리 관념을 가지고 하상공으로 하여금 머리를 숙이고 신하라 칭하도록 하려고 하였다. 하상공은 그 말을 듣고서 곧바로 하늘로 날아올라서는(昇至半空) "위로는 하늘에 이르지 않고, 천지 사이에는 사람에게 억매이지 않고, 아래로는 땅에 머물지 않는다"(上不至天, 中不累人, 下不居地)라고 하여 공공연하게 전제 군권에 도전하여 굽실거리는 신민은 되지 않겠다고 하여 한 문제로 하여금 수레에서 내려 머리를 숙여 그에게 도를 구하도록 만들었다.

셋째, 삶과 죽음을 자유자재로 초월한다. 신선이 되어 단약을 절반만 먹게 되면 이 지상에서 영원히 행복하게 살 수 있으며, 이 세상에서 사는 것이 재미가 없어서 신선의 세계로 가고자 한다면 남은 절반의 단약을 복용하기만 한다면 곧바로 갈 수 있다고 한다. 선인의 생활은 사실상 현실세계를 기초로 하는 것으로, 현실세계에 대한 종교적 보상과 인간 생활 욕망의 환상이 연속된 것이다.

넷째, 선인은 자연의 힘의 속박을 완전히 초탈하고, 또 사회적 힘의 한계를 받지 않는다. 도가는 '자연에 순응하는' 순자연(順自然)을 주장하였고, 외단황백술에서는 '자연을 거스르는' 역자연(逆自然)을 주장하였다. 이 '자연을 거스르는' 역자연은 인간의 운명이 자기 자신에게 있음을 강조한 것이다.

이처럼 신선은 세속적 권력으로부터 자유로울 뿐만 아니라 삶과 죽음의 고통으로부터 자유로워진 존재이다. 그들은 이 몸을 가지고 세속에서 그들이 원하는 동안 그 무엇에도 걸림이 없이 자유롭게 살아간다. 그러다가 싫증이 나면 아무런 미련도 없이 세속을 벗어나 영원한 고향—제향(帝鄕)으로 날아간다.

　천 년을 살다가 세상이 싫어지면 속세를 떠나 선경으로 올라가는데, 저 흰 구름을 타고 제향(帝鄕)에 이른다.36)

　제향과 같은 곳에 사는 신선의 이미지는 『장자』와 『회남자』 등에서 살펴볼 수 있다. 『장자』 「소요유」(逍遙遊)편에서는 막고야산(藐姑射之山)에 사는 신인(神人)의 모습을 이렇게 그렸다.

　멀리 고야산(姑射之山)에 신인(神人)이 살고 있다. 그 피부는 얼음이나 눈처럼 희고 몸매는 처녀같이 부드러우며 곡식을 먹지 않고 바람과 이슬을 마시며 구름을 타고, 용을 몰아 천지 밖에서 노닌다네. 정신이 한데 집중되면 그것으로 모든 것이 병들지 않고 곡식도 잘 익는다는 거야. ……신인의 덕은 만물을 혼합해서 하나로 만들려는 거지. ……이러한 신인은 외계(外界)의 사물에 의해 피해를 입는 일이 없고, 홍수가 나서 하늘에 닿을 지경이 되어도 빠지는 일이 없으며, 큰 가뭄으로 금속과 암석이 녹아 흘러 대지나 산자락이 타도 뜨거운 줄 모르네. ……37)

　신선에 대한 이미지는 유향(劉向)의 『열선전』(列仙傳)과 갈홍(葛洪)의

---

36) 『莊子』「天地」: "千歲厭世, 去而上僊, 乘彼白雲, 至于帝鄕."
37) 같은 책, 「逍遙遊」: "藐姑射之山, 有神人居焉, 肌膚若氷雪, (綽)[淖]約若處子. 不食五穀, 吸風飮露. 乘雲氣, 御飛龍, 而遊乎四海之外. 其神凝, 使物不疵癘而年穀熟. ……之人也, 之德也, 將旁礴萬物以爲一, ……之人也, 物莫之傷, 大浸稽天而不溺, 大旱金石流, 土山焦而不熱……'"

『신선전』(神仙傳)에서 매우 자세하게 그려지고 있다. 몇 가시 사례를 간단히 소개한다.

적송자(赤松子)는 ……수정[水玉]을 복용했으며, ……불 속에 들어가 스스로를 태울 수 있었다. 종종 곤륜산(崑崙山) 위에 이르러 늘 서왕모(西王母)의 석실 안에서 머물렀으며, 바람과 비를 따라 [산을] 오르락내리락하였다.[38]

선서(仙書)에서 말하였다. "황제는 수산(首山)의 돌을 캐어 형산(荆山) 아래에서 솥[鼎]을 만들었다. 솥이 완성되었을 때 용이 수염을 늘어뜨린 채 내려와 맞이하자 황제는 [그것을 타고] 승천하였다. ……[39]

악전(偓佺)은 ……날아다닐 수도 있었고, 질주하는 말을 따라 잡을 수도 있었다.[40]

광성자(廣成子)가 말하였다. "……나는 그 하나를 지켜 그 조화[和]에 처하고 있소. 그 때문에 천이백 살을 살았지만 지금도 몸이 아직 쇠락하지 아니한 것이오."[41]

심문태(沈文泰)는 구억산(九嶷山) 사람으로 홍천신단거토부(紅泉神丹去土符)의 환년익명(還年益命)의 도를 터득하여 이것을 복용하여 효과가 있었다. 곤륜산(崑崙山)에 들어가 그곳에 머물면서 이천여 년의 안식을 취한 뒤 이 것을 이문연(李文淵)에게 전수하였다. ……이문연이 그 비법과 요체를 익힌 뒤에 그 역시 선인이 되어 승천하였다.[42]

---

38) 劉向, 『列仙傳』「赤松子」: "赤松子者, ……服水玉, ……能入火自燒. 往往至崑崙山上, 常止西王母石室中, 隨風雨上下."[한글 번역은 김장환 옮김, 『열선전』(예문서원, 1996) 참조. 필요한 경우 수정하였다. 아래도 같다.]

39) 같은 책, 「黃帝」: "仙書云: '黃帝採首山之銅, 鑄鼎於荆山之下. 鼎成, 有龍垂胡髯下迎, 帝乃昇天. ……'"

40) 같은 책, 「偓佺」: "偓佺者, ……能飛行, 逐走馬."

41) 葛洪, 『神仙傳』「廣成子」: "曰: '……我守其一, 以處其和. 故千二百歲, 而形未嘗衰 ……'" [한글 번역은 임동석 역주, 『신선전』(동서문화사, 2008) 참조. 필요한 경우 수정하였다. 아래도 같다.]

백석생(白石生)은 중황장인(中黃丈人)의 제자이다. 팽조(彭祖)가 있던 시절 그는 이미 나이가 2천여 세였다. 그는 승선(昇仙)의 도를 닦으려 하지 않았는데 단지 죽지 않는 것으로 만족할 뿐이었다. 그리고 인간 세상에서의 즐거움도 놓지 않았다. ……43)

　오늘날 우리가 종교를 통해 그리고 있는 죽음 이후의 세계, 저 피안의 세계도 이와 다를 것이 없다.

　아무튼 신선은 그 무엇에도 구속받지 않고 자신의 뜻대로 살아가는 자유로운 존재라는 점이 중요하다. 이것은 전국시대라는 '천하가 싸움하던' 시대의 역사적 산물이지만 또 어떤 면에서 인간의 '궁극적 관심'의 문제를 제기한 것이기도 하다. 인간이라면 누구나 자유자재한 삶을 원하지 않는 자가 있겠는가?

　도교에서 불로장생의 길을 스스로의 힘으로 찾고자 한 것은 어떤 면에서 인간 주체성을 최고로 발휘한 것이라고 말할 수 있다. 이것은 신이라는 타자에 맹목적으로 의존하지 않고 자신의 노력을 통해 문제를 해결하고자 한 것이다. 만약 불로장생하는 신선이 될 수만 있다면 그러한 사람들은 그 무엇에도 의지함이 없이(장자가 말하는 無待의 경지이다) 자신이 원하는 삶을 영원히 살 수 있다. 이것은 너무도 매력적인 그리고 매우 인간적인 생각이다.

---

42) 같은 책, 「沈文泰」: "沈文泰者, 九嶷山人也. 得紅泉神丹去土符, 還年益命之道, 服之有效. 欲之崑崙, 留安息二千餘年 以傳李文淵. ……文淵遂授其祕要, 後亦昇天."
43) 같은 책, 「白石生」: "白石生者, 中黃丈人弟子也. 至彭祖之時, 已年二千餘歲矣. 不肯修昇仙之道, 但取於不死而已, 不失人間之樂. ……"

제3장 노장철학에 나타난 신선사상

우리가 일반적으로 이해하고 있는 것처럼 인간은 기본적으로 마음과 몸으로 이루어져 있다. 마음이 무엇인가 하는 문제는 사실 매우 복잡한 의미를 담고 있다. 이 '마음'과 비슷하게 사용되는 개념이 이른바 서양철학에서 자주 보이는 '영혼'이라는 개념이다. 그러나 이 '마음'과 '영혼'은 매우 다른 개념이다.

오늘날 세계를 지배하고 있는 철학은 서양의 근대철학의 세계관이다. 서양의 근대철학에서는 정신과 물질이라는 이원론적 세계관으로 이 세계를 설명한다. 그 대표적인 인물이 R. 데카르트이다. 데카르트에 의하면 정신과 물질은 서로 다른 실체이다.

우선…나는 내 자신이…뼈와 살로 이루어진 모든 구성 체계…내가 육체라는 이름으로 지적하는 것을 갖는다고 생각했다. 이외에, 나는…내가 걷고 느끼고 사고하는 이 모든 행위는 영혼과 관계된다고 생각했다. 그러나 나는 끊임없이 영혼이 무엇인가를 생각했다.(151)[1]

그는 우리가 정신과 육체를 가지고 있으며, 이 두 가지는 궁극적으로 동일한 것이 아니며 밀접히 결합되어 존재하지만, 근본적으로 환원 불가능한 다른 종류의 것이라고 주장한다.[2] 이러한 관념은 오늘날에도 매우 강력한 영향을 주고 있다.

그렇지만 노장철학의 인간관은 이와 매우 다르다. 노장철학의 세계관을 이해하는데 중요한 개념으로 도(道), 덕(德), 기(氣) 등의 개념이 있다. 아래에서는 이 세 개념을 중심으로 노장철학의 세계관을 살펴보기로 한다.

제1절 노장철학의 세계관

노장철학의 핵심을 이루는 형이상학적 개념은 '도'이다. 그러므로 우리의 논의 역시 이 '도'에서 출발해야 한다.

1. 도

도란 존재의 면에서는 '맨 처음'의 것으로서 현상 만유의 근원적 시원이 되는 존재론적 함의를 지닌다.[3] 존재론적으로 파악된 도는 본체

---

1) R. 샤하트, 『근대철학사-데카르트에서 칸트까지』, 정영기·최희봉 옮김, 서광사, 1993, 35쪽.
2) 위와 같음.
3) 이종성, 「『노자』제25장의 존재론적 검토」, 새한철학회, 『철학논총』 제26집, 2001, 제4집, 204쪽.

로서의 특징을 갖는다. 그 특징은 시간적(時間的)으로 선재성(先在性, 超時間的 存在), 공간적(空間的)으로 보편성(普遍性, 超空間的 存在), 그 자체로는 자재성(自在性 獨立常存的 存在)으로 나누어 말할 수 있다.[4]

　　도는 텅 비었지만 그것을 써도 항상 넘치지 않는다. (연못처럼) 그윽하도다! 마치 만물의 으뜸인 것 같도다!(…)(연못처럼) 깊도다! 마치 항상 무엇인가 존재하는 듯하다. 나는 그것이 누구의 아들인지 알지 못하는데, 제(帝)보다도 앞서는 것 같다.[5]

　도는 "텅 빈 것"이기에 아무런 구체적인 속성이 없다. 만약 도에 어떤 구체적인 속성이 존재한다면 그것은 천지 만물을 "스스로 그러하게 함"(自然) 할 수 있는 본체가 될 수 없다. 어떤 구체적인 속성을 가진 존재, 예를 들어 하나하나의 구체적인 개물들은 그들이 가지고 있는 구체적인 속성으로 인하여 언제나 그 주어진 한계를 벗어나지 못한다.
　도는 어디에나 존재한다는 것이다. 도가 존재하지 않는 어떤 세계는 있을 수 없다. 도는 항상 존재한다.

　　대도(大道)는 두루 퍼져있구나! 모든 곳으로 갈 수 있다.[6]

　도가 천지만물의 존재 근거로서 언제, 어느 곳에나 존재한다. 그러므로 천지·만물의 존재는 도에서 벗어날 수 없다. 이것을 장자는 "똥·오줌 속에도 도가 있다"[7]고 말한 것이다.

---

4) 金忠烈, 『時空與人生』, 法仁文化社, 1994, 52-54쪽.
5) 『老子』 제4장: "道沖而用之或不盈. 淵兮似萬物之宗. ……湛兮似或存. 吾不知誰之子, 象帝之先."
6) 같은 책, 제34장: "大道氾兮! 其可左右."

도는 천지 만물처럼 변화하는 것이 아니다. 그러나 본체로서의 도는 만물과 떨어져서 존재하는 실체(實體)가 아니다. 중국 철학에서 본체와 현상은 서로 독립적으로 존재하는 것이 아니다. 항상 유동적인 어떤 사물을 우리가 생각해 볼 때, 형상(形象)을 지닌 것이 무형상(無形象)인 것으로 되고, 형상을 지닌 것을 유(有)라고 하고 형상을 지니지 않은 것을 무(無)라고 한다면, 유는 무가 되고 무는 유가 된다고 할 수 있다. 그러나 이 경우에 유가 따로 있고, 무가 따로 있는 것은 아니다.

천지만물의 존재는 도의 드러남이다. 도와 천지 만물의 관계를 가장 분명하게 제시하고 있는 부분이 제42장이다.

    도가 하나를 낳고, 하나가 둘을 낳고, 둘이 셋을 낳고, 셋이 만물을 낳는다.8)

도는 천지 만물이 생겨나게 하는 근원이다. 노자에게 있어서 우주에는 반드시 단초가 있고, 천지에는 반드시 시원이 있다. 천지가 전개되기 이전에 혼돈된 최초의 상태를 무라고 말한다. 여기에서 도는 무(無)로서 의미를 갖는다. 그렇지만 아무것도 없는 공무(空無)는 아니다. 다시 말해서, 이 무는 논리적인 면에서 부정하는 무가 아니라 형이상학적 본체의 시원을 의미한다.9) 만약 "도"가 공무라면, 아무것도 없는 것에서 무엇이 생겨날 수 있다고 하는 것으로, 이것은 논리적으로 이

---

7) 『莊子』「知北遊」: "東郭子問於莊子曰: '所謂道, 惡乎在?' 莊子曰: '無所不在.' ……'在屎溺.'"
8) 『老子』 제42장 : "道生一, 一生二, 二生三, 三生萬物."
9) 김충렬, 『時空與人生』, 60-61쪽.

해할 수 없는 일이다. 생은 무에서 유로 연변(演變)하는 것으로 그 과정에서 무가 따로 독립적으로 존재하면서 천지 만물을 창생(創生)하는 것은 아니다.

천지 만물까지 분화된 뒤 천지 만물은 다시 그 본래의 도에로 되돌아간다. 생성의 과정을 걸쳐 완성된 만물은 음과 양이라는 두 대대적인 기의 부단한 상호작용을 통하여 다시 만물의 근원, 즉 도에로 복귀운동을 한다.

> 만물이 어우러져 자라나면 나는 그 돌아가는 것을 본다. 대저 만물이 무성히 자라나면 다시 그 뿌리도 돌아간다.10)

변화와 변형을 계속하는 현상계의 모든 만물은 그 근원으로 돌아간다. 만물이 운행하는 대로 내버려두면 그들은 변화의 극에 다다르게 되고, 그렇게 되면 만물은 다시 도에 복귀한다. 이와 같이 도는 생성과 복귀라는 두 운동 과정이 있기에 그 자체 완정한 것이다. 노자는 어떤 사물이나 사건이든지 변화하며 그 변화는 순환운동의 법칙에 준거한다고 생각한다. 변화와 변형을 지속하는 현상계의 모든 만물은 그 근원으로 돌아간다. 만물이 운행하는 대로 내버려두면 그들은 변화의 극에 다다르게 되고, 그렇게 되면 만물은 다시 도에 복귀하게 된다. 그것은 모든 만물의 뿌리로 소급하는 운동이다. 그런 까닭에 노자의 우주관을 기계론적 우주관이라고 말하기도 한다.

『장자』「지북유」(知北遊)편에는 본근(本根; 根本)에 대한 해석이 있다.

---

10) 『老子』 제16장: "萬物並作, 吾觀其復. 夫物芸芸, 復歸於無物."

지금 저 신명(神明)은 지극히 정미하여 저 온갖 변화(만물)와 함께 하니, 만물은 이미 죽고 생겨나고 네모지고 둥글고 하지만 그 근본을 알지 못한다. (도는) 천지에 널리 만물이 이루어지도록 하면서 옛날부터 진실로 존재하였다. 육합(六合; 상하사방의 우주)이 크다고 하여도 도에서 떠나지 않았고, 가을 터럭처럼 작아도 도에 의하여 그 형체를 이루었다. 천하의 만물은 가라앉고 뜨고 하는 것이 그치지 아니하니, 언제나 날로 새로워진다. 음양(陰陽)·사시(四時)는 운행함에 (도에 의하여) 그 질서를 얻는다. 그렇지만 흐릿하여 없는 듯하면서 존재한다. (만물은) 그것으로부터 자연스럽게 생겨나지만 (도는) 형체가 없으면서도 신묘한 작용을 한다. 만물은 그것에 의하여 길러지지만 알지 못한다. 이것을 일러 본근(本根)이라고 한다.[11]

본체로서의 도는 만물의 근본이다. 이것을 장자는 '본근'이라고 하였다. 「지북유」편에서는 또 무소부재(無所不在)한 도를 말하였다.

동곽자(東郭子)가 장자에게 물었다. "소위 도란 어디에 있습니까?" 장자가 대답하였다. "없는 곳이 없소." 동곽자가 다시 물었다. "분명히 가르쳐 주십시오." 장자가 대답하였다. "땅강아지나 개미에게 있소." 동곽자가 말하였다. "어째서 그렇게 낮은 것에 있습니까?" 장자는 말하였다. "돌피나 피에 있소." (동곽자가 말하였다.) "어째서 그렇게 점점 더 낮아집니까?" (장자가 대답하였다.) "기와나 벽돌에도 있소." (동곽자가 말하였다.) "어째서 그렇게 차츰 더 심하게 내려갑니까?" (장자가 말하였다.) "똥이나 오줌

---

11) 『莊子』 「知北遊」: "今彼神明至精, 與彼百化, 物已死生方圓, 莫知其根也, 扁然而萬物自古以固存. 六合爲巨, 未離其內; 秋毫爲小, 待之成體. 天下莫不深浮, 終身不故; 陰陽四時運行, 各得其序. 惛然若亡而存, 油然不形而神, 萬物畜而不知. 此之謂本根, 可以觀於天矣."

에도 있소." 동곽자는 그만 말문이 막혀 아무 대꾸도 하지 않았다. 장자가 말하였다. "당신의 질문은 본래부터 본질에 미치지를 못했소.(…)그러니 당신도 도가 어디 있다고 한정해서는 안 되오. 도가 사물을 초월한 거라 여겨서도 안 되오. 지극한 도란 이와 같이 모든 것 속에 있소. 위대한 가르침 역시 이와 마찬가지이며 주(周)·편(徧)·함(咸)이란 세 자는 이름은 다르지만 실제 뜻은 같다. 이처럼 도는 어디에나 있어 그 뜻은 모두 하나이다.12)

이처럼 도는 시간적 공간적으로 언제나 존재하는 항상성을 갖고 있다. 그런데 도의 이러한 항상성은 바로 이 세계의 항상성을 의미하기도 한다. 이렇게 말하였다.

염구(冉求)가 중니(仲尼)에게 물었다. "하늘과 땅이 아직 생겨나지 않았을 때를 알 수 있습니까?" 중니가 말하였다. "알 수 있다. 옛날은 지금과 같다." 염구가 더 묻지 않고 물러났다. 다음 날 다시 공자를 뵙고 물었다. "어제 제가 '하늘과 땅이 아직 생겨나지 않았을 때를 알 수 있습니까?' 하고 물었을 때 선생님께서는 '알 수 있다. 옛날은 지금과 같다.'고 말씀하셨습니다. 어제는 분명하게 알 수 있었는데 오늘은 아득하여 알지 못하겠습니다. 어떤 말씀이신지 감히 묻고자 합니다." 중니가 말하였다. "어제 네가 분명하게 알 수 있었던 것은 신명(神明)으로 먼저 받아들였기 때문이고 오늘 아득하여 알 수 없는 것은 신명의 작용이 아닌 사고(思考)라는 것으로 뜻을 알려고 하기 때문이다. 대저 천지에는 옛날도 없고 지금도 없으며 처음도 끝도 없이 영원히 변화하는 것이다. 그러니 아직 자식이 없는데 손자

---

12) 위와 같음: "東郭子問於莊子曰: '所謂道, 惡乎在?' 莊子曰: '無所不在.' 東郭子曰: '期而後可.' 莊子曰: '在螻蟻.' 曰: '何其下邪?' 曰: '在稊稗.' 曰: '何其愈下邪?' 曰: '在瓦甓.' 曰: '何其愈甚邪?' 曰: '在屎溺.' 東郭子不應. 莊子曰: '夫子之問也, 固不及質. 正獲之問于監市履狶也, 每下愈況. 汝唯莫必, 無乎逃物. 至道若是, 大言亦然. 周徧咸三者, 異名同實, 其指一也.'"

가 있다고 한다면 되겠느냐!"13)

공자와 그의 제자 염구의 대화에서 염구는 "하늘과 땅이 생겨나기 이전의 때"(未有親知)를 물었고 공자는 이에 대해 "옛날은 지금과 같다"(古猶今)고 대답하였다. 그런 까닭에 장자는 "천지는 나와 함께 살고 만물은 나와 함께 하나가 된다"(天地與我並生, 而萬物與我爲一)14)고 말한 것이다.

이것이 바로 노장철학에서 말하는 존재의 실상이다. 그런데 여기에서 주의할 점은 이러한 견해는 철학적 관점이지 과학적 관점이 아니라는 점이다. 사실 과학적 관점에서 보더라도 나의 삶과 죽음은 원자의 결합과 분리에 불과하다.

2. 덕

노자철학에서 도와 더불어 중요한 것이 덕이다. 즉 노자철학에서 도와 덕은 서로 중요한 짝을 이룬다. 도가 없는 덕은 불가능하고, 덕이 없는 도는 무의미하다고 할 수 있다. 도가 우주의 발생, 만물의 생성에서 형이하의 차원으로 유행(流行)한 뒤에 덕(德)을 말할 수 있다. 노자의 도는 천지를 포괄하고 초월해 있는 것으로, 그 자체 완전무결한 공능(功能)을 갖추고 있으므로 그대로 덕에도 일관한다.15) 고형(高亨)

---

13) 위와 같음: "冉求問於仲尼曰: '未有天地加知邪?' 仲尼曰: '可. 古猶今也.' 冉求失問而退. 明日復見, 曰: '昔者吾問: 未有天地可知乎?' 夫子曰: '可. 古猶今也.' 昔日吾昭然, 今日吾昧然. 敢問何謂也?' 仲尼曰: '昔之昭然也, 神者先受之; 今之昧然也, 且又爲不神者求邪! 無古無今, 無始無終. 未有子孫而有孫子可乎?'"
14) 같은 책, 「齊物論」.

은 "오늘날 노자의 책과 장자의 말을 살펴보면 '덕은 모든 무리의 본성'이라고 정의할 수 있다."고 말한다. 이 말의 의미는 노자가 말하는 덕이란 인간에 한정된 것이 아니라 존재하는 모든 사물의 참된 본성이라는 것이다.

노장철학에서 '덕'은 천지만물의 본성을 의미한다. 천지만물이 이 세계에 존재하게 되면서 본래적으로 갖게 된 본성이다. 그런데 이 '덕'은 바로 '도'가 만물 속에 깃든 것을 의미한다. 바꾸어 말하자면, 만물을 구성하는 각 개체 사물은 이 '도'를 각자의 내적 본성으로 갖추고 있으며, 그것이 바로 '덕'이라는 것이다. 노자는 도와 덕에 의하여 만물은 생겨나고 길러진다고 말한다.

> 도는 만물을 낳고, 덕은 만물을 길러준다. 사물이 형태를 짓고, 형세가 이루어진다. 이러한 까닭에 만물은 도를 높이고, 덕을 귀하게 여기지 않는 것이 없다. 도가 높고 덕이 귀한 것은 명령하지 않아도 항상 스스로 그러한 것이다. 그러므로 도는 낳고, 덕은 길러준다. 기르고 자라게 하여 성숙하고 여물게 하며 보살피고 덮어준다. 낳아도 소유하지 않고 짓되 내세우지 않고 길러주되 주재하려고 하지 않으니, 이것을 현묘한 덕(玄德)이라고 한다.16)

천지 만물이 이처럼 천지 만물이라는 다양한 모습을 가지고 서로 화합할 수 있는 것은 그것이 모두 도가 낳은 것이고, 덕이 길러준 것이기 때문이다. 그러므로 천지 만물은 서로 다투지 않고 각자 가지고

---

15) 金忠烈, 『노장철학강의』, 예문서원, 1996, 197-198쪽 참조.
16) 『老子』 제51장: "道生之, 德畜之, 物形之, 勢成之. 是以萬物莫不尊道而貴德. 道之尊, 德之貴, 夫莫之命而常自然. 故道生之, 德畜之: 長之育之, 亭之毒之, 養之覆之. 生而不有, 爲而不恃, 長而不宰, 是謂玄德."

있는 본성대로 살아가는 것이다. 따라서 천지 만물의 입장에서 보면
도와 덕은 존귀한 것이다.

『장자』에서는 더욱더 생동감이 있게 그렸다. 장자철학에서 이상적
세계는 지덕지세(至德之世), 건덕지국(建德之國)이다.

> '지극한 덕의 세계'(至德之世)에서는 어진 이를 숭상하지 않았고, 능력이
> 있는 사람을 부리지 않고, 위에 있는 사람은 나뭇가지처럼 서 있어도 백성
> 들은 사슴처럼 뛰어 놀았다. 백성들은 단정해도 그것이 의롭다고 생각하지
> 않았고, 서로 사랑하면서도 어질다고 생각하지 않았고, 진실하여도 충(忠)
> 이라고 생각하지 않았고, 그가 하는 일이 마땅하여도 신(信)이라고 여기지
> 않았으며, 부지런하고 서로 도우면서도 은혜롭다고 여기지 않았다. 이러한
> 까닭에 실행하여도 그 흔적이 없었고, 일을 하여도 전해지지 않았다.17)

지덕지세는 대인(大仁), 대의(大義), 대충(大忠), 대신(大信)의 세계로
백성들은 서로 은혜를 베풀어도 은혜로 여기지 않는다.

> 백성들에게는 변함이 없는 본성이 있으니, 옷을 짜서 입고, 밭을
> 갈아서 먹으니 동덕(同德)이라고 한다. 한결같으면서도 치우치지 않으니 천
> 방(天放)이라고 한다. 그러므로 지덕지세(至德之世)에는 백성들의 걸음은 느
> 릿느릿하였고 무엇을 볼 때에도 침착하였다. 이 시대에는 산에는 길과 굴
> 이 없었으며 연못에는 배나 다리가 없었다. 만물은 서로 무리를 이루어 살
> 았으며, 초목도 제 멋대로 자연스럽게 자랐다. 그러므로 (아이들은) 짐승을
> 굴레에 매어서 함께 놀았고, 높은 나무에 올라가서 새나 까치집을 엿보기

---

17) 『莊子』「天地」: "至德之世, 不尙賢, 不使能; 上如標枝, 民如野鹿, 端正而不知以爲義,
   相愛而不知以爲仁, 實而不知以爲忠, 當而不知以爲信, 蠢動而相使, 不以爲賜. 是故行而
   無迹, 事而無傳."

도 하였다. 대저 지덕지세에는 사람과 짐승이 함께 살았고, 만물과 더불어 하나가 되었으니, 어찌 군자니 소인이니 하고 구별하였겠는가? 한결같이 무지(無知)하여 덕(德)에서 떠나지 않아 욕심이 없으므로 소박(素朴)하였다. 그렇기에 백성들은 그 참된 본성을 지킬 수 있었다.[18]

지덕지세에서는 천지 만물이 하나가 되어 살아간다. 이것을 천일 (天一)의 세계라고 말할 수 있다. 천일의 세계에서 천과 인, 인과 인, 인과 물은 하나이다. 그렇지만 하나(一)란 인위적인, 세속적인 하나가 아니라 천(天)에서 말하는 것으로 동덕(同德), 천방(天放)을 의미한다.

남월(南越) 땅에 건덕(建德)이라는 나라가 있었다. 그 나라 백성들은 어리석지만(愚) 소박하고, 사심이 적고, 욕심이 적다. 그들은 (농사를) 지을 줄 알뿐, 감출 줄을 모른다. 주기는 하여도 보답을 바라지 않는다. 의(義)를 알지 못하고 예(禮)를 알지 못하지만 무심하게 마음대로 행하여도 대방 (大方, 大道)에 맞는다. 살아서는 즐겁고, 죽어서는 편안하게 장사를 지낸다.[19]

그러므로 우리 인간 역시 이 '덕'을 본래적으로 갖추고 있으며, 마음의 수양을 통하여 회복할 수 있다고 한다. 그렇다면 현실적으로 볼 때 인간은 이러한 덕을 잃은 상태에 놓여 있다. 왜 그럴까? 인간의 욕

---

18) 같은 책, 「馬蹄」: "彼民有常性, 織而衣, 耕而食, 是謂同德. 一而不黨, 命曰天放. 故至德之世, 其行塡塡, 其視顚顚. 當是時也, 山無蹊隧, 澤無舟梁; 萬物群生, 連屬其鄕; 禽獸成群, 草木遂長. 是故禽獸可系羈而游, 鳥鵲之巢可攀援而窺. 夫至德之世, 同與禽獸居, 族與萬物竝. 惡乎知君子小人哉! 同乎無知, 其德不離; 同乎無欲, 是謂素朴. 素朴而民性得矣."

19) 같은 책, 「山木」: "南越有邑焉, 名爲建德之國. 其民愚而朴, 少私而寡欲; 知作而不知藏, 與而不求其報; 不知義之所適, 不知禮之所將. 猖狂妄行, 乃蹈乎大方. 其生可樂, 其死可葬."

망에 그 원인이 있다.

3. 기

노장철학에서 도와 덕 이외에 중요한 개념이 기(氣)이다.

중국철학사에서 기는 천지만물을 구성하는 가장 기본적 요소이다. 그런데 이 기론의 형성 과정에서 중요한 내용은 이전에 존재했던 음양에 대한 관념이다.

음양의 관념은 초기에는 매우 소박한 것이었다. 고대 중국인들은 햇볕이 비추는 곳과 그늘이 진 곳을 음과 양으로 나타냈다. 『설문해자』(說文解字)의 기록이다.

> 부(阜)자 부(部): 음(陰)은 어둡다는 의미이다. 강의 남쪽, 산의 북쪽을 가리킨다. ……양(陽)은 높고 밝다는 의미이다.
> 운(雲)자 부: 음(霒)은 구름이 해를 가리는 것이다. '운'(雲)자를 합하고 '음'(今)자를 음으로 한다.
> 물(勿)자 부: 양(昜)은 연다는 의미이다. '일'(日)자와 '일'(一)자 그리고 '물'(勿)자를 합한다. 날린다는 뜻도 있고 길다는 뜻도 있으며, 굳센 것이 많은 모습이기도 하다.[20]

양계초는 음과 양의 본래 의미에 대해 이렇다.

---

20) 양계초, 「음양오행의 역사」(29-30쪽): 서복관, 「음양오행설과 관련 문헌의 연구」 (57쪽), 양계초·풍우란 외, 『음양오행설의 연구』, 김홍경 편역, 신지서원, 1993. 참조.

구름이 해를 가리는 것이며, 그것이 확대되어 일반적으로 가린다는 의미를 지니게 되었다. 또 무엇이 무엇을 가리면 반드시 어두우므로 그 의미가 다시 확대되어 어둡다는 뜻이 되었다. 해를 등지고 있는 곳은 어둡기 마련이며, 성시(城市)는 대부분 북쪽에 기대어 해를 등지고 있기 때문에 그것의 의미가 다시 확대되어 뒤쪽이나 이면 혹은 북쪽이라는 뜻이 되었다. 이것이 '음'(陰)자의 의미가 변화해 온 과정이다.21)

『춘추좌전』(春秋左傳) 소공(昭公) 원년의 기록이다.

하늘에는 육기(六氣)가 있다. 그것이 하강하여 오미(五味)가 되고 발하여 오색(五色)이 되며, 드러나 오성(五聲)이 되고, 질서를 잃으면 육질(六疾)이 된다. 육기란 음(陰)·양(陽)·풍(風)·우(雨)·회(晦)·명(明)이다.22)

또 소공 25년에는 "육기를 낳는다"(生其六氣)는 기록이 있다. 『국어』(國語) 「주어 하」(周語 下)에서 "하늘은 육(六)이고 땅은 오(五)이다"(天六地五)고 하였다. 뿐만 아니라 『장자』(莊子) 「소요유」(逍遙遊)편에서 "육기의 변화를 다스린다(御六氣之辯)고 말하였다.

양계초는 "음양이 서로 연속된 하나의 명사가 되고 무형무상한 두 가지 대대적인 성질을 가리키게 된 것은 대체로 공자(孔子) 혹은 노자(老子)부터 시작되었다"23)고 말한다. 그렇지만 사실은 공자가 아니라 노자에서 그 일단을 엿볼 수 있다.

서복관은 이렇게 지적하였다.

---

21) 양계초, 「음양오행의 역사」, 30쪽.
22) 『春秋左傳』昭公 元年: "天有六氣, 降生五味, 發爲五色, 徵爲五聲, 淫生五疾, 六氣曰: '陰·陽·風·雨·晦·明也.'"
23) 양계초, 「음양오행의 역사」, 30-31쪽.

춘추시대에 이루어진 음양관념의 가장 큰 발전은 음양을 천(天)이 생성한 육기(六氣) 중의 이기(二氣)로 파악하는 것이었다. ……춘추시대가 되면 음양은 천이 생성한 여섯 가지 기체(氣體) 중의 두 가지 기체로서 발전하게 된다. 그것은 음양 자체가 이미 실체적인 존재가 되었다는 의미이다.[24]

『周易』(周易) 「계사 상」(繫辭 上)에서 "하늘에 있는 것은 상(象)을 이루고, 땅에 있는 것은 형(形)을 이룬다"(在天成象, 在地成形)고 하였다. 한강백(韓康伯)은 주석에서 "상은 일월성신을 그린 것이고, 형은 산천초목을 그린 것이다"(象況日月星辰, 形況山川草木也)고 하였다.

노장철학에 의하면 인간의 존재는 음양이라는 기로 설명된다. 『노자』에서는 이렇게 말하였다.

> 만물은 음기(陰氣)를 등에 지고 양기(陽氣)를 가슴에 품고 있다. 이 음양의 두 기운이 작용하여 조화로운 기를 이룬다.[25]

또 『장자』는 이렇게 말하였다.

> 인간의 태어남은 기가 모인 것으로 기가 모이면 태어나고 기가 흩어지면 죽는다.(…)그러므로 천하를 통하여 하나의 기이다.[26]

기의 각도에서 보면 인간을 포함한 만물의 생멸은 모두 기의 취산이다. 그러므로 전 우주로 볼 때 다만 일기(一氣)일 따름이다. 그런데

---

24) 서복관, 「음양오행설과 관련 문헌의 연구」, 62쪽.
25) 『老子』 제42장 : "萬物負陰而抱陽, 沖汽以爲和."
26) 『莊子』 「知北遊」: "人之生, 氣之聚也, 聚則爲生, 散則爲死.(…)故曰通天下一氣耳."

기의 취산이 생명을 가진 존재로서 인간에게는 삶과 죽음을 의미한다. 따라서 인간은 이러한 자연의 이치에 따라 삶과 죽음을 이해할 것을 권고하였다. 그런 까닭에 노장철학에서는 이처럼 자연에 순응하는(順自然) 인생철학을 제시한 것이다.

제2절 노장철학의 신선사상

1. 수양에 대한 일반적 고찰

동양철학은 어떤 면에서 '수양론'을 중심으로 하는 철학이고 또 다른 측면에서는 '정치철학'이라고 할 수 있다. 여기에서 말하는 '수양론'은 개인의 마음을 닦는 작업이라고 한다면 '정치철학'이라고 하는 것은 '현실'에 대한 관심을 나타내는 것이다. 그러므로 동양철학에서 말하는 수양론은 마음의 수양이라는 방법을 통해 군자(君子)/성인(聖人)/지인(至人)/진인(眞人)이라는 이상적 인간이 되어 백성을 교화하고 제도하며 중생을 구제하는 자가 되는 것이다.

그런데 앞에서 설명한 것처럼, 인간은 기본적으로 몸과 마음이라는 두 차원의 요소로 구성되어 있다. 그런 까닭에 인간의 수양은 몸의 수양과 마음의 수양이라는 두 측면으로 나누어진다.

2. 몸의 수양과 마음의 수양

오늘날 여성들이 아름다운 몸매를 유지하기 위하여 에어로빅을 하고, 이른 아침에 아파트 주변을 걷거나 가볍기 뛰는 것 등과 같이 건강을 유지하고자 하는 노력, 흔히 말하는 '몸짱' 만들기 라는 것 역시 넓은 의미에서 몸의 수양에 해당한다. 그러나 노장철학에서 말하는 수양에서 몸의 수양은 어디까지나 장생불사, 마음의 수양이라는 문제와 관계가 있다.

역사적으로 볼 때, 중국의 도학에서 수양은 몸의 수양과 마음의 수양으로 나뉘어 발전하였다. 여기에서 몸의 수양에 해당하는 것이 불로장생을 위하여 불사의 약을 추구하였던 진한시대 외단황백술이 해당하고, 마음의 수양은 우리 자신 안에 존재하는 단약을 만드는 것에 해당하는 것으로 내단(內丹)이다.

3. 노장철학과 신선

먼저 노자철학에 나타나는 신선사상을 살펴보기로 한다. 물론 노자철학 자체는 신선사상과 큰 관계가 없다. 그러나 후대에 노자철학에 보이는 일정한 내용을 신선사상의 이론적 기초로 삼고서 해석하였으므로 노자철학은 신선사상과 일정한 관계를 맺게 되었다. 그러므로 여기에서 우리가 살펴보고자 하는 것은 노자철학의 어떤 내용이 신선사상에서 차용될 수 있었는가 하는 점이다.

노장철학과 신선의 관계 문제는 먼저 마음의 수양과 관련이 있다. 『노자』에서는 이것을 '장생구시의 도'(長生久視之道)라고 표현하였다.

사람을 다스리고 하늘을 섬기는 것으로는 검약함만 한 것이 없으니 검약하기 때문에 일찍 도를 따를 수 있다. 일찍 도를 따르게 되면 덕을 두텁게 쌓고 덕을 두텁게 쌓으면 하지 못하는 것이 없게 되고 하지 못하는 것이 없게 되면 그 끝을 알 수 없을 정도로 나라를 가질 수 있다. 나라의 근본이 있으면 오래 간다. 이것을 일러 뿌리를 깊고 튼튼히 하여 장생하여 오래 사는 도라고 한다.27)

이 구절은 본래 노자철학에서는 국가를 어떻게 잘 다스릴 것인가라는 문제를 논의한 것이다. 그런데 이 구절을 『노자도덕경하상공장구』(老子道德經河上公章句)에서는 다르게 해석하였다.

국가(國)와 몸(身)은 동일하다.(…)사람이 몸 안의 도를 보존해 정기를 피로하지 않게 하고 오장신(五神)을 괴롭게 하지 않을 수 있으면 장수할 수 있다. 사람은 기(氣)로 뿌리를 삼고 정(精)으로 꼭지를 삼을 수 있어야 하는데 이는 마치 나무의 뿌리가 깊지 않으면 뿌리가 뽑히고 과실의 꼭지가 단단하지 않으면 꼭지가 떨어지는 것과 같다.(…)이것이 곧 장생불사의 도이다.28)

또 『노자』는 이렇게 말하였다.

제자리를 잃지 않는 사람은 오래가고, 죽더라도 사라지지 않는 사람은 오래 산다.29)

---

27) 『老子』 제59장: "治人事天莫若嗇. 夫唯嗇, 是以早服, 早服謂之重積德. 重積德則無不克, 無不克則莫知其極. 莫知其極, 可以有國. 有國之母, 可以長久. 是謂深根固柢, 長生久視之道."
28) 『老子道德經河上公章句』 제59장 河上公 注: "國身同也.(…)人能保身中之道, 使精氣不勞, 五神不苦, 則可以長久. 人能以氣爲根, 以精爲蒂, 如樹根不深則拔, 蒂不堅則落.(…) 深根固蒂者, 乃長生久視之道."
29) 『老子』 제33장: "不失其所者久, 死而不亡者壽."

이 '장생구시의 도'를 문자적으로 해석하면 "장생할 수 있는 도"라는 정도의 의미이다. 노자철학에서 생명력이 가장 왕성한 존재를 '어린아이'(赤子)로 표현하였다.

기운을 모아 부드럽게 만들어 어린아이와 같이 할 수 있겠는가?[30]

이에 대하여 왕필(王弼)은 "자연스런 기에 맡기고 지극히 부드럽게 조화를 이룸이 마치 어린아이가 아무 욕심이 없는 것과 같은 정도에 이르면 사물은 온전히 존재하게 되고 타고난 본성도 얻을 수 있게 된다."[31]고 하였다. 따라서 우리가 자유로운 삶을 살고자 한다면 이 '욕망'의 문제를 올바르게 이해해야만 한다.

명예(名)와 자신의 생명(身) 중에서 어느 것이 친한 것인가? 자신의 생명과 재물(貨) 가운데 어느 것이 많은가?[32]

우리는 삶을 살아가면서 '명예'와 '재물'을 얻고자 노력한다. 그것들이 삶을 살아가는데 필요한 것이기 때문이다. 그러나 우리가 삶을 살아가면서 무엇보다도 가장 소중한 것은 '내 자신의 생명'이라는 사실을 잊어서는 안 된다. 다시 말해서, 우리가 '명예'와 '재물'을 얻고자 하는 까닭은 무엇인가? 바로 '행복한 삶'을 살기 위한 것이리라. 문제는 이 '행복한 삶'을 살기 위해서 필요한 '명예'와 '재물'이 도리어 '행

---

30) 같은 책, 제10장: "專氣致柔, 能嬰兒乎?"
31) 같은 책, 제10장 王弼 注: "言任自然之氣, 致至柔之和, 能若嬰兒之無所欲乎, 則物全而性得矣."
32) 같은 책, 제44장: "名與身孰親? 身與貨孰多?"

복한 삶'을 망치게 되는 원인이 된다는 사실이다. 그것이 바로 인간의 '탐욕'이다.

> 만족할 줄 모르는 것보다 더 큰 화는 없고, 얻고자 욕심을 내는 것보다 더 큰 허물은 없다. 그러므로 만족함을 아는 것이 참된(항상된) 만족이 된다.[33)

그런데 노자가 말한 이 어린아이는 생명력이 왕성할 뿐만 아니라 세계와 대립하지도 않는다.

> 중후한 덕을 품고 있는 사람은 갓난아이와 같다. 독충이 쏘지 않고, 맹수도 덮치지 않으며, 독수리도 할퀴지 않는다. 뼈는 약하고 근육은 부드럽지만 단단히 움켜쥐고 남녀를 알지 못한 채 온전히 자라서 완전한 정기를 보존하고 있으며, 하루 종일 울어도 목이 쉬지 않는 지극한 조화를 이루고 있다.[34)

어린아이는 왜 이 세계와 대립하지 않는가? '욕망'/'탐욕'이 없기 때문이다.

노자철학에 비하여 장자철학에서는 이 신선이 되는 문제와 관련된 내용이 많고, 또 그것을 이루는 방법과 과정 역시 비교적 구체적이다.

장자는 인간이 도를 체득하는데 있어서 성심, 시공, 언어의 한계에 직면하고 있다고 말한다. 그런 까닭에 이것들과는 다른 방법을 제시하였다. 장자는 이것을 9단계로 설명하고 있다.

---

33) 같은 책, 제46장: "禍莫大於不知足, 咎莫大於欲得, 故知足之足, 常足矣."
34) 같은 책, 제55장: "含德之厚, 比於赤子. 蜂蠆虺蛇不螫, 猛獸不據, 攫鳥不搏, 骨弱筋柔而握固, 未知牝牡之合而全作, 精之至也. 終日號而不嗄, 和之至也."

남백자규(南伯子葵)가 물었다. "당신은 홀로 어떻게 (도를) 들었는지요?"
여와(女媧)가 대답하였다. "부묵(副墨)의 아들에게 들었고, 부묵의 아들은 낙송(洛誦)의 손자에게 들었고, 낙송의 손자는 첨명(瞻明)에게 들었고, 첨명은 섭허(聶許)에게 들었고, 섭허는 수역(需役)에게 들었고, 수역은 오구(於謳)에게 들었고, 오구는 현명(玄冥)에게 들었고, 현명은 삼료(參蓼)에게 들었고, 참료는 의시(疑始)에게 들었습니다."[35]

장자에 의하며 우리들이 도를 체득하는 과정에서 9가지의 방법이 있다고 말한다. 이처럼 그 방법이 다양한 까닭은 사람마다 그 경계 층차가 다르기 때문이다. 즉 그 경계 층차에 따라 방법을 달리한다는 뜻이다.

①부묵(副墨)은 문자이다. ②낙송(洛誦)은 언어이다. ③첨명(瞻明)은 시각이다. ④섭허(聶許)는 청각이다. 심득(心得)[36]이다. 섭(聶)이란 속삭임이란 뜻이고, 허(許)란 그것이 무엇이라고 마음속으로 짐작하는 것이다. 그러므로 섭허란 우리들이 일반적으로 말하는 귀로 듣는다는 청각을 의미하는 것은 아니다. ⑤수역(需役)은 실천(實踐)이다. 마음에 얻은 것이 있어 실천해 가는 것이다. 그렇지만 여기에서 "마음에 얻은 것"이란 여전히 문자, 언어, 시각, 청각을 통하여 터득한 것에 불과하다. 다시 말해서 감각과 사유에 의하여 얻은 것으로 그 한계를 벗어날 수 없다. ⑥오구(於謳)는 감탄(感歎)이다.[37] 즉 마음속에 일정한 얻음이

---

35)『莊子』「大宗師」: "南伯子葵曰: '子獨惡乎聞之?' 曰: '聞諸副墨之子, 副墨之子聞諸洛誦之孫, 洛誦之孫聞之瞻明, 瞻明聞之聶許, 聶許聞之需役, 需役聞之於謳, 於謳聞之玄冥, 玄冥聞之參蓼, 參蓼聞之疑始.'"

36) 陳鼓應,『莊子今注今譯』, 中華書局, 1999, 188쪽.

37) 陸長庚,『莊子南華眞經副墨』, 臺灣自由出版社, 民國62.

있어 감탄하는 것이다. 오구의 감탄은 수역이라는 꾸준한 실천의 결과 마음에 얻게 된 것이 있어 감탄하는 것으로 여전히 주체와 대상이라는 분리에서 벗어난 것은 아니다. ⑦현명(玄冥)이란 "깊고 고요함"이다. 앞의 단계 오구에서 드러난 그 들뜸을 가라앉히는 작업으로 침잠의 과정이 필요하다. 그런 까닭에 여기에서는 그 다음 단계로 현명을 제기한 것이다. 자신의 내면으로 들어가는 침잠의 과정이다. ⑧삼료(參寥)이다. 삼은 삼(三)이고 료는 절(絶)로 끊는다는 의미이다. 중현학자 성현영(成玄英)은 이것을 유(有), 무(無), 비무비유(非有非無)에도 머무르지 않는 것이라고 말한다.38) 유, 무, 비유비무 이 셋 가운데 어느 곳에도 머무르지 않는 수양 공부이다. ⑨의시(疑始)이다. 의시는 시작도 끝도 없는 도, 있는 듯 없는 듯 한 도와 일체가 되는 경지를 체득하는 공부 방법이다.

앞에서 논의한 이른바 '수양론'의 내용은 몸의 수양과 마음의 수양으로 나눌 수 있다. 그리고 여기에서 주로 논의하는 것은 마음의 수양의 문제이다. 몸의 수양의 문제는 뒤에 진한시대에는 불로장생을 추구하는 외단황백술(外丹黃白術)로 발전하였고, 마음의 수양의 문제는 내단생명철학으로 발전하였다.

---

38) 成玄英 疏: "參, 三也. 寥, 絶也. 一者絶有, 二者絶無, 三者絶非有非無, 故謂之三絶也."

제4장 신선이 되는 길(1): 외단

제1절 전국시대 중기의 신선사상

우리가 앞에서 이미 살펴본 것처럼, 전국시대 중기에는 불로장생할 수 있다고 하는 이른바 신선(神仙)을 추구하였던 역사적 상황이 전개되었다. 문제는 인간이 현실을 살아가면서 왜 신선이라는 어떤 이상적 삶 혹은 이상세계를 꿈꾸는가 하는 것이다.

우리가 잘 알고 있듯이 고대 중국의 전국시대는 천하가 싸움을 하던 시기였다. 강자가 약자를 능멸하고 함부로 죽이던 앞날을 예견할 수 없는 시대였다. 그런 까닭에 많은 사람들이 절망 속에서 살아갈 수밖에 없었으며, 그런 까닭에 삶에 대한 허무가 깊게 스며들었던 시대라고 말할 수 있다. 이 시기의 두 가지 철학적·종교적 흐름의 관계에 대해 앙리 마스페로는 『도교』에서 이렇게 말하였다.

기원전 4-기원전 3세기에 철학을 꽃피웠던 다양한 사상이 출현했던 것이다. 그러나 그들이 기울인 온갖 노력과 연구와 시도와 성찰을 통해서 우리는 이 시기 중국 종교의 의식(意識)의 일반적인 경향에 상응하는 두 흐름을 확실히 발견할 수 있다. 그런 경향은 중국인들이 언제 어디서든 기본적인 종교 문제에서 사람들을 갈라놓는 두 태도, 곧 합리주의적인 태도와 신비주의적인 태도를 보였다는 것을 의미한다. 하나는 집단적인 종교 형태를 선호했고, 또 하나는 개인적인 형태를 선호했다. ……결국 이런 강력한 두 흐름이 먼저 유교를, 그 다음으로 도교를 만들었고, 도교를 넘어 후대에 불교가 중국에 뿌리를 내릴 수 있도록 종교적 분위기를 조성했다.[1]

마스페로의 견해에 의하면 '신비주의적인 태도', '개인적인 형태'의 종교 형식은 도교와 관계된다.

임계유(任繼愈)는 『중국도교사』(中國道教史)에서 신선전설(神仙傳說)은 전국시대로 소급해 갈 수 있는데, 하나는 형초(荊楚) 문화에서 나오고, 다른 하나는 연제(燕齊) 문화에서 나온다고 말하였다.[2] 호부침(胡孚琛)·여석침(呂錫琛)은 다음과 같이 말한다.

선학(仙學, 즉 丹道)의 개념은 선진시대의 신선가(神仙家)에서 나온 것이다. 몽문통(蒙文通) 선생[3]의 고증에 의하면 춘추전국시대 때 신선가는 셋으로 나누어진다. 남방의 초(楚)는 행기(行氣)로 왕교(王喬), 적송(赤松)이 있다. 진(秦)은 방중(房中)으로 용성(容成)이 있다. 연(燕)과 제(齊)는 복식(服食)으로 선문(羡門), 안기(安期)가 있다. 도교의 외단황백술(外丹黃百術)과 내단학(內丹學)은 바로 이 세 분파의 선술(仙術)이 서로 섞여서 형성된 것이다.[4]

---

1) 앙리 마스페로, 『도교』, 신하령·김태완 옮김, 까치, 1999, 32쪽.
2) 任繼愈 主編, 『中國道教史』, 上海人民出版社, 1997, 11쪽.
3) 蒙文通, 「晩周仙道分三派考」, 『古學甄微』, 巴蜀書社, 1987.
4) 胡孚琛呂錫琛, 『道學通論―道家·道教·丹道』, 社會文獻出版社, 2004, 9쪽.

『장자』에는 신선전설과 관계가 있는 내용이 비교적 많다. 「소요유」편에서는 신인(神人)에 대한 견오(肩吾)와 연숙(連叔)의 대화가 있다.

견오(肩吾)가 연숙(連叔)에게 물었다. "어떤 말인지요?" (견오가) 말하였다. "멀리 고야(姑射)산에 신인(神人)이 살고 있다. 그 피부는 얼음이나 눈처럼 희고 몸매는 처녀같이 부드러우며 곡식을 먹지 않고 바람과 이슬을 마시며 구름을 타고, 용을 몰아 천지 밖에서 노닌다네. 정신이 한데 집중되면 그것으로 모든 것이 병들지 않고 곡식도 잘 익는다는 거야. 이야기가 허황돼서 믿어지지가 않네." 연숙이 말하였다. "……신인의 덕은 만물을 혼합해서 하나로 만들려는 거지. ……이러한 신인은 외계(外界)의 사물에 의해 피해를 입는 일이 없고, 홍수가 나서 하늘에 닿을 지경이 되어도 빠지는 일이 없으며, 큰 가뭄으로 금속과 암석이 녹아 흘러 대지나 산자락이 타도 뜨거운 줄을 모르네.……"5)

또 「제물론」편에서는 지인(至人)의 신묘한 능력에 대한 설결(齧缺)과 왕예(王倪)의 대화가 보인다.

설결(齧缺)이 말했다. "선생님은 이해(利害)에 대해 모르십니다만, 그렇다면 지인(至人)도 물론 이해를 모르겠지요." 왕예(王倪)가 대답하였다. "지인은 신묘(神妙)하다. 큰 못가의 수풀이 타올라도 뜨겁게 할 수 없고, 황하(黃河)나 한수(漢水) 물이 얼어도 춥게 할 수가 없으며, 사나운 천둥이 산을 쪼개고 모진 바람이 바다를 뒤흔들어도 놀라게 할 수는 없다. 그런 사

---

5) 『莊子』 「逍遙遊」: "連叔曰: '其言謂何哉?' 曰: ''藐姑射之山, 有神人居焉, 肌膚若氷雪, (綽)[淖]約若處子. 不食五穀, 吸風飮露, 乘雲氣, 御飛龍, 而遊乎四海之外. 其神凝, 使物不疵癘而年穀熟. ……之人也, 之德也, 將旁礴萬物以爲一, 世蘄乎亂, 孰弊弊焉以天下爲事! 之人也, 物莫之傷, 大浸稽天而不溺, 大旱金石流, 土山焦而不熱……'"

람은 구름을 타고 해나 달에 올라앉아 이 세상 밖에 나가 노닌다. 삶이나 죽음 따위가 그에게 아무런 변화도 주지 못한다. 그런데 하물며 이해 따위에 그가 흔들리겠는가."6)

『열자』에서도 화장(火葬)을 소개하고 있는데 등하(登遐)라고 표현하였다.

진(秦)나라의 서쪽에는 의거(儀渠)라는 나라가 있었다. 그들은 부모가 죽으면 장작을 쌓아놓고 시체를 태웠는데 그을려서 연기가 올라가면 그것을 등하(登遐)한다고 말하였는데, 그런 뒤에야 효자가 될 수 있었다.7)

이것이 비록 직접적으로 신선을 말하는 것은 아니지만 승천하는 신선의 이미지로 연결될 수 있는 여지는 충분하다.

『한비자』(韓非子)「외저설좌 상」(外儲說左 上)에는 연나라 왕에게 불사의 도를 가르쳤다는 기록이 있다.

어떤 사람이 연(燕)나라 왕에게 불사(不死)의 도를 가르치고자 하는 자가 있었다. 왕은 사람을 시켜 그것을 배우도록 하였다. 그런데 아직 다 배우지도 못하였는데 가르치던 사람이 죽었다. 왕은 크게 노하여 배우던 자를 주살(誅殺)하였다.8)

---

6) 같은 책, 「齊物論」: "齧缺曰: '子不知利害, 則至人固不知利害乎?' 王倪曰: '至人神矣! 大澤焚而不能熱, 河漢沍而不能寒, 疾雷破山[飄]風振海而不能驚. 若然者, 乘雲氣, 騎日月, 而遊乎四海之外. 死生無變於己, 而況利害之端乎!.'"
7) 『列子』「湯問」: "秦之西, 有儀渠之國. 其親戚死, 聚柴積而焚之. 燻則煙上, 謂之登遐. 然後成爲孝子."
8) 『韓非子』「外儲說左 上」: "客有教燕王爲不死之道者, 王使人學之, 所使學者未及學而客死. 王大怒, 誅之."

이처럼 신선사상은 전국 중기 무렵에 크게 성행하였다. 이러한 신선사상은 진한시대에 이르러 더욱 발전하게 되었으며, 뒤에 다시 도교에 흡수되었다.

그런데 앞에서 인용한 『한비자』의 내용을 다시 음미해 볼 필요가 있다. 즉 '불사의 도'를 가르쳐주겠다는 자가 죽었다는 이 모순을 말이다. 이러한 내용 자체에는 이미 '장생불사'를 추구하였던 '외단황백술'의 비극/실패를 내포하고 있는 것이다.

제2절 인간, 현실과 이상 사이를 방황하다

인간은 운명적으로 현실과 이상 사이를 방황할 수밖에 없는 존재이다. 이 문제와 관련해서 우리 앞에는 세 가지의 선택이 가능한 '실존적 선택'이 놓여있다. 첫째, 현실을 선택하는 것이다. 둘째, 이상을 선택하는 것이다. 셋째, 이상과 현실의 조화를 추구하는 것이다.

먼저 현실을 선택하는 상황을 살펴보자. 이것은 가장 일반적으로 나타나는 상황인데 사람들은 어린 시절에 큰 꿈을 추구하다가 점점 나이를 먹게 되면서 현실에 안주하게 된다. 흔히 말하는 것처럼, 40세가 넘어가면 현실적 안정을 추구할 나이라고 말한다. 왜냐하면 일반적으로 말해서 사람은 40세가 넘어가면 이제 현실이 그렇게 만만하지 않다는 사실을 깨닫게 되는 나이이고, 또 자신의 능력의 한계, 즉 자신이 앞으로 할 수 있는 일과 할 수 없는 일이 비교적 분명히 보이는 나이이기 때문이다. 이런 상황에 처하게 되면서 사람들은 그래 이것이 현실이지 하는 심정으로 지금의 삶에 안주하게 된다.

그러나 설령 어쩔 수 없이 현실을 선택하였다고 하더라도 문제는 우리가 이상을 추구하지 않는 삶을 견뎌낼 수 있는가 하는 점이다. 이 것은 삶의 의미, 삶의 가치에 관한 것으로 매우 기본적이면서도 쉽게 포기할 수도 없고 포기해서도 안 되는 문제이다.

1. 우리가 삶에서 꿈꾸는 것들은 무엇인가?

우리가 삶을 살아가면서 추구할 수 있는 꿈들은 무엇일까? 옛 사람 들은 먼저 이것을 '부귀'(富貴)라는 단어로 표현하였다. 여기에서 '부' 는 물질적인 것의 추구로, 물질적으로 풍요로운 삶을 사는 것이다. '귀'는 귀함을 의미하는 것으로, 사회적으로 좋은 지위를 획득하는 것 이다. 먼저 『논어』에 보이는 기록을 살펴보면 다음과 같다.

 부유함(富)을 구하여 얻을 수 있는 것이라면 비록 말을 모는 사람이라도 하겠지만 만약 구하여 얻을 수 없는 것이라면 내가 좋아하는 바를 하겠 다.9)

그런데 공자는 또 이렇게 말하였다.

 부유함과 귀함은 사람이 얻고자 하는 것이지만 그 정당한 방법으로 얻은 것이 아니면 처하지 않는다. ……10)

---

9) 『論語』「述而」: "自曰: '富而可求야, 雖執鞭之士, 吾亦爲之; 如不可求, 從吾所好.'"
10) 같은 책, 「里仁」: "子曰: '富與貴, 是人之所欲, 不以其道, 不處也. ……'"

공자는 이 문제와 관련하여 군자(君子)와 소인(小人)을 구분하여 이렇게 말하였다.

> 군자는 의리(義)에 밝고 소인은 이익(利)에 밝다.[11]

다음은 『노자』(老子)에 보이는 기록이다.

> 오색(五色)은 사람의 눈을 어둡게 하고, 오음(五音)은 사람의 귀를 멀게 하고, 오미(五味)는 사람의 입맛을 버리게 하고, 말을 타고 사냥을 하는 것은 사람의 마음을 미치게 만들며, 얻기 어려운 재화는 사람의 행실을 방황하게 만든다.[12]

『장자』(莊子)는 또 아래와 같이 말하였다.

> 부자(富者)는 몸을 수고롭게 하고 일을 하여 많은 재물을 쌓았지만 다 쓰지도 못하니 그 형체(몸)를 위한 것으로 역시 (인간의 본래 모습과는 무관한) 외물일 뿐이다! 귀한 자(貴者)는 밤낮으로 (귀하게 되는 것에) 옳고 그름을 깊이 생각하지만 그 형체를 위한 것으로 (인간의 본래 모습과는) 먼 것이다.[13]

그런 까닭에 사람들은 이 부귀를 얻고자 서로 다투게 되었고, 그

---

11) 위와 같음: "子曰: '君子喩於義, 小人喩於利.'"
12) 『老子』 제12장: "五色令人目盲, 五音令人耳聾, 五味令人口爽, 馳騁畋獵令人心發狂, 難得之貨令人行妨."
13) 『莊子』 「至樂」: "夫富者, 苦身疾作, 多積財而不得盡用, 其爲形也亦外矣! 夫貴者, 夜以繼日, 思慮善否, 其爲形也亦疏矣!"

결과 세상이 어지럽게 되었다고 말한다. 이 문제와 관련하여 『순자』에서는 이렇게 말하였다.

> 이익을 좋아하고 얻기를 바라는 것은 사람의 감정이요 본성이다. 예를 들어 어떤 사람에게 형제가 있는데 재물을 나누어 갖게 되었다고 하자, 이때 다만 감정과 본성을 따른다면 이익을 좋아하고 얻기를 바라기 때문에 형제가 서로 성내며 다툴 것이다.[14]

그런데 문제는 우리 인간이 삶을 살아가면서 추구할 수 있는 것이 과연 이런 것들뿐일까? 만약 '부귀'만이 우리가 인생을 통하여 추구할 가치가 있는 것이라면 우리는 이것들을 얻기 위하여 모든 노력을 기울여야 할 것이다.

그러나 만약 정말로 우리가 삶을 살아가는 목적이 이 '부귀'뿐이라면 우리는 이러한 삶을 선택하지 않을 수도 있을 것이다. 다시 말해서, '삶을 살지 않는 것'(즉, 죽음)을 선택할 권리가 있을 것이다. 그러나 여기에서 말한 '선택'이란 무엇을 의미할까? 우리가 생각하기에 이 '선택'이란 바로 '가치'의 의미를 담고 있는 개념이다. 우리가 무엇을 '선택'하고 무엇을 '선택'하지 않는 그 자체는 이미 '가치'라는 의미를 담고 있다. 그러므로 어떤 면에서 삶이란 끊임없이 '선택'을 하는 과정이라고 할 수 있고, 그 '선택'의 과정 밑바탕에는 바로 '가치'의 문제가 놓여있다.

이 가치의 문제를 달리 표현한다면 아마도 '행복'이라는 용어로 나타낼 수 있을 것 같다. 즉 우리는 '행복한 삶'을 살기 위해서 부유함

---

14) 『荀子』「性惡」: "夫好利而欲得者, 此人之情性也. 假之人有弟兄資財而分者, 且順情性, 好利而欲得, 若是則兄弟相拂奪矣."

과 귀함을 추구한다고 말할 수 있다. 그런데 문제는 이것이 결코 쉽게 이루어지지 않는다는 사실이다.

그런데 문제는 우리의 삶 그 밑바탕에는 죽음이 놓여 있다는 점이다. 이것은 우리가 지금 어떤 삶을 살아가고 있는지 상관없이 누구에게나 숙명적으로 주어진 문제이다.

2. 삶은 왜 이렇게 괴로운 것일까?

옛날 사람들은 흔히 '개똥밭에 굴러도 이승이 좋다'라는 말로 삶을 긍정하였다. 그런데 이 말을 다시 살펴보면, 반드시 삶이 좋아서 그렇게 말한 것으로만 보이지는 않는다. 우리에게는 지금 여기에서 이렇게 삶을 살아가고 있다는 사실이 주어져있다. 그러나 삶의 마감, 즉 삶의 끝에 찾아오게 되는 죽음에 대해서는 전혀 해답을 가지고 있지 못하다.

우리의 삶에는 우리가 의도하지 않게 찾아오는 수많은 고통이 있다. 그런 까닭에 부처는 인생을 '괴로움의 바다'—고해(苦海)라고 말한 것인지도 모른다. 부처는 인생의 괴로움의 근원을 무명(無明)이라고 하였다. 유식론에서는 아집(我執)이라고 말한다. 사람들은 흔히 '나만은 영원히 살 것이야', 또는 '나만은 영원히 살아야만 해'라고 생각한다. 그러나 이 세상에 존재하는 것은 무엇이 되었든 모두 사라진다. 그것이 자연의 이법이다. 우리가 누군가를 아무리 사랑한다고 하더라도 그것이 영원히 존재할 수는 없다. 그러나 우리가 지금과 달리 생각을 약간 바꾸어 살펴보면 사실 인간에게 죽음이 존재한다는 사실은 매우 좋은 일이기도 하다. 이것을 '죽음의 위대함'이라고 말할 수 있다.

　인간의 삶이 괴로운 이유는 결국 우리들 자신의 탐욕과 관련이 있다. 생명을 가진 존재는 기본적으로 맹목적으로 영원한 삶을 추구한다. 사실 그 자체는 아무런 문제가 없다. 그러나 우리에게는 영원한 삶이 주어져 있지 않다. 또 영원한 삶이 과연 우리를 행복하게 해 줄지도 알 수 없는 일이다.

　우리 인간이 다른 존재와 다른 점은 아마도 '궁극적 관심'에 대한 질문이 아닌가 생각된다. 우리의 삶은 어떤 면에서 이 궁극적 관심에 대한 해답을 찾는 과정인지도 모르겠다. 그런데 불행하게도 우리에게는 그 해답이 주어져 있지 않다. 인생의 궁극적 물음에 대해 우리들에게 주어진 해답들이란 대개는 여러 종교와 학자들이 말하였던 몇 가지 사변적인 내용과 과학적 해답이 전부일 것이다. 그런데 그들의 수많은 다양한 이론들은 객관적 증명이 불가능하다.

　종교와 철학과, 과학에서 말하는 그 다양한 이론들의 그 구체적인 상황을 간략하게 예를 들어 보면 다음과 같은 입장들이 있다. 첫째, 유신론적(有神論的) 세계관의 입장이다. 둘째, 무신론적(無神論的) 세계관의 입장이다. 셋째, 유물론적(唯物論的) 세계관의 입장이다.

　첫 번째 유신론적 세계관이다. 이 입장과 관련이 있는 것으로 그 대표적인 것은 아무래도 기독교의 관점일 것이다. 먼저 하느님이 세상을 창조했다는 것에 관한 내용이다.

　　태초에 하나님이 천지를 창조하셨다.15)

---

15) 『성경』 「창세기」 제1장.

다음으로 『성경』에 보이는 죽음관이다.

　뱀이 여자에게 물었다. "하나님이 정말로 너희에게 동산 안에 있는 모든 나무의 열매를 먹지 말라고 말씀하셨느냐?" 여자가 뱀에게 대답하였다. "우리는 동산 안에 있는 나무의 열매를 먹을 수 있다. 그러나 하나님은 동산 한 가운데 있는 나무의 열매는 먹지도 말고 만지지도 말라고 하셨다. 어기면 우리가 죽는다고 하셨다.16)

　두 번째 무신론적 관점이다. 이 입장은 노장철학과 불교가 대표적일 것이다. 노자는 이렇게 말하였다.

　천지(天地)는 친애함이 없으니 만물을 추구(芻狗)로 여긴다. 성인(聖人)은 어질지 않으니 백성을 추구로 여긴다.17)

　노자는 당시의 '상제'(上帝) 관념을 부정하였다. 이 세상에 존재하는 모든 자연이연(自然而然)에 의한 것, 즉 스스로 그러한 것일 뿐이다. 여기에는 어떤 초자연적인 존재가 있어서 그렇게 된 것이 아니다.
　초기불교에서는 천지만물의 존재 원인을 연기법(緣起法)으로 설명한다.

　이것 있음에 말미암아 저것이 있고, 이것이 생김에 말미암아 저것이 생긴다. 이것이 없음에 말미암아 저것이 없고, 이것이 멸함에 말미암아 저것이 멸한다.18)

---

16) 같은 책, 제3장.
17) 『老子』 제5장: "天地不親, 以萬物爲芻狗; 聖人不仁, 以百姓爲芻狗."
18) 『相應部經典』 12·21·19.

불교의 연기설에 의하면 천지만물의 존재는 조건적이다. 이것과 저것이 서로 만나게 될 때 존재하게 되는 것으로 그 자성(自性)이 없다는 것이다. 그러므로 그 조건이 사라지면 존재 역시 사라지게 된다.

셋째, 유물론적 관점이다. 유물론적 관점을 간단히 말하자면 모든 존재의 기원을 물질에 두는 견해이다. 이 관점에서 대표적인 입장은 마르크스의 입장과 다윈의 진화론적 관점이 있다. 마르크스는 이렇게 말하였다.

관념적인 것은 인간의 머릿속에 옮겨져 번역된 물질적인 것에 다름 아니다.[19]

다윈의 입장에 대해 장기홍은 아래와 같이 설명한다.

변화란 무엇인가? 변할 때마다 어떤 초자연적 존재가 변화를 지시해서 되는 것이 아니라 자발적·자동적으로 변화하며 유동적으로 변화하는 것이다. 그러므로 우리는 변화의 원인과 동력이 존재에 내재해 있음을 깨닫게 된다.[20]

다윈의 입장에 의하면 외적조건에 따라서 다양한 품종으로의 변화가 발생한다고 한다. 오늘날 기독교 보수주의자들은 지적설계론이라는 이론을 가지고 진화론을 비판한다. 그러나 지적설계론은 논리적으로 모순이 되는 이론이고 증명이 불가능한 이론(믿음)이다.

---

19) 코프닌, 『마르크스주의 인식론』, 김현근 옮김, 이성과현실사, 1988, 110쪽.
20) 章基弘 編著, 『進化論과 創造論』, 한길사, 1991, 23쪽.

제3절 제왕과 불로장생

1. 진시황

진시황은 중국역사에서 최초로 통일구가를 이룬 인물이다. 그런데 진시황 역시 장생불사에 심취한 인물로도 유명하다.

진시황은 기원전 221년 중국의 천하를 통일하였다. 그런데 그는 말년에 장생불사한다는 신선사상에 기울었다고 한다. 그와 관한 기록은 사마천의 『사기』 「진시황본기」(秦始皇本紀), 「봉선서」(封禪書) 등에 보인다. 먼저 「진시황본기」의 기록을 살펴보자.

> (진시황 28년) 제나라 서불(徐市) 등이 상서를 하여 말하였다. "바다 가운데 세 개의 신산(三神山)이 있는데 봉래산(蓬萊山), 방장산(方丈山), 영주산(瀛洲山)이라 하며 거기에는 신선들이 살고 있습니다. 청하건대 재계(齋戒)하고 나서 동남동녀(童男童女)를 데리고 신선을 찾아 나서게 하옵소서." (진시황은) 서불을 보내어 수천 명의 동남동녀를 선발하여 바다로 들어가 신선을 찾도록 하였다.[21]

또 이렇게 기록하였다.

> 32년에 진시황은 갈석산(碣石山)에 가서 연(燕)나라 사람 노생(盧生)을 시

---

21) 『史記』 「秦始皇本紀」: "齊人徐市等上書, 言海中有三神山, 名曰蓬萊·方丈·瀛洲, 仙人居之. 請得齋戒, 與童男童女求之. 於是遣徐市發童男童女數千人, 入海求仙人."

켜서 선문(羨門)과 고서(高誓)를 찾도록 하였다.22)

한종(韓終)·후공(侯公)·석생(石生)을 시켜서 신선들의 장생불사의 약을 구하도록 하였다.23)

그러나 불사의 약을 구할 수는 없었다. 그 원인을 노생은 진시황에게 이렇게 말하였다.

신들이 영지(靈芝), 선약(仙藥), 신선을 찾아다녔으나 매번 만나지 못했는데, 마치 이것을 방해하는 것이 있는 것 같습니다. 저의 소견으로는 황제께서 때때로 미행(微行)하시어 악귀를 물리치시고, 악귀가 물리쳐지면 진인(眞人)이 올 것입니다. 황제께서 머무르시는 장소를 신하들이 알게 되면 신선이 나타나는 것을 방해받게 될 것입니다. 진인은 물에 들어가도 젖지 않으며 불에 들어가도 타지 않고 운기(雲氣)를 타고 다니며 천지와 더불어 영원히 존재할 것입니다. 지금 황제께서 천하를 다스리시나 아직은 안정을 이루지 못하셨으니, 원하옵건대 황제께서 거처하는 궁궐을 다른 사람들이 알지 못하게 하신다면 아마 불사의 약을 구하실 수 있을 것입니다.24)

다음은 「봉선서」의 기록이다.

진시황이 천하를 통일한 이후 방사들이 해상의 신선전설에 관하여 말하는 횟수는 그 수를 헤아릴 수가 없었다. 진시황은 친히 해상으로 나아갔다가 삼신산에 도달하지 못할까 두려워 동남동녀(童男童女)를 데리고 해상으로 나아가 이 삼신산을 찾도록 사람들을 파견하였다. 배가 해상에서 돌아와

---

22) 위와 같음: "三十二年, 始皇之碣石, 使燕人盧生求羨門·高誓."
23) 위와 같음: "因使韓終·侯公·石生求仙人不死之藥."
24) 위와 같음: "齊人徐市等上書, 言海中有三神山, 名曰蓬萊方丈瀛洲, 仙人居之. 請得齋戒, 與童男童女求之. 於是遣徐市發童男童女數千人, 入海求仙人."

서는 바람을 만나 도달할 수 없었다고 변명하고서는 비록 도달하지는 못했지만 삼신산을 확실히 보았다고 말하였다. 2년째 진시황은 다시 해상을 순유하며 낭야산(琅邪山)에 도달하였고, 항산(恒山)을 거쳐 상당(上黨)으로부터 되돌아왔다. 3년 후에 갈석(碣石)을 순유하고 방사를 해상으로 보낼 것을 고려하고 상군(上郡)으로부터 돌아왔다. 그로부터 5년 후 진시황은 남쪽으로는 상산(湘山)까지 순유하고, 회계산(會稽山)에 올라 해상으로 가서 삼신산의 장생불사의 약을 얻고자 희망하였다. 그러나 얻지 못하고 귀경하는 도중에 사구(沙丘)에서 죽었다.25)

그렇지만 어쨌든 '불사의 약'이란 존재하지 않는 것이다. 그런 까닭에 후생과 노생은 몰래 달아나고 말았다.

후생은 노생과 함께 모의하여 이렇게 말하였다. "진시황의 사람됨은 천성이 고집이 세고 남의 말을 듣지 않고 자기 마음대로 하며, 제후 출신으로서 천하를 통일하여 마음먹은 대로 일을 행하고, 옛날부터 지금까지 자기보다 나은 자가 없다고 여기고 있소. 그리고 전문적으로 옥리를 임용하였으니 옥리는 모두 황제의 친애와 총애를 받고 있거늘, 박사는 비록 70명이지만 숫자만을 충족시켰을 뿐 중용하지는 않았으며, 승상과 대신들은 모두 이미 결정된 일들을 명령받으니 황제에 의해서 모든 일이 처리되고 있소. 황제는 형벌과 살육으로써 자신의 위엄을 세우기를 좋아하니 천하가 죄를 두려워하며 자신의 봉록만을 유지하려고 할 뿐이며 감히 충성을 다 하려고 하지 않소. 황제는 자신의 허물을 듣지 않고 날마다 교만해지며, 아랫사람은 해를 입을까 두려워하여 속이고 기만하며 황제의 비위를 맞추고 있소.

---

25) 같은 책, 「封禪書」: "及至秦始皇幷天下, 至海上, 則方士言之不可勝數. 始皇自以爲至海上而恐不及矣, 使人乃齎童男女入海求之. 船交海中, 皆以風爲解, 曰未能至, 望見之焉. 其明年, 始皇復遊海上, 至琅邪, 過恒山, 從上黨歸. 後三年, 遊碣石, 考入海方士, 從上郡歸. 後五年, 始皇南至湘山, 遂登會稽, 幷海上, 冀遇海中三神山之奇藥. 不得, 還至沙丘崩."

진의 법률에는 두 가지 이상의 방술(方術)을 겸할 수 없게 했으며, 만약 그 방술에 영험이 없으면 즉시 사형에 처하도록 하고 있소. 그러나 성상(星象)과 운기(雲氣)를 관측하는 자가 300명에 이르고 모두 뛰어난 선비들이지만 두려워하고 기피하여 감히 황제의 허물을 직언하지 못하고 있으며, 천하의 일이 크고 작은 것을 막론하고 모두 황제에 의해서 결정되니 황제가 읽어야 할 문서의 중량을 저울질해야 할 지경이며 밤낮으로 정량이 있어서 그 정량에 이르지 못하면 휴식을 할 수가 없소. 권세를 탐하는 것이 이 정도에 이르니 그를 위해서 선약을 구해주어서는 안 될 것이오." 그리고는 바로 도망쳐버렸다.[26]

진시황은 후생과 노생이 달아난 것을 알고서 크게 노하여 다음과 같이 말하였다.

내가 전에 천하의 쓸모없는 책들을 거두어 모두 불태우게 하고, 문학에 종사하는 선비들과 방술사(方術士)들을 모두 불러 모아 태평성세를 일으키고자 하고 방사들로 하여금 각지를 찾아다니며 선약을 구하게 하였거늘, 지금 들으니 한중(韓衆: 韓終)이 한번 가더니 소식이 없다고 하고, 서불(徐市)등은 막대한 금액을 낭비하고서도 결국 선약을 구하지 못한 채 불법으로 이익을 챙기며 서로 고발하고 있다는 소식만을 매일 듣고 있다. 내가 노생등을 존중하여 그들에게 많은 것을 하사했으나 이제는 나를 비방하면서 나의 부덕(不德)을 가중시키고 있으며, 내가 사람을 시켜서 함양에 있는 이런 자들을 조사해보니 어떤 자는 요망한 말로 백성들을 미혹되게 하고 있었

---

26) 같은 책, 「秦始皇本紀」: "侯生·盧生相與謀曰: '始皇爲人, 天性剛戾自用, 起諸侯, 幷天下, 意得欲從, 以爲自古莫及己. 專任獄吏, 獄吏得親幸. 博士雖七十人, 特備員弗用. 丞相諸大臣皆受成事, 倚辨于上. 上樂以刑殺爲威, 天下畏罪持祿, 莫敢盡忠. 上不聞過而日驕, 下懾伏謾欺以取容. 秦法, 不得兼方, 不驗, 輒死. 然候星氣者至三百人, 皆良士, 畏忌諱諛, 不敢端言其過. 天下之事無小大皆決于上, 上至以衡石量書, 日夜有呈, 不中呈不得休息. 貪于權勢至如此, 未可爲求仙藥.' 于是乃亡去."

다.27)

또 방사 서불(徐市)은 불사의 약을 구할 수 없자 이렇게 말하였다.

(진시황 37년) 방사 서불(徐市) 등이 바다로 들어가 선약을 구했으나 몇 년 동안 얻지 못하고 비용만 많이 허비하자 그는 문책을 받을 것이 두려워서 거짓으로 말하였다. "봉래의 선약은 구할 수는 있으나 항상 커다란 상어로 인해서 어려움을 당하는 까닭에 그곳에 도달할 수 없으니, 원하옵건대 활을 잘 쏘는 사람을 청하여 함께 보내주시면 상어를 보는 즉시 연노(連弩)로써 그것을 쏠 수 있을 것입니다."28)

진시황은 결국 동해로 순시를 떠나 직접 신선을 만나고자 하였지만 실패하였다. 그는 돌아오는 길에 죽었다. 그에 죽음은 진나라의 멸망으로 이어졌다. 진나라는 천하를 통일하고 나서 13년 만에 망하였다. 그리고 그 뒤를 이어서 나온 것이 유방(劉邦)이 세운 한(漢)나라이다.

2. 한나라 무제

한나라 때에의 상황도 이와 비슷하였다. 그 대표적인 인물이 바로 한나라 무제(武帝, 기원전 156-기원전 87년)이다. 무제 때 신선과 관

---

27) 위와 같음: "始皇聞亡, 乃大怒曰: '吾前收天下書不中用者盡去之. 悉召文學方術士甚衆, 欲以興太平, 方士欲練以求奇藥. 今聞韓衆去不報, 徐市等費以巨萬計, 終不得藥, 徒奸利相告日聞. 盧生等吾尊賜之甚厚, 今乃誹謗我, 以重吾不德也. 諸生在咸陽者, 吾使人廉問, 或爲訞言以亂黔首.'"

28) 위와 같음: "方士徐市入海求神藥, 數歲不得, 費多, 恐譴, 乃詐曰: '蓬萊藥可得, 然常爲大鮫魚所苦, 故不得至, 願請善射與俱, 見則以連弩射之.'"

련하여 유명한 인물로는 방사(方士) 이소군(李少君), 소옹(少翁), 난대
(欒大) 등이 있다. 그들은 무제가 신선설에 미혹되게 만들었다.

① 이소군: 이때 이소군도 사조(祀竈), 곡도(穀道)와 불로장생하는 방술(方
術)로 천자를 알현하자 천자는 그를 매우 정중하게 대접하였다. ……그는
자신의 나이, 경력과 생애를 속였으며, 항상 자신의 나이가 70세이고 귀신
을 부리고 약물을 사용함에 능숙하다고 했으며, 노화를 방지하고 불로장생
할 수 있는 방술이 있다고 하였다. ……이소군이 천자에게 말하였다. "부엌
신에게 제사 지내면 신물(神物)을 얻을 수 있습니다. 신물을 얻으면 단사(丹
沙)를 이용하여 황금을 제련할 수 있으며, 황금을 제련한 뒤에 그것으로 음
식을 담는 그릇을 만들어 사용하면 장수할 수 있습니다. 장수하게 되면 바
다에 떠 있는 봉래도(蓬萊島)의 선인을 만날 수 있고, 선인을 만나 천지에
제사를 지내면 불로장생할 수 있습니다. 황제(黃帝)께서도 이와 같이 하셨
습니다. 전에 신은 바다에서 놀다 안기생(安期生)을 만났습니다. 그가 신에
게 대추를 먹도록 주었는데 그 크기가 참외만큼 컸습니다. 안기생은 선인
(仙人)으로 봉래의 선경(仙境)을 왕래할 수 있는데 만약 천자께서 그와 마음
이 통하면 그가 모습을 나타낼 것이지만 통하지 않으면 숨어 나타나지 않
을 것입니다." 그러자 천자는 몸소 부엌 신에게 제사를 지내고, 방사(方士)
를 파견하여 바다로 들어가 안기생과 같은 선인을 찾게 했고, 동시에 단사
등 각종 약물을 사용하여 황금을 만드는 일에 착수하게 하였다. 오랜 세월
이 흐른 뒤에 이소군이 병사하자 천자는 그가 신선이 되어 승천한 것이지
결코 죽은 것이 아니라고 생각하였다.[29)]

---

29) 같은 책, 「孝武本紀」: "是時而李少君亦以祠竈·穀道·卻老方見上, 上尊之. ……匿其年
及所生長, 常自謂七十, 能使物, 卻老. ……少君言於上曰: '祠竈卽致物, 致物而丹沙可化
爲黃金, 黃金成以爲飮食器則益壽, 益壽而海中蓬萊僊者可見, 見之以封禪則不死, 黃帝是
也. 臣嘗游海上, 見安期生, 食臣棗, 大如瓜. 安期生僊者, 通蓬萊中, 合則見人, 不合則
隱.' 於是天子始親祠竈, 而遣方士入海求蓬萊安期生之屬, 而事化丹沙諸藥齊爲黃金矣. 居
久之, 李少君病死. 天子以爲化去不死也."

② 소옹: 제(齊)나라 사람 소옹이 귀신을 불러들이는 방술(鬼神方)로 천자를 알현하였다. 천자에게는 총애하는 왕부인(王夫人)이 있었는데 그녀가 죽자 소옹은 방술을 이용하여 밤에 왕부인과 부엌 신의 형상을 불러와서 천자는 장막을 통해 그녀를 만났다. 그리하여 소옹은 문성장군(文成將軍)에 봉해졌고 많은 재물을 하사받았으며 천자는 빈객을 접대하는 예우로써 그를 대하였다. 문성장군이 말하였다. "천자께서 신선을 만나고 싶어 하시지만 궁실과 복식 등의 물건들이 신선들이 사용하는 것과 다르다면 신선들은 오지 않을 것입니다." 천자는 곧 여러 가지 색의 구름무늬를 그린 마차를 제작하여 오행(五行)에서 말하는 상극(相克)의 도리에 따라서 각기 그날에 맞는 길한 색깔의 신거(神車)를 골라 타고서 악귀를 물리쳤다. 또 감천궁(甘泉宮)을 지어 안에 대실(臺室)을 설치하고, 그 안에는 천신, 지신, 태일신의 형상을 그려넣고 제구(祭具)를 설치하여 천신을 불러들이고자 하였다. 1년이 지나자 문성장군의 방술은 갈수록 영험함이 떨어져 신선은 오지 않았다. 그래서 그는 비단 위에 글을 쓴 다음 이것을 소에게 먹인 뒤에 모른 척 하고서 이 소의 뱃속에 기이한 물건이 들어 있다고 말하였다. 이에 천자가 소의 배를 가르게 하니 과연 백서(帛書)가 들어 있었는데 그 글의 내용이 매우 기괴하여 천자는 이 일을 의심하게 되었다. 그런데 누군가 그 글자의 필적을 알고 있어서 그에게 물으니 결국 문성장군이 거짓으로 쓴 것임을 알게 되었다. 그리하여 그는 주살되었고 이 일은 비밀에 부쳐졌다.[30]

③ 난대: 그해 봄 낙성후(樂成侯)가 글을 오려 난대(欒大)를 소개하였다. ……난대는 천자에게 허풍을 치며 이렇게 말하였다. "신은 일찍이 바다를 왕래하며 안기생(安期生)·선문고(羨門高) 등의 선인을 만났습니다. 그러나 그

---

30) 위와 같음: "齊人少翁以鬼神方見上. 上有所幸王夫人, 夫人卒, 少翁以方術蓋夜致王夫人及竈鬼之貌云, 天子自帷中望見焉. 於是乃拜少君爲文成將軍, 賞賜甚多, 以客禮禮之. 文成言曰: '上卽欲與神通, 宮室被服不象神, 神物不至.' 乃作畫雲氣車, 及各以勝日駕車辟惡鬼. 又作甘泉宮, 中爲臺室, 畫天·地·太一諸神, 而置祭具以致天神. 居歲餘, 其方益衰, 神不至. 乃爲帛書以飯牛, 詳弗知也, 言此牛腹中有寄. 殺而視之, 得書, 書言甚怪, 天子疑之. 有識其手書, 問之人, 果[僞]書. 於是誅文成將軍, 而隱之."

들은 신의 신분이 미천하다고 생각하였는지 신을 믿으려고 하지 않았습니다. ……신의 스승은 '황금을 연금할 수 있고, 황하의 터진 둑을 막을 수 있으며, 불사약도 구할 수 있고, 신선도 불러올 수 있다'고 말했습니다. ……"31)

그러나 그들이 불로장생의 비방(단약)을 구하던 방법은 모두 실패로 끝났다. 그것은 너무도 당연한 결과이다. 그러나 여기에서 중요한 점은 불로장생의 비방이 성공했는지 여부가 아니라 그것을 대하는 당시 제왕들의 태도 즉 마음자세이다. 그들이 이러한 비방에 미혹되지 않았다면 이소군, 소옹, 난대와 같은 사람들은 나오지 않았을 것이다.

불로장생을 추구하는 것은 앞에서 말하였던 '몸의 수양'과 '마음의 수양'이라는 두 가지 형태의 수양에서 '몸의 수양'에 해당하는 부분이다. 즉 몸을 기는 것으로 양신(養身)에 해당한다. 이것을 '수련'(修煉)이라는 용어로 표현하기도 한다. 문제는 이 '몸을 수양하는 것' 역시 많은 시간과 힘든 과정을 필요로 한다는 사실이다. 그렇다면 사람들은 좀 더 편리한 길을 찾게 된다. 즉 힘든 과정을 생략하고서 동일한 효과를 얻을 수 있다면 사람들은 당연히 쉬운 길을 선택한다는 말이다. 따라서 발해(渤海) 위에 떠 있다는 신선이 사는 삼신산(三神山)을 찾아가는 것이 어려운 일이라면 이제 방향을 바꾸어 그 불사약을 직접 만들어 보고자 하는 시도를 하게 되는 것은 너무도 당연하다.

---

31) 위와 같음: "其春, 樂成侯上書言欒大. ……大言曰: '臣嘗往來海中, 見安期生·羨門之屬, 顧以爲臣賤, 不信臣. ……臣之師曰: '黃金可成, 而河決可塞, 不死之藥可得, 僊人可致也..'"

제4절 고대 중국의 과학과 외단황백술

중국의 고대사회에서 불멸에 대한 환상 또는 꿈은 외단의 실패를 통해 사라진 것은 아니었다. 비록 당시의 제왕들은 신선이 산다는 선경을 찾아가 불로장생할 수 있는 단약을 얻고자 했던 방법은 실패했지만 그들은 이제 방향을 바꾸어 직접 단약을 제조하려고 하였다.

이처럼 단약을 직접 제조하려고 했던 과정에서 중국의 고대 과학은 발전할 수 있었다.

1. 고대 중국의 과학

사람이 불로장생할 수 있는 단약을 만드는 것은 과학의 문제이다. 따라서 일정한 과학적 발전이 없었다면 외단황백술(外丹黃白術)의 출현은 가능하지 않았다. 왜냐하면 이 외단황백술과 관련하여 고대 중국의 과학은 양생술, 약학, 의학, 연금술 등이 결합된 것이기 때문이다. 이밖에도 식물학, 동물학, 광물학 등과도 연관된다. 특히 광물(그 중에서도 철이 대표적이다)에 대한 가공은 높은 수준의 과학적 발전이 없이는 불가능하다. 이용주는 "동양인이 성취한 자연과 인간에 관한 지식은 대부분이 도교적 자연 탐구의 부산물로서 얻어진 것이었다. 우리가 동양에서의 과학 발전을 논할 때 '도교'를 반드시 언급해야 하는 이유는 도교가 초자연적인 신성한 세계에 관한 지식을 탐구하는 과정에서 부산물로 얻은 수많은 자연과학적 지식을 축적하고 있기 때문이다"32)

고 말한다.

(1) 철과 철기의 제작

우리가 이 문제를 살펴보려면 먼저 '철'에 대한 고찰이 필요하다.
우리가 잘 알고 있는 것처럼, '철'의 발견과 가공기술의 발전이 인류
문명사에 준 공적은 헤아릴 수 없이 크다.

중국의 춘추전국시대는 청동기시대에서 철기시대로 넘어가던 시대
였다. 춘추시대 중기부터 철기를 사용하기 시작했다.[33] 철기의 사용과
우경(牛耕)은 농업생산물을 크게 확대하였다.

인간의 역사에서 각 지역별로 철/철기를 사용하게 된 시기에 대해
J. 니담(Joseph Needham, 1900-1995)은 『중국의 과학과 문명』(Ⅰ)
이라는 대작에서 이렇게 지적하였다.

철기의 제조는 약 -1400년 안양(安陽)의 도시가 생기에 넘쳐 있을 때,
현재의 앙카라 근처에 수도를 둔 비(非)셈 족으로 설형 문자를 사용하는 한
작은 아시아 민족인 힛타이트 인에 의해 최초로 발전되었다(隕石으로 된 것
같은 鐵.의 斷片은 훨씬 전부터 특히 이집트에서 알려져 있었다). 200년 후
에는 철기의 제조 공업이 니네베로 퍼졌고 -1000년대의 전환기에 에트루리
아 인이 그 지식을 이탈리아로 가져갔다. 그 뒤 철의 보급 속도는 동쪽과
서쪽으로 비교적 천천히 퍼져 나갔다. 유럽의 철기 시대에는 -900년부터 -
500년까지의 할시타트 시대와 -500년부터의 -100년까지의 라텐 시대로 나

---

32) 이용주, 『생명과 불사』, 이학사, 2009, 134쪽.
33) 李春植, 『中國 古代史의 展開』, 신서원, 1992, 122쪽.

누어진다.[34]

기록에 의하면 동·서양을 막론하고 '철'에 대해서 매우 신비하게 생각하였다. 사람들은 또 '철기'에 대해서도 매우 신비한 생각을 가졌다. 엘리아데는 이렇게 말한다.

철기시대는 세계의 양상을 변화시키기에 앞서 인류의 정신사에 울려 퍼졌던 수많은 의례와 신화와 상징을 낳았다.[35]

서양 역사에서는 이 '철'에 대해서 어떻게 생각하였는가? 엘리아데는 또 이렇게 지적하였다.

철을 뜻하는 가장 오래된 어휘인 '안-바르'라는 수메르어는 '하늘'과 '불'의 상형문자로 이루어져 있다. 보통 그것은 '천상의 금속', 혹은 '별의 금속'이라고 번역된다.[36]

뿐만 아니라 '철'을 '위대한 금속', '하늘의 금속' 등으로 불렀다.[37] 그는 또 "철의 '천상적' 기원은 아마도 그리스어인 시데로스에 의해서 입증될 수 있을 것이다"[38]고 말하였다.

그런 까닭에 이 철의 발견과 함께 제련 기술의 발전 역시 먼저 인간의 사유에 변화를 주었다.

---

34) 조셉 니담, 『중국의 과학과 문명』(Ⅰ), 이석호 외3 역, 을유문화사, 1989, 117쪽.
35) 미르치아 엘리아데, 『대장장이와 연금술사』, 이재실 옮김, 문학동네, 2003, 25쪽.
36) 같은 책, 23쪽.
37) 위와 같음.
38) 같은 책, 23쪽.

철의 뒤늦은 출현과 그 공업적 성공은 야금술의 의례와 상징에 대단한 영향을 미쳤다.[39]

이것은 "철에 대한 일련의 금기와 주술적 사용"[40]에 대한 말이다. 철의 가공 기술의 발전은 "운석에 내재하는 철의 천상적 신성성"과 "광산과 광석이 공유하는 대지적 신성성"을 펼쳤다.[41]

인류의 역사에서 철의 발견과 철기의 제작은 강한 무기의 발명이 가능하게 만들었다. 이어서 강한 농기구의 제작도 가능하게 되었다.

먼저 철과 전쟁의 관계를 살펴보자.

전쟁은 인류역사에서 무시할 수 없는 중요한 의미를 갖는 한 부분이다. 전쟁의 필요에서 나온 강한 무기의 발명은 고대사회에서 전쟁의 양상을 바꾸었다. 기원전 1200년 경 철기시대가 시작되었지만 금속을 주조할 수 있는 1,530℃로 가열할 수 있는 방법을 알지 못하였다. 그러나 기원전 900년 무렵 새로운 강철기술로 진보된 무기를 만들 수 있게 되었다. 그 결과 철은 '적나라한 폭력'과 동의어가 되었다.[42]

중국에서도 춘추전국시대는 청동기시대에서 철기시대로 넘어가는 때였는데 "대략 서주 말기에는 '괴련법'(塊煉法)이 발명되어 숙철(熟鐵)을 주조해 도구를 만들 수 있게 되었다. 춘추 중엽 이후에는 풀무의 발명으로 인해 '주철'(鑄鐵 즉 生鐵)을 제련하는 선진기술이 출현"하였다.[43] 이처럼 괴련법과 풀무의 발명과 같은 것은 철제도구(전쟁도구와

---

39) 같은 책, 26쪽.
40) 위와 같음.
41) 같은 책, 25-26쪽.
42) 아더 훼릴, 『전쟁의 기원』, 이춘근 옮김, 인간사랑, 1990, 87쪽.
43) 徐連達·吳浩坤·趙克堯, 『중국통사』, 중국사연구회 옮김, 청년사, 1989, 91쪽.

농기구)의 생산을 촉진시켰다. 그 의미는 대량학살과 대량생산이 가능하게 되었다는 것이다.

철로 된 무기에 관한 기록이 있는데 먼저 『순자』(荀子) 「성악」(性惡)편의 기록이다.

오(吳)나라 임금 합려(闔閭)의 간장(干將)·막야(莫耶)·거궐(鉅闕)·벽려(辟閭)는 모두 옛날의 좋은 칼이다.[44]

아래는 『오월춘추』(吳越春秋) 「합려내전」(闔閭內戰)이다.

전에 월(越)나라는 명검 세 자루를 바쳐온 일이 있었는데 합려는 이 명검들을 얻어 보물로 여겨 아껴왔다. 그래서 검을 만드는 장인으로 하여금 명검을 만들게 했던 것인데 하는 간장(干將)이라 하고 또 하나는 막야(莫耶)라고 하였다.[45]

월나라가 오나라 합려에게 바친 세 자루의 칼은 어장검(魚腸劍), 반영검(磐郢劍), 담로검(湛盧劍)이다. 이 「합려내전」에는 간장과 막야가 칼을 만드는 과정을 자세히 기록하고 있다.

막야는 간장의 아내이다. 간장은 오산(五山)의 정기(精氣)가 서린 철정(鐵精)을 캐고, 천지사방(天地四方) 육합(六合)의 정기가 서린 구리를 캐서 천기(天氣)를 살피고 지기(地氣)를 엿보아 기후를 살핀 다음 일월(日月)이 함께 비치는 시각에 음양을 조화시켜 쇠를 녹이고자 하였다. 그러나 하늘에서 백

---

44) 『荀子』「性惡」: "闔閭之干將·莫耶·鉅闕·辟閭, 此皆古之良劍也."
45) 『吳越春秋』「闔閭內傳」: "越前來獻三枚, 闔閭得而寶之, 以故使劍匠作爲二枚, 一曰干將, 二曰莫邪."

신(百神)이 내려와 보는데 천기가 내려가 금철지정(金鐵之精)은 전혀 녹아 흐르지 않았다. 간장은 그 까닭을 알지 못하였다. ······막야가 남편에게 말하였다. "대저 신물(神物)이 만들어질 때는 반드시 사람으로 이루어지는 것입니다. 지금 얻어야할 것을 얻지 못하였으니 그 사람을 얻은 뒤에야 명검을 만들 수 있을 것입니다." 간장이 대답하여 말하였다. "옛날 나의 스승께서 야금을 하실 때 이와 같은 일이 있었는데 스승님 부부가 함께 용광로에 몸을 던져 넣은 뒤에 쇠를 녹인 일이 있었소. 그 뒤 지금까지 산에서 쇠를 녹이고 야금을 할 때 나는 스승님 부부를 추모하여 몸에 마(麻)로 만든 띠를 두른 채 제사를 지내고서야 산에서 쇠를 캐고 주금(鑄金)을 했소. 지금 쇠가 녹아내리지 않고 있는 것이 그 때와 같은 까닭일까요?" 막야가 남편에게 말하였다. "스승님께서도 사람의 몸으로 쇠를 녹여야 할 것을 아시고 용광로에 몸을 불살라 명검을 만들었는데 첩(妾)이 어찌 이를 어려워하겠습니까?" 막야는 머리카락과 손톱, 발톱을 깎아 몸을 정결히 하고 재계를 한 뒤 용광로에 뛰어들었다. 이에 간장은 동남동녀 300인으로 하여금 용광로를 두드리면서 탄을 넣고 불을 때게 하여 비로소 쇳물이 녹아내려 간신히 두 자루의 명검을 만들 수 있었다.[46]

이러한 무기에 관한 기록이 있다는 것은 그만큼 철로 된 무기의 파괴력을 나타낸다.

J. 니담은 철의 보급이 갖는 의미에 대해 이렇게 지적하였다.

철의 보급에 따라서 군사면에서도 진보가 이루어져, 이것이 독립 봉건 군

---

46) 위와 같음: "莫耶, 干將之妻也. 干將作劍, 采五山之鐵精, 六合之金英, 候天伺地, 陰陽同光, 百神臨觀, 天氣下降, 而金鐵之精不銷淪流, 於是干將不知其由. ······莫耶曰: '夫神物之化, 須人而成. 今夫子作劍, 得無得其人而後成乎?' 干將曰: '昔吾師作冶金鐵之類不銷, 夫妻俱入冶爐中, 然後成物. 至今後世卽山作冶, 麻絰葌服, 然後敢鑄金於山. 今吾作劍不變化者, 其若斯耶?' 莫耶曰: '師知鑠身以成物, 吾何難哉?' 於是干將妻乃斷髮剪瓜, 投於爐中. 使童女童男三百人, 鼓槖裝炭, 金鐵乃濡遂以成劍."

주의 발흥을 가능케 하여 그들의 갈등을 격화시켰다. 특히 쇠뇌(弩)의 완성은 중요한 것이다. 중국은 비교적 늦게 청동과 철을 수입했지만 그 발명은 어느 지방보다도 빨랐던 것 같다.[47]

우리는 서양 역사에서도 철기 무기를 사용하는 종족과 청동기 무기를 사용하는 종족 사이의 힘의 불균형을 발견할 수 있다. 예를 들어 학살자 F. 피사로(Francisco Pizarro, 1475 경-1541)가 페루의 잉카제국을 멸망시킨 것도 이 철기로 된 무기에 의한 것이다.

　피사로의 군사적 이점은 스페인의 쇠칼을 비롯한 무기들, 갑옷, 총, 말따위였다. 그러한 무기에 대항하여 싸움터에 타고 갈 동물도 갖지 못한 아타우알파의 군대는 겨우 돌, 청동기, 나무 곤봉, 갈고리 막대, 손도끼, 그리고 물매와 헝겊 갑옷 등으로 맞설 수밖에 없었다. 이와 같이 장비의 불균형은 유럽인과 아메리카 원주민 및 기타 민족들 사이의 수많은 대결에서도 역시 결정적이었다.[48]

그런 까닭에 서양의 고대인들에게는 본래 "철과 야금술에 대한 증오"가 자리 잡고 있었다. 엘리아데는 이렇게 지적하였다.

　대장장이 일에 대한 이러한 증오는, 세상의 모든 시대 가운데 철기시대를 가장 비극적이고 야비한 시기로 보는 이론의 부정적이고 비판적인 태도와 동일한 것임을 알 수 있다. ……철기시대는 끊임없이 연속되는 전쟁과 대학살, 집단 노예 제도, 거의 전반적인 빈곤이 그 특징이었다.[49]

---

47) 조셉 니담, 『중국의 과학과 문명』(Ⅰ), 114쪽.
48) 재레드 다이아몬드, 『총, 균, 쇠』, 김진준 옮김, 문학사상사, 2002, 104-105쪽.
49) 미르치아 엘리아데, 『대장장이와 연금술사』, 70쪽.

다음은 철과 생산의 관계이다.

고대 중국에서는 춘추시대 중기에 강한 철기 농기구의 제작이 가능하게 되었는데 우경(牛耕)과 더불어 농업사회에서 심경세작(深耕細作)이 가능하게 하였다.50) 그것은 더 많은 농작물의 수확으로 이어졌다. 이처럼 "때때로 농민의 사활이 걸린 문제로서 이야기되는 철제농기구가 광범위하게 사용되었다. 철제 농기구는 과거에 비해 적은 인원으로도 토지를 효율적으로 경작할 수 있게 하였다. 그러므로 아마도 씨족공동체를 해체시키는 데 일익을 담당했을 것이다."51)

춘추전국시대에 이러한 경제적 측면의 변화의 동력은 무엇인가? 그것은 부국강병을 통한 겸병의 추구이다. 따라서 이러한 목적의 실현을 위해 이루어진 경제적 변화는 결코 백성의 삶을 위한 것이 아니었다. 아무튼 경제적 변화는 토지제도와 세금제도의 변화가 핵심이다.

먼저 토지제도의 변화이다. 본래 고대 중국을 지배했던 것은 왕토사상이다. 모든 땅은 군주의 소유라는 관념이다. 이러한 관념은 청나라가 망할 때까지 변함이 없었다. 그렇지만 그 사이에도 토지제도는 많은 변화를 하였다. 토지제도의 변화는 소유권과 사용권에 있어서 여러 가지 변화가 발생했음을 의미한다.

중국은 본래 정전제(井田制)가 기본적인 토지제도이다. 정전제는 정(井)자 모양의 토지를 8가구에 분배하고 1/9을 세금으로 내는 것이다. 8가구가 정(井)자 형태의 토지 중심에 있는 1을 공동경작을 하여 국가에 세금으로 납부하고 나머지 각각의 1을 각 가(家)의 소득으로 얻는

---

50) 中國史硏究室 編譯, 『中國歷史』(상권), 신서원, 1993, 162쪽.
51) 마크 엘빈, 『中國歷史의 發展形態』, 李春植·金貞姬·任仲爀 공역, 신서원, 1993, 18쪽.

다. 그러므로 세금에 두입되는 노동력은 1/8에 해당하는 것으로 각 가의 노동력 분담률은 12.5%이다. 또 단순히 계산하면 세율은 11%정 도가 된다. 이것은 고대 중국에서 말하는 1/10세율에 거의 들어맞는 다.52) 맹자도 문왕 때에는 1/9의 세금을 냈다고 말한다.53) 이것은 정 전제를 의미한다.

그런데 정전제는 많은 문제점을 가지고 있었다. 원래 정전은 토지의 상태에 따라 상·중·하 3등급이 있었다. 상급의 토지는 매년 경작하고, 중급의 토지는 1년 경작 1년 휴경하며, 하급의 토지는 1년 경작 2년 휴경이 원칙이다. 이러한 방법은 매우 불편하였다.

춘추시대 말기에 오면 토지제도에 많은 변화가 발생하게 된다. 맹자 는 토지제도와 세금제도의 변화에 이렇게 말하였다.

하(夏)나라는 각 가구에 50무(畝)씩 토지를 나누어주고 공(貢)이라는 세법 을 시행했고, 은(殷)나라는 각 가구에 70무씩 토지를 나누어 주고 조(助)라 는 세법을 시행했으며, 주(周)나라는 각 가구에 100무씩 토지를 나누어주고 철(徹)이라는 세법을 시행했는데, 그 실질은 모두 수확량의 10분의 1을 세 금으로 거두는 것이었습니다. 철은 천하에 보편적으로 적용한다는 뜻이고, 조는 백성의 노동력의 도움을 받는다는 뜻입니다.54)

맹자는 또 "주나라도 역시 조법을 시행했던 것입니다"(雖周亦助也)라 고 말하고 있다.55) 맹자의 말에 의하면 하·은·주는 백성들에게 각각

---

52) 『論語』「顏淵」: "哀公問於有若曰: '年饑, 用不足, 如之何?' 有若對曰: '盍徹乎?' 曰: '二, 吾猶不足, 如之何其徹也?' 對曰: '百姓足, 君孰與不足호? 百姓不足, 君孰與足.'"

53) 『孟子』「梁惠王 下」: "文王之治岐也, 耕者九一."

54) 같은 책, 「滕文公 上」: "夏后氏五十而貢, 殷人七十而助, 周人百畝而徹, 其實皆什一也. 徹者, 徹也, 助者, 藉也."

55) 위와 같음.

50무·70무·100무의 토지를 제공하였고, 공(貢)·조(助)·철(徹)이라는 세법을 실시한 것이다.

춘추전국시대에 토지제도와 세금제도 등을 포함한 여러 가지 제도의 개혁을 변법(變法)이라고 부른다. 이 변법은 궁극적으로 부국강병을 통해 겸병이라는 목적을 실현하기 위한 것이지 백성들을 위한 것이 아니었다. 결국 전국시대 말기에 가면 다시 땅이 없는 농민들이 대량으로 발생하게 된다.

이처럼 경제적 발전은 또 전쟁과도 직접적으로 연계된다. 철의 가공기술이 발전함에 따라 철제 무기와 농기구의 제작이 가능하게 되면서 전쟁의 측면에서는 대량학살이 가능하게 되었고 경제적으로 부국이 가능하게 되었다. 이것은 과학발전이 고대사회 전반에 미친 영향력을 나타낸다.

(2) 동·서양의 연금술

여기에서는 동·서양의 고대과학기술을 살펴보기로 한다.

인간의 장생불사(영생)와 관련하여 연금술은 매우 중요한 의미를 갖는다. 그런 까닭에 동·서양을 막론하고 인간의 역사에는 언제나 연금술이 존재했다고 말할 수 있다. 어떤 면에서 현대과학에서 연구가 진행되고 있는 기술들도 인간의 건강하고 영원한 삶과 무관한 것은 없다. 어차피 인간은 이 몸을 가지고 살아가는 존재이기 때문이다. 우리는 몸이 없는 인간을 상상할 수 없다.

서양의 중세에는 "야금술적 전통과 연금술적 전통이 공생관계"에 있었다.56) 자연에서 금을 캐는 작업은 매우 중요했는데 금은 종교적 중요성을 가지고 있었다. 금은 대지모라는 어머니 자연이 잉태한 어린 아이와 같은 것으로 "불멸성과 절대자유"를 간직한 것이다. "온갖 종류의 '태아'를 잉태한 대지모의 이미지는 '자연'의 이미지에 선행하는 것이었다."57)

고대 중국에서 "야금술적 신비학과 연금술 사이에 단절이 없었다."58) 막스 칼텐마르크는 이렇게 지적하였다.

연금술의 화덕을 고대 대장간의 유산으로 보는 도교도들에게 불멸성이란 (적어도 후한 왕조 이후에는) 주술적 도구에 의한 용해의 결과(여기에는 대장간 화덕에 대한 제물 희생이 필요하다)가 아니라, '신성한(辰砂)'를 제조한 사람만이 획득할 수 있는 것이었다. 그때부터, 연금술사들은 스스로를 신성화하기 위한 새로운 방법에 접하게 되었다. 신들과 같이 되기 위해서는 황금액이나 진사를 복용하는 것으로 충분했다.59)

엘리아데는 중국의 연금술에 대해 두 가지 믿음으로 정의한다.60) 첫째, 금속에서 금으로의 변환이다. 둘째, 이 결과를 얻어내기 위한 조작의 '구제론적' 가치이다. 그는 또 중국 연금술의 성립 요소로 이렇게 말하였다.61) 첫째, 전통적인 우주론적 원리이다. 둘째, 불사의 영약과 불사의 성인(聖人) 사이의 관계에 관한 신화이다. 셋째, 장생,

---

56) 미르치아 엘리아데, 『대장장이와 연금술사』, 51쪽.
57) 같은 책, 57쪽.
58) 같은 책, 112쪽.
59) Max Kaltenmark, *Le Lie-Sien Tcbouan*(Pékin, 1953.)(미르치아 엘리아데, 『대장장이와 연금술사』, 112쪽 재인용.)
60) 미르치아 엘리아데, 『대장장이와 연금술사』, 115쪽.
61) 위와 같음.

지복, 정신적 자발성을 추구하는 방술이다. 그러면서 "이 세 가지 요소(원리, 신화, 방술)는 원시시대의 문화유산에 속한다"고 말한다.

연금술에서 금을 제조하는 비법은 특별한 의미가 있다. 금은 고체와 액체로 자유롭게 변화하면서도 그 본래의 성질을 잃지 않기 때문이다. 중국의 방사들은 이렇게 인공적으로 제조하여 사람이 먹을 수 있는 금을 약금(藥金)이라 불렀다.

> 한편 금의 추구는 정신적 본질의 추구를 함축하기도 했다. 금은 황제와도 같은 특성을 가지고 있었다. 즉, 그것은 대지의 '중심'에 있었으며, 결(缺, 계관석 혹은 유황), 황색 수은 및 내세(來世, 혹은 '黃天')와 신비한 관계를 맺고 있었다.[62]

도학은 뒤에 단약을 연구하는 과정에서 고대 중국의 이러한 과학을 수용하였다. 니담은 "도교는 인류가 경험하였던 것 중에서 가장 본질적으로 반 과학적이 아니었던 유일한 신비주의 체계"라고 말하였다.[63] 니담의 말처럼 도학은 과학에 대해 부정적이지 않았다. 오히려 과학에 대해 매우 큰 관심을 가졌다. 단약을 연구하는 과정에서 과학적 탐구는 필수적이었기 때문이다.

(3) 그 밖의 자연과학

---

62) 같은 책, 117쪽.
63) 조셉 니담, 『中國의 科學과 文明』(2), 李錫浩·李鐵柱·林禎垈 譯, 乙酉文化社, 1988, 45쪽.

고대 중국사회의 자연과학에는 철, 연금술 이외에도 여러 가지 자연과학의 발전을 여러 문헌을 통해 확인할 수 있다. 그 대표적인 문헌으로 『묵자』, 『회남자』 등이 있다. 물론 이러한 내용은 오늘날 우리가 말하는 과학에는 전혀 미치지 못한다. 라이프니츠는 고대 중국의 과학에 대해 "중국은 우리와 대등하게 경쟁하고 있다. ……일상생활에서 숙련된 기술을(놓고 보면 중국은) ……우리에게 도움을 줄 수 있을 것이다. 물론 사유의 철저함이나 이론적 훈련에 있어서 우리는 그들보다 월등하다. 왜냐하면 우리는 비물질적인 사물들에 관한 지식 및 논리학과 형이상하 외에도 질료적인 것의 이해를 통하여 추상화시킨 형식, 즉 수학적인 것에 훨씬 뛰어나기 때문이다. ……**중국인은 일종의 경험적 기하학에 만족하고 있는 것**으로 보인다"(강조는 인용자)[64]고 말한 것처럼 중국의 고대과학은 '경험적 기하학'이라는 수준을 벗어나 '수학적인 것'으로 발전하지 못했기 때문이다.

김관도·유청봉이 엮은 『중국문화의 시스템론적 解釋』에서 '중국 과학기술의 성과'를 '기술'·'이론'·'실험' 세 부분으로 나누고서 다음과 같이 말하였다.

중국 과학기술의 성과를 이 세 분야로 나눠본다면, 기술 측면의 비중이 자그만치 80%로서 절대 우위를 나타내고 있고, 이론 부문이 13%, 실험 부문은 겨우 7%에 불과하다.[65]

또 이렇게 말하였다.

---

64) 라이프니츠, 『라이프니츠가 만난 중국』, 이동희 편역, 이학사, 2003, 36-37쪽.(염정삼 주해, 『묵경』(1)(한길사, 2012)의 「해제」 부분, 21-22쪽 재인용.)
65) 김관도·유청봉 엮음, 『중국문화의 시스템론적 解釋』, 김수중·박동현·유원준 옮김, 天池, 1994, 19쪽.

중국측은 각 분야 사이의 분리 경향이 비교적 명확하게 들어나며, 특히 이론과 실험 측면에 비해 기술의 비중이 현저해서 기술과 이론·실험의 분리 경향이 매우 두드러졌다.66)

이러한 설명은 중국의 고대과학이 기술·이론·실험이라는 세 측면의 융합이 이루어지지 못했음을 나타낸다. 이처럼 세 부분이 분리되어 "독자적인 발전"을 하게 됨으로써 서양의 근대과학과 같은 발전은 나타나지 않았다.

김관도·유청봉은 서양에서 "근대과학의 수립이 과학구조 내부에 형성된 '이론 → 실험 → 이론'이라는 순환가속기제의 성립에서 연유했다"67)고 지적하면서 그 배경으로 '구조적 자연관'을 제기하였다.

순환 가속의 과학기술구조를 형성하기 위해서는 반드시 '구조적 자연관'의 기초 위에서 과학이론이 성립되어야 한다. 여기에서 말하는 구조적 자연관은 반드시 '논리구조적 이론'이어야만 하며, 구조적 측면에서 자연 현상을 파악해야 한다는 두 의미를 함유하고 있다. 이른바 '논리구조형 이론'이라는 것은 이론체계 내의 각종 명제(命題)들이 몇 개의 기본적인 가설과 공식에 모두 귀결될 수 있어야 하며, 또 그에 의존하여 운용되는 형식 논리가 계통적 추론(推論)을 이룰 수 있고 서로 모순 관계가 아니어야 한다. 다시 말해 모든 이론체계가 질서있는 구조를 형성해야 한다.68)

결국 "결국 이론은 구조적 자연관을 그 구조로 해야 하고, 실험은

---

66) 위와 같음.
67) 같은 책, 23쪽.
68) 같은 책, 27쪽.

수공실험이어야 하며, 기술구조는 반드시 개방적이어야 한다"[69]는 것이다.

그렇지만 중국의 고대과학에는 이러한 점이 부족하였다. 그 원인은 먼저 '유기적(有機的) 자연관'에서 살펴볼 수 있다.

사회적·심리적 측면 등 여러 분야에서 볼 때 유가사상은 세계를 인식하는 일종의 사고방식이라고 생각된다. 이러한 사고방식은 자연과학 이론에도 직관과 사변(思辨)이라는 특징을 부여해 주었는데, 특히 유가의 윤리중심주의(倫理中心主義)는 과학 이론의 보수화와 분석 논리의 결여를 조장하였다. …유가의 유기적(有機的) 자연관과 윤리중심주의는 오랫동안 과학 이론을 유치한 수준에 묶어 놓았다.[70]

우리는 중국의 고대과학을 가지고서 지나치게 과대 해석할 필요는 없다. 그렇다고 해서 폄하할 필요도 없다.[71] 인류사의 과정으로 볼 때 고대과학과 근대과학은 모두 그 시대의 과학이었기 때문이다.

따라서 고대적 과학과 근대과학의 차이는 인간 정신 발달 단계의 격차에서 생기는 게 아니다. 그것은 두 가지 양식의 과학적 사고로, 과학적 인식이 자연에 접근할 때 일어나는 두 전략적 차원의 차이에서 생긴다. 하나는 구체적인 지각이나 상상력의 차원에 시선을 집중시키는 것이다. ……다른

---

69) 같은 책, 33쪽.
70) 같은 책, 41쪽.
71) 사실 중국학자들의 경우 『묵자』 또는 『고공기』(考工記)와 같은 문헌을 근거로 마치 중국 고대과학이 서양의 근대과학과 같이 매우 뛰어난 과학적 업적인 것처럼 과대 포장하려는 경향이 있다. 물론 반대로 고대 중국의 과학을 무시할 필요도 없다. 왜냐하면 "고대의 과학은 근대 과학과 마찬가지로 과학적이며, 그 결과의 진실성에서도 다름이 없다"고 할 것이기 때문이다.(김성환, 『회남자-고대 집단지성의 향연』, 살림, 2007, 109쪽)

하나는 감각적 직관이나 상상력으로부터 벗어나 자연을 대상화하고, 추상상
화며, 논리적으로 분석하는 근대 과학의 전략이다.[72]

C. 레비스트로스(Claude Levi-Strauss)는 이러한 고대의 과학을
'구체의 과학'이라고 부른다.[73] 레비스트로스가 말하는 '구체의 과학'
은 라이프니츠가 말한 '경험적 기하학'과 유사한 의미로 이해된다.

1) 『묵자』

먼저 『묵자』(墨子)에 보이는 내용이다. 『묵경』(墨經) 6편(「經」 上下,
「經說」 上下, 「大取」, 「小取」)에는 여러 가지 자연과학의 뛰어난 견해
가 보인다. 『묵자』에 보이는 과학사상은 역학, 광학, 기하학, 수학, 운
동학 등으로 분류할 수 있다.[74] 그러나 『묵자』의 기록은 매우 단편적
이다. 각 개념에 대한 한 단락의 설명에 불과하다. 따라서 지나치게
의미를 부여하는 것은 과도한 해석이다. 아래에서는 관련된 내용을 간
략히 살펴보는 정도로 한다.

① 역학

---

72) 김성환, 『회남자-고대 집단지성의 향연』, 109-110쪽.
73) 같은 책, 109쪽.
74) 張永義, 『墨子-墨子與中國文化』(貴州人民出版社, 2001); 徐希燕, 『墨學研究』(商務印書
   館, 2001); 孫中原, 『墨學通論』(遼寧敎育出版社, 1995); 譚家健, 『墨子研究』(貴州敎育
   出版社, 1996).

역학과 관련하여 「경 상」(經 上)에서 다음과 같이 말하였다.

힘[力]은 형체를 들어 올리게 하는 것이다.[75]

"힘은 사물이 운동을 하여 그 원래 상태를 변화시키는 것"이라는 말이다.[76]

또 「경설 상」(經說 上)에서는 이렇게 말하였다.

힘[力]: 무거운 것은 반드시 내려하게 되어 있지만, 무거운 것을 들어 이로 올라가게 하는 것이다.[77]

"힘[力]을 쓴다는 것은 무거운 것을 들어 올리게 하는 방법이다. 원래 무거운 물건은 아래로 떨어지게 되어 있지만 力을 사용하면 그것을 들어서 위로 올라가게 할 수 있다."[78] 『묵자』에 보이는 과학과 관련된 내용들은 이런 유형이다.

② 광학

광학과 관련된 내용을 살펴보면 아래와 같다.

「경 하」(經 下)의 기록이다.

---

75) 『墨子』「經 上」: "力, 刑之所以奮也."[한글 번역은 염정삼 주해, 『묵경』(1)(한길사, 2012) 참조.]
76) 譚家健, 『墨子硏究』, 283쪽.
77) 『墨子』, 「經說 上」: "力, 重之謂下, 與重奮也."
78) 염정삼 주해, 『묵경』(1), 128쪽.

그림자가 거꾸로 되는 것은 교차하는 곳(午)에 점[端]이 있어서 그림자를
비추는 광선을 막는 것인데, 그것을 설명하는 것은 단(端)에 달려있다.[79]

「경설 하」(經說 下)의 내용이다.

멀거나 가깝거나 점이 있으면 빛이 비추는 것을 막게 되므로 그림자는
그 안에서 막혀 있다.[80]

③ 기하학

기하학의 내용은 점, 선, 면 등에 대한 설명이다.
「경 상」이다.

단(端)은 체(體)에서 '서'(序)가 없이 가장 앞에 오는 것이다.[81]

「경설 상」이다.

단은 같음이 없는 것이다.[82]

그밖에 몇 가지 개념을 설명한 기록을 소개한다.

---

79) 『墨子』, 「經 下」: "景到[倒], 在午有端, 與景長, 說在端."
80) 같은 책, 「經說 下」: "在遠近有端與于光, 故景庫內也."
81) 같은 책, 「經 上」: "端, 體之無序, 而最前者也."
82) 같은 책, 「經說 上」: "端, 是無同也."

동(動)은 구역이 옮겨진다는 의미이다.[83]

지(止, 멈춤)는 유래하는 것으로 해서 다른 길을 가게 되는 것이다.[84]

2) 『회남자』

다음으로 『회남자』이다. 『회남자』에는 천문학과 관련된 별자리 관측에 관한 기록이 있다. 「천문훈」(天文訓)편에서 먼저 "하늘의 도는 둥글고 땅의 도는 네모이다"(天道曰圓, 地道曰方)이라고 말한다. 그리고 천체의 구성을 자세히 소개하고 있다.

하늘에는 구야(九野)가 있고 9,999개의 모퉁이가 있으며, 하늘은 땅으로부터 5억만 리 떨어져 있다. 또 오성(五星)·팔풍(八風)·이십팔수(二十八宿)·오관(五官)·육부(六府)·자궁(紫宮)·태미(太微)·헌원(軒轅)·함지(咸池)·사수(四守)·천아(天阿)가 있다.[85]

먼저 '구야'(九野)에 대해 이렇게 설명하였다.

구야(九野)란 무엇인가? 중앙의 하늘을 균천(鈞天)이라 부르는데, 여기에 속하는 별자리는 각(角)·항(亢)·저(氐)이다. 동쪽의 하늘을 창천(蒼天)이라 부르는데, 여기에 속하는 별자리는 방(房)·심(心)·미(尾)이다. 동북쪽의 하늘을

---

83) 같은 책, 「經 上」: "動, 或從也."
84) 위와 같음: "止, 因以別道."
85) 『淮南子』「天文訓」: "天有九野, 九千九百九十九隅, 去地五億萬里, 五星·八風·二十八宿·五官·六府·紫宮·太微·軒轅·咸池·四守·天阿."

변천(變天)이라 부르는데, 여기에 속하는 별자리는 기(箕)·두(斗)·견우(牽牛)이다. 북쪽의 하늘을 현천(玄天)이라 부르는데, 여기에 속하는 별자리는 수녀(須女)·허(虛)·위(危)·영실(營實)이다. 서북쪽의 하늘을 유천(幽天)이라 부르는데, 여기에 속하는 별자리는 동벽(東壁)·규(奎)·루(婁)이다. 서쪽의 하늘을 호천(顥天)이라 부르는데, 여기에 속하는 별자리는 위(胃)·묘(昴)·필(畢)이다. 서남쪽의 하늘을 주천(朱天)이라 부르는데, 여기에 속하는 별자리는 자휴(觜嶲)·참(參)·동정(東井)이다. 남쪽의 하늘을 염천(炎天)이라 부르는데, 여기에 속하는 별자리는 여귀(輿鬼)·유(柳)·칠성(七星)이다. 동남쪽의 하늘을 양천(陽天)이라 부르는데, 여기에 속하는 별자리는 장(張)·익(翼)·진(軫)이다.86)

이 단락의 글에서는 천체를 구성하고 있는 다양한 요소들을 개괄적으로 설명하였다. 이것을 도표화하면 다음과 같다.

		北		
	幽天	玄天	變天	
	(東壁·奎·婁)	(須女·虛·危·營實)	(箕·斗·牽牛)	
西	顥天	鈞天	蒼天	東
	(胃·昴·畢)	(角·亢·氐)	(房·心·尾)	
	朱天	炎天	陽天	
	(觜嶲·參·東井)	(輿鬼·柳·七星)	(張·翼·軫)	
		南		

이밖에 오성(五星), 팔풍(八風), 이십팔수(二十八宿), 오관(五官), 육부(六府), 자궁(紫宮), 태미(太微), 헌원(軒轅), 함지(咸池), 사수(四守), 천아(天阿) 등이 있다.

---

86) 위와 같음: "何謂九野? 中央曰鈞天, 其星角亢氐. 東方曰蒼天, 其星房·心·尾. 東北曰變天, 其星箕·斗·牽牛. 北方曰玄天, 其星須女·虛·危·營實. 西北方曰幽天, 其星東壁·奎·婁. 西方曰顥天, 其星胃·昴·畢. 西南方曰朱天, 其星觜嶲·參·東井. 南方曰炎天, 其星輿鬼·柳·七星. 東南方曰陽天, 其星張·翼·軫."

「천문훈」에서는 동서남북 사방의 거리를 측정하는 방법을 소개하였다.

　　동서와 남북의 넓이와 길이를 알고자 하면 4개의 표주(標柱)를 사방 1리(里)의 거리 안에 세워 놓고, 춘분 또는 추분 10여 일 전에 북쪽 표주를 통해 태양이 막 떠서 아침이 될 때까지 바라보면서 태양과 표주가 일치하는지를 관측한다. 일치하는 때가 되면 북쪽 표주와 태양이 일직선상에 놓이게 된다. 이때 남쪽 표주를 통해 태양을 관측하고 전표(前表) 안의 수를 기준으로 삼아 남쪽 표주 간의 넓이와 전표의 길이의 비율을 통해 동서의 길이를 알 수 있다.87)

　　또 하늘의 높이를 측량하였다.

　　하늘의 높이를 알고자 한다면 1장(丈) 높이의 표주(標柱)를 서로의 거리가 1천 리가 되는 정남과 정북에 세운다. 그리고 같은 날 각 표주의 그리자 길이를 잰다. 북쪽 표주의 그림자 길이가 2척(尺)이고 남쪽 표주의 그림자 길이가 1척 9촌이라고 한다면 남쪽으로 1천 리씩 갈 때마다 1촌이 짧아져 남쪽으로 2만 리를 가게 되면 그림자가 완전히 없어져 해의 바로 아래에 놓이게 된다. 그림자 길이가 2척이고 표주의 길이가 1장이면 남쪽 표주의 그림자는 1이고 높이는 5의 비율이다. 그렇다면 이곳에서 남쪽으로 태양 바로 아래까지의 거리를 높고 이것을 5배하면 10만 리가 된다. 이것이 하늘의 높이이다.88)

---

87) 위와 같음: "欲知東西南北廣袤之數者, 立四表以爲方一里距, 先春分若秋分十餘日, 從距北表參望日始出及旦, 以候相應, 相應則此與日直也. 輒以南表參望之, 以人前表數爲法, 除舉廣, 除立表袤, 以知從此東西之數也."

88) 위와 같음: "欲知天之高, 樹表高一丈, 正南北相去千里, 同日度其陰, 北表二尺, 南表尺九寸, 是南千里陰短寸, 南二萬里則無景, 是直日下也. 陰二尺而得高一丈者, 南一而高五也, 則置從此南至日下里數, 因而五之, 爲十萬里, 則天高也."

- 115 -

그 밖의 문헌으로 고대 중국의 지리지에 해당하는 『산해경』(山海經)을 참고할 수 있다. 이 책이 비록 사실을 기술한 것은 아니지만 당시 사람들의 지리에 관한 한 관념을 엿볼 수 있는 중요한 문헌이다.

임계유는 『중국철학사』에서 선진시대의 과학 전반에 대해 이렇게 개괄하여 말하였다.

생산투쟁면에서 春秋시대에는 天文曆象, 수학, 농업 등의 과학기술과 지식이 상당히 체계적으로 발전하였다. 천문학분야는 이미 28宿와 천체운행의 일정한 법칙, 계절변화와 천체운행의 관계 등을 알았으며 천체의 위치를 이용하여 1년 4계절의 절기를 측정했다. 수학은 이미 정ㅅ의 연산을 거쳐 분수의 연산도 가능했다.[89]

그는 또 『중국철학사』(Ⅰ)에서 다음과 같이 말하였다.

당시의 천문학자는 언제나 음양으로 일월(日月)의 운행과 사시(四時)의 변화 과정을 설명하였다. 그들은 일월이 찰 때도 있고 이지러질 때도 있는 것처럼, 음양을 사물 자체의 객관적 발전과정으로 파악하였다.[90]

이상의 기록은 당시 중국의 비교적 높은 과학 수준을 보여준다. 이러한 중국의 고대과학에서 특히 연금술과 직접적으로 관련된 중요한 과학 분야는 화학이다.

---

89) 任繼愈, 『中國哲學史』, 전택원 옮김, 까치, 1990, 50쪽.
90) 任繼愈, 『중국철학사』(Ⅰ), 이문주·최일범 외 옮김, 청년사, 1990, 90쪽.

2. 단약을 만들 수 있는 이론적 근거

인간은 기본적으로 몸과 마음이 있는 존재로 보는 것이 전통적인 관점이다. 특히 양형을 중시하는 외단에서 인간의 몸에 대한 관심을 매우 깊었다. 그렇다면 고대 중국인은 인간의 몸을 어떻게 이해했을까? 이 문제를 논의하기 위해서는 그들의 세계관을 이해해야만 한다.

(1) 고대 중국인의 세계관

우리는 중국의 신선사상을 이해하기 위해서는 먼저 이 신선사상이 출현할 수 있었던 당시 중국인의 사유구조를 이해할 필요가 있다.

도학에서는 이 세계의 존재 근거로 도(道)를 제시한다. 도는 천지만물이 존재하는 근거이다. 노장철학에서는 도를 이렇게 설명하였다.

> 도(道)가 하나(一)를 낳고, 하나가 둘(二)을 낳으며, 둘이 셋(三)을 낳고, 셋이 만물을 낳는다.[91]
> 천하의 만물은 유(有)에서 생겨나고, 유는 무(無)에서 생겨난다.[92]
> 생겨난 것을 죽이는 것은 죽지 않고, 생겨나도록 하는 것은 생겨나지 않는다.[93]

---

91) 『老子』 제42장: "道生一, 一生二, 二生三, 三生萬物."
92) 같은 책, 제40장: "天下萬物生於有, 有生於無."
93) 『莊子』 「大宗師」: "殺生者不死, 生生者不生."

이처럼 도가 만물을 존재하게 하는 근거이지만 또 만물은 기(氣)라는 것으로 이루어져 있다. 그런데 이 기는 음과 양이라는 두 가지 서로 다른 속성을 가지고 있다.

> 만물은 음을 등지고 양을 감싸고 있는데 충기(冲氣)로 조화를 이룬다.94)
> 천지의 '하나인 기'(一氣)에서 노닌다.95)

도학은 도와 기라는 개념을 가지고 천지만물의 존재 근거와 그 양상을 설명한다. 전국시대 중·후기로 넘어오면서 음양설과 오행설이 널리 유행하게 되었는데 음양설과 오행설에 의하면 천지만물이 아무리 다양하고 변화무상하다고 하더라도 그 근본에서 보면 모두 음양이라는 기로 구성되었다는 점에서는 동일하다.

추연(鄒衍)은 종시오덕설(終始五德說)을 주장하였다.

> 음양(陰陽)의 소멸과 성장 변화를 관찰하고, 기이하고 현실과 거리가 먼 변화를 기술하여 「종시」(終始), 「대성」(大聖)편 등 10만여 자를 지었다. ······ 천지가 나누어진 이래 오행(五行)이 차례로 옮겨가 (각 시대의) 다스림이 각기 그 마땅함을 얻고 (하늘의 명령과 사람의 일이) 이에 상응하는 것을 인용하여 설명하였다.96)

추연의 이러한 학설에서 그 특징은 수·화·목·금·토(水火木金土)라는

---

94) 『老子』 제42장: "萬物負陰而抱陽, 冲氣以爲和."
95) 『莊子』 「大宗師」: "遊乎天地之一氣."
96) 『史記』 「孟荀列傳」: "深觀陰陽消息而作怪迂之變, 「終始」·「大聖」之篇十餘萬言. ······ 稱引天地剖判以來, 五德轉移, 治各有宜, 而符應若兹."

오행(五行)은 서로 상생(相生)과 상극(相剋)의 관계에 있는 것이기에 어느 하나가 절대적이지 않다. 이러한 내용은 『서경』(書經) 「홍범」(洪範)편에 그 실마리가 보인다.

첫째는 물(水)이고 둘째는 불(火)이며 셋째는 나무(木)이고 넷째는 금(金)이며 다섯째는 흙(土)이다.[97]

오행사상에서 중요한 두 가지 요소인 상생과 상극은 끝이 없다는 점이다. 이것은 고대 중국인의 순환론적 세계관을 보여준다.

엘리아데는 이러한 사상과 연금술의 관계를 이렇게 지적하였다.

연금술사는 중국 사상에서 잘 알려진 소우주와 대우주의 대응이라는 전통적 해석을 받아들인다. 우주의 5원소인 오행(水 火 木 金 土)은 인체 각 기관과 상응하여, 심장은 화의 본질에, 간은 목의 본질에, 폐는 금의 본질에, 신장은 물의 본질에, 위장은 흙의 본질에 해당된다.[98]

이러한 사유 뒤에는 천지만물이 다양하게 변화할 수 있는 가능성이 존재한다는 것이다. 따라서 인간이 만약 이처럼 자유롭게 변화하여 도와 같이 될 수 있다면 영원히 사는 것도 가능하지 않을까라고 생각하는 것도 어쩌면 너무도 당연한 것이다.

(2) 고대 중국인의 인체관

---

97) 『書經』「洪範」: "一曰水, 二曰火, 三曰木, 四曰金, 五曰土."
98) 미르치아 엘리아데, 『대장장이와 연금술사』, 120쪽.

우리는 위에서 고대 중국인의 세계관을 간단히 살펴보았다. 이러한 세계관은 고대 중국인의 인체관에도 영향을 주었다.

고대 중국인은 인간의 몸을 기(氣)로 구성되었다고 생각하였다. 이것은 인간의 몸뿐만 아니라 천지만물이 모두 그렇다. 따라서 천지만물에는 공통된 성질이 있어서 서로 가변적이다. 그리고 이 기는 음가 양이라는 두 대대적 속성을 가지고 있다. 천지만물의 속성은 모두 이 음과 양이라는 두 기의 상호 전환으로 설명된다. 다시 말해 양의 속성은 음으로 전환되고, 음의 속성은 양으로 전환된다. 그리고 이러한 과정은 영속적이다.

그렇다면 인간의 몸 역시 음과 양이라는 두 속성을 가지고 있을 것이라고 생각하는 것 역시 자연스러운 일이다. 춘추시대 말기의 인물 의화(醫和) 역시 인간의 질병을 음양으로 설명하였다.

춘추 말년의 의화(醫和)는 질병은 음양 등 육기(六氣)가 인체에 영향을 미침으로써 발생하며, 만일 사람들이 '육기'가 신체에 미치는 영향에 주의를 기울이지 않고, "조절하지도, 때에 맞추지도 않는다"(不節不時)면 질병이 발생하게 될 것이라고 생각하였다.99)

『관자』는 '정기'(精氣)로 천지만물 일체를 설명한다.

무릇 사물이 지니고 있는 정기(精氣)가 합하면 (민물을) 낳는다.100)
모든 사물을 발전시키지만 자기의 기는 바뀌지 않는다.101)

99) 任繼愈, 『중국철학사』(Ⅰ), 90쪽.
100) 『管子』 「內業」: "凡物之精, 比則爲生."

그러므로 인간의 몸과 마음도 모두 기로 설명한다.

> 무릇 사람의 생명은 하늘이 그 정기를 주고, 땅이 그 형체를 주는데 이
> 것들이 합하여 사람이 된다.102)

위의 논리에 의하면 인간이란 하늘로부터 정기를 얻고 땅에서 형체를 얻어 이루어진 존재이다. 그렇다면 인간은 결국 하늘의 정기와 땅의 형체라는 두 가지 유형의 연원으로부터 이루어진 존재라는 의미이다. 그런데 여기에서 한 가지 논의가 필요한 것은 하늘의 정기와 땅의 형체는 어떤 차이가 있는가 하는 점이다. 동일한 것인가 다른 것인가? 동일한 것이라면 왜 구분하였고, 다른 것이라면 어떤 차이점이 존재하는가?

장자는 그렇지 않다. 그는 인간을 하나의 기로 되었다고 생각한다. 이렇게 말하였다.

> 인간의 태어남은 기가 모인 것이다. 기가 모이면 태어나고 기가 흩어지면
> 죽는다. ……그러므로 천하를 통하여 '하나의 기'(一氣)일 따름이다.103)

진한시대에 오면 기론에 바탕을 한 인간관이 매우 분명하게 발전한다. 이것은 천지만물의 공통된 속성을 기로 보고, 그런 까닭에 천지와 인간 사이에는 서로 감응할 수 있다고 생각하였다. 이것은 천인상감설

---

101) 위와 같음: "化不易氣."
102) 위와 같음: "凡人之生也, 天出其精, 地出其形, 合此以爲人."
103) 『莊子』「知北遊」: "人之生, 氣之聚也, 聚則爲生, 散則爲死.(…)故曰通天下一氣耳."

(天人相感說), 천인감응설(天人感應說)이라고 하는데 유기체적 세계관을 나타낸다.

먼저 『여씨춘추』(呂氏春秋)의 내용을 살펴보자.

무릇 제왕이 일어나려 할 때에는 하늘이 반드시 먼저 그 감응의 조짐을 아래의 백성들에게 보여준다.104)

이 책은 이어서 이러한 논리를 오행으로 설명하고 있다.

황제(黃帝)가 제왕이 되려고 할 때에 하늘은 먼저 큰 지렁이와 큰 땅강아지를 보여주었는데, 황제가 말하였다. "토(土)의 기운이 우세한 것이다." 토의 기운이 우세하였으므로 색깔은 황색을 숭상하였고, 모든 행사는 토를 규범으로 하여 본받았다. 우(禹) 왕이 제왕이 될 시기에 이르자 하늘은 먼저 초목이 가을과 겨울에도 말라죽지 않는 것을 보여주었는데 우임금이 말하였다. "목(木)의 기운이 우세한 것이다." 목의 기운이 우세하였으므로 색깔은 청색을 숭상하였고, 모든 행사는 목을 규범으로 하여 본받았다. 탕(湯) 왕이 제왕이 될 시기에 이르러서는 하늘은 먼저 칼리 물에서 나타난 것을 보여주었는데 탕 왕이 말하였다. "금(金)의 기운이 우세한 것이다." 금의 기운이 우세하였으므로 색깔은 흰색을 숭상하고, 모든 행사는 금을 규범으로 하여 본받았다. 문왕(文王)이 제왕이 될 시기에 이르러서는 하늘은 먼저 불덩이와 함께 붉은 까마귀가 단서(丹書)를 입에 물고 주나라의 사(社)에 모여 앉아 있는 것을 보여주었는데 문왕이 말하였다. "화(火)의 기운이 우세한 것이다." 화의 기운이 우세하였으므로 색깔은 적색을 숭상하고, 모든 행사는 화를 규범으로 하여 본받았다.105)

---

104) 『呂氏春秋』「八覽」「應動」: "凡帝王者之將興也, 天必先見祥乎下民."
105) 위와 같음: "黃帝之時, 天先見大螾大螻, 黃帝曰: '土氣勝.' 土氣勝, 故其色尙黃, 其事則土. 及禹之時, 天先見草木秋冬不殺, 禹曰: '木氣勝.' 木氣勝, 故其色尙靑, 其事則

『회남자』(淮南子)에서 기론적 세계관이 가장 분명하게 나타난다.

    하늘과 땅이 아직 형성되지 않았을 때에는 단지 어지럽게 뒤엉킨 기운만 무성할 뿐 아무런 형상도 존재하지 않았다. 그러므로 이때를 태소(太昭)라고 말한다. 도는 허확(虛廓)에서 시작되는데 허확은 우주를 낳고 우주는 기(氣)를 낳는다. 기에는 일정한 구별이 있는데 맑고 가벼운 기운은 위로 얇게 퍼져 하늘이 되었고, 탁하고 무거운 기운은 아래로 가라앉아 땅이 되었다. 맑고 은미한 기운은 하나로 합치기 쉽고 무겁고 탁한 기운은 응결되기 어렵다. 그러므로 하늘이 먼저 이루어지고 땅은 나중에 안정되었다. 땅과 하늘의 정기가 집적되어 음양이 되었고, 음양의 정기가 어느 한쪽으로 치우침으로써 사계절의 현상이 나타나게 되었으며, 사계절의 정기가 분산되어 만물이 형성되었다.106)

「정신훈」(精神訓)편에서는 정신과 형체에 대해 이렇게 설명한다.

    정(精)과 신(神)은 하늘에 속하고, 형체는 땅에 속한다. ······무릇 정(精)과 신(神)은 하늘에서 부여받는 것이고, 형체는 땅에서 부여받는 것이다.107)

木. 及湯之時, 天先見金刃生於水, 禹曰: ‘金氣勝.’ 金氣勝, 故色尙白, 其事則金. 及文王之時, 天先見火, 赤烏銜丹書集於周社, 文王曰: ‘火氣勝.’ 火氣勝, 故其色尙赤, 其事則火.”

106) 같은 책, 「天文訓」: “天墜未形, 馮馮翼翼, 洞洞灟灟, 故曰太昭. 道始于虛廓, 虛廓生宇宙, 宇宙生氣. 氣有涯垠, 淸陽者薄靡而爲天, 重濁者凝滯而爲地. 淸妙之合專易, 重濁之凝竭難, 故天先成而地後定. 天地之襲精爲陰陽, 陰陽之專精爲四時, 四時之散精爲萬物.”

107) 같은 책, 「精神訓」: “精神, 天之有也, 而骨骸者, 地之有也. ······夫精神者, 所受於天也; 而形體者, 所稟於地也.”

그런 다음 자연과 인간의 신체를 동일한 구조로 이해하였다.

　머리가 둥근 것은 하늘의 형상을 본받은 것이고, 발이 네모난 것은 땅의 모습을 본받은 것이다. 하늘에 사계절(四時)·오행(五行)·구해(九解)·365일이 있듯이 인간도 사지(四支)·오장(五臟)·구규(九竅)·365개의 뼈마디가 있다. 하늘에 바람·비·추위·더위가 있듯이 인간에게도 취함·베품·기쁨·노여워함이 있다. 그러므로 담(膽)은 구름, 폐(肺)는 기(氣), 간은 바람, 신장은 비, 비장은 우레가 된다. 이런 식으로 인간의 신체 기관은 천지와 서로 동참하는데 그 중 심장이 중심이 된다. 그러므로 귀와 눈은 해와 달에 해당하고, 피와 기는 바람과 비에 해당한다.[108]

자연과 인체가 이처럼 동일한 구조라는 설명은 그 둘의 작동방식이 같다는 의미일 것이다. 따라서 자연에 대한 인식과 인체에 대한 인식은 동일할 수밖에 없다.
「본경훈」(本經訓)의 기록이다.

　천지와 우주는 한 사람의 몸과 같고, 육합(六合) 안은 한 사람의 신체 구조와 같다.[109]

뿐만 아니라 같은 기운은 서로 감응한다는 생각을 가지고 있었다.

　천지가 화합하고 음양이 만물을 화육하는 것은 모두 사람의 기운에 감응

---

108) 위와 같음: "故頭之圓也, 象天; 足之方也, 象地. 天有四時五行九解三百六十六日, 人亦有四支五臟九竅三百六十節. 天有風雨寒暑, 人亦有取與喜怒. 故膽爲雲, 肺爲氣, 肝爲風, 腎爲雨, 脾爲雷, 以與天地相參也, 而心爲之主. 是故耳目者, 日月也; 血氣者, 風雨也."
109) 같은 책, 「本經訓」: "天地宇宙, 一人之身也; 六合之內, 一人之制也."

하여 진행된다.110)

그렇다면 천지자연은 인체와 마찬가지로 서로 역동적으로 작용한다고 이해하는 것이 가능하게 된다. 그런 까닭에 천지는 대우주가 되고 인체는 소우주가 되는데 이 둘은 똑같이 각자 내부에서 유기적 관계를 맺을 뿐만 아니라 천지와 인체 사이에도 유기적 관계를 갖게 된다. 이것을 '천인동류론'(天人同類論), '동기상응론'(同氣相應論), '천인상응론'(天人相應論)이라고 한다.111)

『회남자』는 생명의 기본 요소를 형(形)·기(氣)·신(神) 세 가지로 설명한다.

　무릇 형체(形)는 생명이 머무는 곳이고, 기(氣)는 생명을 채우는 것이며, 신(神)은 생명을 통솔하는 것이다. 이들 중에서 하나라도 제자리를 잃으면 세 가지 모두 손상될 것이다.112)

인간의 지각, 운동, 인식 등의 생명활동은 "모두 형과 기와 신이라는 생명의 3대 요소들이 상호 긴밀하게 작용하기 때문에 가능하다"113)는 것이다.

이처럼 도, 기, 음양, 오행의 관념 또는 세계관은 만물에 궁극적으로 공통된 특징이 있다는 점을 설명하고 있다. 그런 까닭에 우리가 어떤 방법을 찾을 수만 있다면 도처럼 영원히 살 수 있을 것이라고 생

---

110) 위와 같음: "天地之合和, 陰陽之陶化萬物, 皆乘人氣者也."
111) 이석명, 『회남자-한대 지식의 집대성』, 사계절, 2004, 106쪽.
112) 『淮南子』「原道訓」: "夫形者, 生之舍也; 氣者, 生之充也; 神者, 生之制也. 一失位, 則三者傷矣."
113) 이석명, 『회남자-한대 지식의 집대성』, 120쪽.

각한 것이다. 이러한 사유를 전통의 노장철학에서 말하는 순자연(順自然) 사상에 대비하여 역자연(逆自然) 사상이라고 한다.

3. 단약 만들기

외단황백술은 단약을 직접 제조하는 방법이다. 이것은 도의 물질화 작업이라고 말할 수 있다. 단약을 만드는 것은 고대 중국의 과학, 즉 연금술의 문제이다. 따라서 신선이 되는 것이 철학, 종교 등의 문제였지만 그것을 실현하는 방법은 연금술과 같은 과학의 문제이기도 하였다.

(1) 단약에 대한 일반적 고찰

도교의 외단학자들에 의하면 인간이 만약 이 단약을 복용하기만 한다면 장생불사할 수 있다고 한다. 그런데 다른 여러 가지 약들은 비록 장수할 수 있게 하지만 불사할 수는 없다.

『열선전』에서는 임광(任光)이라는 인물이 "단약을 복용하는데 뛰어났다"(善餌丹)이라고 말하였다. 또 주주(主柱)라는 인물이 단사(丹砂)로 단약을 만들었다는 기록이 있다.

주주(主柱)는 어느 곳 사람인지 모른다. 도사와 함께 탕산(宕山)에 올라가 이렇게 말하였다. "이곳에 단사(丹沙)가 있는데 수만 근을 얻을 수 있다." 탕산[현]의 관리가 그 사실을 알고 산에 올라가 [길을 폐쇄하고] 봉인했더니, 단사가 유출되어 불꽃처럼 날리자 주주에게 [단사를] 캐서 [단약을] 만들도록 허락하였다. 현령[邑令] 장군명(章君明)은 3년 동안 단사를 먹고 [연구한 끝에] '비설'(飛雪)이라고 하는 신비한 단사를 얻어, 그것을 5년 동안 복용한 뒤 [공중을] 날아다닐 수 있게 되었으며, 마침내 주주와 함께 떠나갔다고 한다.114)

적부(赤斧)라는 인물 역시 단사를 복용했다는 기록이 있다.

적부(赤斧)는 파융(巴戎) 사람이다. 벽계사(碧鷄祠)의 주부(主簿)를 지냈다. 수은을 만드는데 뛰어났으며, 단사[丹]와 초석(硝石)을 정련하여 복용하였다.115)

그런데 불로장생을 할 수 있다는 단약과 관련하여 여기에 한 가지 재미있는 관념이 있다. 단약 제조에 성공하여 이 인간세상에서 영원히 살고자 하면 그 단약의 절반을 먹으면 된다고 한다.

만약 오랫동안 이 세상에서 살고 싶다면 절반을 복용하고, 나머지 절반은 남겨 둔다. 만약 뒤에 승천하고 싶다면 나머지 절반을 복용하면 된다.116)

이와 같은 사유는 철저하게 인간의 세속적 욕망에 대한 긍정을 나타낸다. 이러한 관념은 뒤에 천선(天仙)보다 지선(地仙)을 더 추구하게

---

114) 『列仙傳』「主柱」: "主柱者, 不知何所人也. 與道士共上宕山, 言: '此有丹砂, 可得數萬斤.' 宕山長吏, 知而上山封之. 砂流出, 飛如火, 乃聽柱取爲. 邑令章君明, 餌砂三年, 得神砂飛雪, 服之五年, 能飛行, 遂與柱俱去云."
115) 같은 책, 「赤斧」: "赤斧者, 巴戎人也. 爲碧鷄祠主簿. 能作水澒, 鍊丹與硝石服之."
116) 葛洪, 『抱朴子內篇』「對俗」: "若且欲留在世間者, 但服半劑而錄其半. 若後求昇天, 便盡服之."

된다.

단약을 만들 때 사용하는 재료에는 단사(丹砂), 증청(曾靑), 운모(雲母), 여석(礜石), 자석(磁石), 금은(金銀) 등이 있다.

단약이 장생불사하는 약물이라는 관념은 금과 수은 등이 가지고 있는 화학적 성질에서 힌트를 얻은 것으로 보인다. 예를 들어 갈홍은 이렇게 말하였다.

단사(丹砂)를 태우면 수은이 되고 다시 환원된다. ……그러므로 사람들로 하여금 장생할 수 있게 하는 힘이 있다.[117]

석원태는 "금단(金丹)이란 말은 금액(金液)과 환단(還丹)을 의미한다. 금은 그 불변성(不變性) 때문에 귀한 것으로 취급되고, 단사(丹砂)는 가변성(可變性) 때문에 그 가치가 인정되고 있다"[118]고 말한다. 결국 금액과 환단이 이처럼 중요하게 생각된 이유는 불변성과 가변성이라는 특징 때문이다. 이러한 특징을 인간의 신체에 적용하려는 것이 단약이었고, 이러한 약물을 통해 불로장생이라는 궁극적 목적을 실현하려고 한 것이 근본 이유이다.

단약을 만드는 과정은 간단하지 않다. 여러 가지 금기가 있고, 그 방법 역시 은어를 사용하여 비밀스럽게 전해진다.

갈홍(葛洪)은 단약을 만드는 장소에 대해 이렇게 말하였다.

단약(丹藥)을 합성하는 장소로는 명산 깊숙한 사람이 없는 곳이 아니면 안 된다. 함께 하는 사람이 있다고 하더라도 세 사람을 넘으면 안 된다. 그

---

117) 같은 책, 「金丹」: "丹砂燒之成水銀, 積變又還成丹砂. ……故能令人長生."
118) 昔原台 譯註, 『抱朴子內篇』(1), 서림문화사, 1995, 101쪽.

전에 100일 동안 재계(齋戒)를 하고 오향(五香, 靑栭)의 탕에서 목욕한다. 가능한 한 청결하게 하고 더러운 것을 가까이 해서는 안 된다. 속인들과 왕래해서는 안 된다. 도를 믿지 않는 사람들에게 알려서는 안 되는데, 신약(神藥)에 대해 비방을 하면 약이 만들어지지 않기 때문이다.[119)

단약에 여러 가지 은어가 사용된 이유에는 그 비법이 전해서는 안될 사람에게 전해지면 하늘로부터 벌을 받는다고 생각하였기 때문이다. 물론 이것은 표면적으로 내세우는 이유일 것이다.

갈홍은 또 단약을 만들기에 좋은 장소를 소개하였다.

선도(仙道)의 경전에 의하면 조용히 마음을 가다듬고 선약을 합성하기에 적당한 산으로는 다음과 같다. 화산(華山), 태산(泰山), 곽산(霍山), 항산(恒山), 숭산(嵩山), 소실산(少室山), 장산(長山), 태백산(太白山), 종남산(終南山), 여궤산(女几山), 지폐산(地肺山), 왕옥산(王屋山), 포독산(抱犢山), 안구산(安丘山), 잠사(潛山), 청성산(靑城山), 아미산(娥眉山), 수산(綉山), 운태산(雲台山), 나부산(羅浮山), 양가산(陽駕山), 황금산(黃金山), 별조산(鼈祖山), 대소천태산(大小天台山), 사망산(四望山), 개죽산(蓋竹山), 괄창산(括蒼山)이다.[120)

그 이유를 이렇게 말하였다.

이곳은 모두 정신(正神)이 그 산에 있는데 그들 중에 간혹 지선인 사람

119) 葛洪, 『抱朴子內篇』「金丹」: "合丹當于名山之中, 無人之地, 結伴不過三人, 先齋百日, 沐浴五香, 致加精潔, 勿近穢汚及與俗人往來, 又不令不信道者知之, 謗毀神藥, 藥不成矣."
120) 위와 같음: "又按仙經, 可以精思合作仙藥者, 有華山·泰山·霍山·恒山·嵩山·少室山·長山·太白山·終南山·女几山·地肺山·王屋山·抱犢山·安丘山·潛山·靑城山·娥眉山·綉山·雲台山·羅浮山·陽駕山·黃金山·鼈祖山·大小天台山·四望山·蓋竹山·括蒼山."

(地仙之人)이 있다. 그러한 산 위에는 모두 지초(芝草)가 자라고 큰 병란(大兵大亂)을 피할 수 있다. 이곳에 도를 간직한 자(有道者)가 오르면 산신이 반드시 도와 복을 줄 것이고, 단약은 반드시 이루어진다.121)

만약 이러한 명산에 가서 단약을 만드는 것이 쉽지 않다면 차선책으로 바다 가운데에 있는 큰 섬들이 좋다.

만약 이러한 산에 올라갈 수 없는 사람은 바다 가운데 있는 큰 섬에 가서 단약을 만드는 것 역시 가능하다.122)

위에서 소개한 갈홍의 말은 모두 단약을 만드는 작업의 어려움을 나타낸 것이지만 또 그것을 매우 신비화한 것이기도 하다.

아래에서는 단약을 제조하는 방법과 그 과정을 살펴보기로 한다.

(2) 단약의 제조 과정

그렇다면 단약은 어떻게 인공적으로 만들 수 있는가? 그 자세한 방법이 갈홍의 『포박자내편』에 보인다. 갈홍은 이것을 금단(金丹)/금액환단(金液還丹)이라 부른다.

갈홍은 『포박자내편』 「금단」(金丹)편에서 단약을 만드는 방법이 헤아릴 수 없이 많다고 말한다. 그는 단약의 제조 방법으로 ①황제의 구

---

121) 위와 같음: "此皆正神在其山中, 其中或有地仙之人. 上皆生芝草, 可以避大兵大難. 不但于中以合藥也, 若有道者登之, 則此山神必助之爲福, 藥必成."
122) 위와 같음: "若不得登此諸山者, 海中大島嶼, 亦可合藥."

정단 단법(九鼎丹丹法), ②태청신단 단법(太淸神丹法), ③구광단 단법(九光丹丹法), ④오령단 단법(五靈丹丹法), ⑤민산 단법(岷山丹法), ⑥무성자 단법(務成子丹法), ⑦선문자 단법(羨門子丹法), ⑧입성단 단법(立成丹丹法), ⑨취복단 단법(取伏丹法), ⑩적송자 단법(赤松子丹法), ⑪석 선생 단법(石先生丹法), ⑫강풍자 단법(康風子丹法), ⑬최문자 단법(崔文子丹法), ⑭유원 단법(劉元丹法), ⑮낙자장 단법(樂子長丹法), ⑯이문 단법(李文丹法), ⑰윤자 단법(尹子丹法), ⑱태을초혼백 단법(太乙招魂魄丹法), ⑲채녀 단법(采女丹法), ⑳직구자 단법(稷丘子丹法), ㉑묵자 단법(墨子丹法), ㉒장자화 단법(張子化丹法), ㉓기리 단법(綺里丹法), ㉔옥주 단법(玉柱丹法), ㉕주후 단법(肘後丹法), ㉖이공 단법(李公丹法), ㉗유생 단법(劉生丹法), ㉘옥군 단법(玉君丹法), ㉙진생 단법(陳生丹法), ㉚한중 단법(韓衆丹法) 등을 언급하고 있다.

아래에서는 그 대표적인 단법으로 황제의 구정단 단법을 소개하기로 한다.

황제의 구정단법은 『황제구정신단경』(黃帝九鼎神丹經)에 나오는 것으로 황제가 이 약을 복용하여 신선이 되어 승천했다고 말한다. 이 "구단이라야 말로 불로장생의 요체"(九丹者, 長生之要)라고 말한다.

이 구정단법의 단약은 9단으로 이루어졌다. 제1단은 단화(丹華), 제2단 신단(神丹) 또는 신부(神符), 제3단 역시 신단(神丹), 제4단 환단(還丹), 제5단 이단(餌丹), 제6단 연단(煉丹), 제7단 유단(柔丹), 제8단 복단(伏丹), 제9단 한단(寒丹)이다.

그 구체적인 내용을 요약하면 다음과 같다.

제1단: "단화(丹華)라 이름을 한다. 먼저 현황(玄黃)을 만들어야 하는데 웅황수(雄黃水)·반석수(矾石水)·융염(戎鹽)·노염(鹵鹽)·여석(礜石)·모려(牡礪)·적

석지(赤石脂)·활석(滑石)·호분(胡粉)을 각각 수십 근씩 써서 육일니(六一泥)를 만든다. 이것을 불로 달여 36일이 되면 (단약이) 완성된다. 이것을 7일 동안 복용하면 신선이 된다. 또 현황고(玄黃膏)로 이 단약을 환약으로 만들어 강한 불에 두면 곧 황금이 된다. 또 240주를 수은 100근과 합하여 불로 달구면 역시 황금이 된다. 황금이 되면 단약이 완성된 것이다. 황금이 되지 않으면 다시 약을 밀봉하여 불로 달이는데 날수는 이전과 같고, (이렇게 하면) 반드시 단약이 된다.123)

제2단: "신단(神丹)이라 하고 또 신부(神符)라고도 한다. 100일 동안 복용하면 신선이 된다. 물과 불 위를 걷거나 건너갈 수 있는데, 이 단약을 발바닥에 바르면 물 위를 걸을 수 있다. 이것을 3도규(刀圭) 복용하면 곧바로 삼시두충(三尸九蟲)이 모두 소멸되고 온갖 병이 모두 치유된다."124)

제3단: "신단(神丹)이라 한다. 매일 1도규(刀圭)를 복용하여 100일이 되면 신선이 된다. 이것을 가축[六畜]에게 먹이면 영원히 죽지 않고, 또 오병(五兵)을 피할 수 있다. 100일 동안 복용하면 선인 옥녀(玉女)와 산천의 귀신들이 모두 그를 모시게 되는데 (그들은 모두) 사람의 모습으로 보인다."125)

제4단: "환단(還丹)이라 한다. 매일 1도규를 복용하여 100일이 되면 신선이 된다. 주조(朱鳥)와 봉황(鳳凰)이 날아와 위를 덮고 선녀가 곁에 와 모신다. 1도규를 수은 1근과 합하여 불로 달이면 곧 황금이 된다. 이 단약을 돈에 발라 사용하면 그날 바로 쓴 돈이 되돌아오고, 범인(凡人)의 눈에 글을 쓰면 온갖 귀신이 달아난다."126)

---

123) 위와 같음: "第一之丹名曰丹華. 當先作玄黃, 用雄黃水·礜石水·戎鹽·鹵鹽·礜石·牡蠣·赤石脂·滑石·胡粉各數十斤, 以爲六一泥, 火之三十六日成. 服之七日, 仙. 又以玄膏丸此丹, 置猛火上, 須臾成黃金. 又以二百四十銖合水銀百斤火之, 亦成黃金. 金成者藥成也. 金不成, 更封藥而火之, 日數如前, 無不成也."

124) 위와 같음: "第二之丹名曰神丹, 亦曰神符. 服之百日, 仙也. 行度水火, 以此丹塗足下, 步行水上. 服之三刀圭, 三尸九蟲皆卽消壞, 百病皆愈也."

125) 위와 같음: "第三之丹名曰神丹. 服一刀圭, 百日, 仙也. 以與六畜呑之, 亦終不死, 又能辟五兵. 服百日, 仙人玉女, 山川鬼神, 皆來侍之, 見與人形."

126) 위와 같음: "第四之丹名曰還丹. 服一刀圭, 百日, 仙也. 朱鳥·鳳凰, 翔覆其上, 玉女至

제5단: "이단(餌丹)이라 한다. 30일 동안 복용하면 신선이 된다. 귀신이 찾아와 모신다. 옥녀가 앞에 나타난다."127)

제6단: "연단(煉丹)이라 한다. 10일 동안 복용하면 신선이 된다. 또 홍(汞)과 섞어 불로 달이면 역시 황금이 된다."128)

제7단: "유단(柔丹)이라 한다. 1도규를 복용하여 100일이 되면 신선이 된다. 결분자(缺分子) 즙과 섞어 마시면 90세가 되어도 자식을 낳을 수 있다. 금공(金公: 鉛)과 섞어 불로 달이면 곧바로 황금이 된다."129)

제8단: "복단(伏丹)이라 한다. 이것을 복용하면 그날 바로 신선이 된다. 이 단약을 대추씨 정도 가지고 있으면 모든 귀신이 달아난다. 이 단약으로 대문과 지게문에 글씨를 쓰면 모든 온갖 나쁜 귀신[萬邪衆精]이 감히 앞에 나타나지 못하고, 또 도적과 무서운 짐승을 물리칠 수 있다."130)

제9단: "한단(寒丹)이라 한다. 1도규를 복용하여 100일이 되면 신선이 된다. 그러면 선동선녀(仙童仙女: 仙童玉女)가 내려와 시중을 든다. 가볍게 날아다니게 되는데 날개를 사용하지 않는다."131)

갈홍은 이 구단에 대해 이렇게 설명하였다.

무릇 이 구단 중에서 하나만을 얻어도 신선이 되는 것이지 모두 만들어야 (신선이) 되는 것은 아니다. 단약을 만드는 사람의 기호에 따를 뿐이다.

傍. 以一刀圭合水銀一斤火之, 立成黄金. 以此丹塗錢物用之, 卽日皆還. 以此丹書凡人目上, 百鬼走避."

127) 위와 같음: "第五之丹名餌丹. 服之三十日, 仙也. 鬼神來侍. 玉女至前."

128) 위와 같음: "第六之丹名煉丹. 服之十日, 仙也. 又以汞合火之, 亦成黄金."

129) 위와 같음: "第七之丹名柔丹. 服一刀圭, 百日, 仙也. 以缺分汁和服之, 九十老翁, 亦能有子, 與金公合火之, 卽成黄金."

130) 위와 같음: "第八之丹名伏丹. 服之, 卽日, 仙也. 以此丹與如棗核許持之, 百鬼避之. 以丹書門戶上, 萬邪衆精不敢前, 又辟盗賊虎狼也."

131) 위와 같음: "第九之丹名寒丹. 服一刀圭, 百日, 仙也. 仙童仙女來侍, 飛行輕擧, 不用羽翼."

무릇 이 구단을 복용하여 승천하여 떠나고 싶으면 떠나고 인간 세상에 머물고 싶으면 머물러 자신의 뜻대로 할 수 있다.132)

역사적으로 볼 때, 단약의 제조는 많은 문제점을 남겼다. 기본적으로 단약의 제조에 사용하는 약물에는 독성이 강한 독약이 많았기 때문이다.

한당시대에는 단약을 복용한 많은 제왕들이 중독되어 죽었다. 조익(趙翼)은 『입이사찰기』(廿二史札記) 권19 '당제제다이단약'(唐諸帝多餌丹藥) 조에서 당나라 왕조의 태종(太宗)·헌종(憲宗)·목종(穆宗)·경종(敬宗)·무종(武宗)·선종(宣宗) 등이 모두 금단을 복용하여 중독되어 죽었다고 기록하고 있다.

당 태종 이세민은 본래 진시황, 한 무제가 신선이 되는 약을 구하였던 일을 배척하고 책망하였지만 뒤에 호승(胡僧)이 만든 약을 복용하여 죽었다. 당 헌종(憲宗)은 처음에는 역시 단약에 대하여 회의적이었지만 후에 유비가 제조한 단약을 복용하고는 병이 들었다. 그 아들 목종(穆宗)은 유비를 주살하지만 얼마 지나지 않아 그 역시 단약을 복용하였다. 경종(敬宗), 무종(武宗) 모두 단약을 복용하고 도사 조귀진의 재초의 술을 숭신하였지만 천명을 누리지 못하였다. 당 선종(宣宗)은 조귀진을 주살하고 스스로 "비록 소옹·난대가 다시 살아온다고 하더라도 미혹할 수 없다"(雖少翁·欒大复生, 不能相惑)고 말하였지만 뒤에 또 단약을 복용하고 중독되어 죽었다.133)

구보 노리타다(窪德忠) 역시 이렇게 말하였다.

---

132) 위와 같음: "凡服九丹, 欲昇天則去, 欲且止人間亦任意."
133) 胡孚琛·呂錫琛, 『道學通論-道家·道敎·丹道』, 社會科學文獻出版社, 2004, 325쪽.

금단의 처방전은 『운급칠첨』을 비롯하여 여러 종류의 서적에 기록되어 있다. 1942년에 그중 한 처방전을 가지고 북경의 약방에 가서 만들 수 있느냐고 물어보았더니 주인은 지금도 만들 수는 있지만 너무 강하기 때문에 복용하면 죽을 수도 있다고 말했다. 약재로는 주로 황화수은 등 극약이 들어가기 때문에 조금만 분량이 잘못 되어도 목숨을 잃는다고 한다. 사실 도사가 권한 금단을 복용하고 목숨을 잃은 당나라의 황제가 여섯 명이나 되니 금단을 복용하고 사망한 사람들이 매우 많을 것이다.[134]

이처럼 외단의 실패로 인하여 이후에는 내단으로 방향을 전환하게 되었다.

---

134) 구보 노리타다(窪德忠), 『도교의 신과 신선 이야기』, 이정환 옮김, 뿌리와이파리, 2004, 74쪽.

제5장 신선이 되는 길(2): 내단(內丹)

제1절 인간의 자아 문제

외단황백술은 불사약을 구하거나 단약을 직접 만들어 장생불사를 추구하였다. 그러나 신선을 만나 불사의 약을 구하거나 또는 단약을 만든다는 것은 불가능한 일이다. 왜냐하면 불사의 약/단약이란 본래 존재하지 않는 것이기 때문이다. 불사의 약을 구하고자 하였던 사회적 현상 역시 인간의 과도한 '욕망'의 한 표현에 불과하였다. 그 모순을 가장 간단하면서도 강렬하게 표현한 것이 『한비자』(韓非子)에 보인다.

> 어떤 사람이 연(燕)나라 왕에게 불사(不死)의 도를 가르치고자 하는 자가 있었다. 왕은 사람을 시켜 그것을 배우도록 하였다. 그런데 아직 다 배우지도 못하였는데 가르치던 사람이 죽었다. 왕은 크게 노하여 배우던 자를 주살(誅殺)하였다.[1]

---

1) 『韓非子』「外儲說左 上」: "客有教燕王爲不死之道者, 王使人學之, 所使學者未及學而客

『전국책』(戰國策)에서도 보인다.

　형왕(荊王)에게 불사의 약을 바치는 자가 있었다. 그가 불사의 약을 들고
서 궁궐로 들어가려고 하자 궁궐의 한 관리가 물었다. "먹을 수 있는가?"
"먹을 수 있다."고 대답하였다. 그래서 불사의 약을 빼앗아 먹어버렸다. 왕
은 이 말을 듣고서 매우 노하여 그 관리를 죽이라고 명하였다. 그러자 이
관리는 왕에게 이렇게 말하였다. "먹을 수 있는가 물었더니 먹을 수 있다고
해서 먹었으므로 저는 죄가 없고 임금을 알현하고자 한 자에게 죄가 있습
니다. 도 불사의 약을 바쳤는데 신이 그것을 먹어서 임금께서 저를 죽이신
다면 이것은 불사의 약이 아니라 사약이 됩니다. 따라서 임금님을 알현하고
자 한 자는 임금님을 속인 것이 됩니다. 죄가 없는 신하를 죽이시는 것보
다는 임금님을 속인 자의 죄를 밝히시는 것이 더 좋다고 생각합니다." 왕은
그를 죽이지 않았다.[2]

　그러나 한 가지 무시할 수 없는 점은 이처럼 불로장생할 수 있는
단약을 만드는 과정을 통해 중국의 고대과학이 발전하게 되었다는 사
실이다. 이 문제는 다른 장에서 자세히 논의하기로 한다.
　인간의 고통의 근원은 무엇일까? 중국의 도학(道學)[3]에서는 어떻게
이해하고 있는가? 먼저 노자에 의하면 '나'라는 자아의식에서 비롯된
것이다.

　　死. 王大怒, 誅之."
[2] 『戰國策』「楚策」: "有獻不死之藥於荊王者, 謁者操以入. 中射之士問曰: '可食乎?' 曰:
　　'可.' 因奪而食之. 王怒, 使人殺中射之士, 中射之士使人說王曰: '臣問謁者, 謁者曰可食,
　　臣故食之, 是臣無罪, 而罪在謁者也. 且客獻不死之藥, 臣食之而王殺臣, 是死藥也. 王殺
　　無罪之臣, 而明人之欺王.' 王乃不殺."
[3] 여기에서 말하는 道學은 道家, 道敎, 丹道를 포괄하는 개념이다.

나에게 근심걱정이 있는 까닭은 내가 몸을 가지고 있기 때문이다.4)

그런데 이 '나'라는 자아의식은 인간이라면 누구에게나 있는 것인데 이것으로부터 발생하는 것이 바로 '욕망'(欲)이다.

노자가 나의 이 몸을 가지고 있기 때문에 우환이 있다고 말한 것은 바로 나라는 존재에 얽매여 있는 인간 존재를 말하는 것이다. 만약 우리가 자신의 존재, 즉 나라는 관념으로부터 벗어날 수 있다면 근심걱정이 없는 자유로운 인간이 될 수 있다고 한다.

이 말은 장자가 말하였던 나의 참된 존재[眞宰]를 찾아가는 과정이기도 하다. 장자는 그렇다면 "참된 나는 무엇인가?"하고 묻는다. 장자는 참된 나를 찾는 과정에서 먼저 우리의 "몸"을 통하여 살펴본다.

우리의 몸에는 백 개의 뼈와 아홉 개의 구멍, 여섯 개의 내장이 있는데 어느 것과 친해야하는가? 이것들을 모두 사랑할 것인가? 아니면 어느 하나를 사랑할 것인가? 아니면 이것들을 모두 신하나 첩으로 삼을 것인가? 아니면 신하나 첩으로 삼아 서로 다스리도록 할 수 없는가? 아니면 서로 돌아가면서 임금과 신하로 삼을 것인가?5)

다음으로 장자는 다시 우리의 "마음"을 통하여 "참된 자아"를 찾는다.

(사람의 마음에는) 기쁨, 슬픔, 노여움, 애달픔, 즐거움, 걱정, 한탄, 변

---

4) 『老子』 제13장: "吾所以有大患者, 爲吾有身."
5) 『莊子』 「齊物論」: "百骸九竅六藏. 賅而存焉, 吾誰與爲親? 汝皆說之乎? 其有私焉. 如是皆有爲臣妾乎? 其臣妾不足以相治乎? 其遞相爲君臣乎?"

덕, 겁먹음, 방탕함, 솔직함, 솔직함, 허세 등이 있다. ······만약 그러한 감정들이 없다면 나라는 자신도 없으니 서로 매우 가깝다고 할 수 있지만 그렇게 하도록 하는 것을 알지 못한다.6)

장자는 몸과 마음을 통하여 우리들의 참된 존재를 찾을 수 없다고 말한다. 그런데 장자는 "참된 나"[眞我]가 누구인지도 모르면서 사람들은 욕망을 좇아 살아간다고 진단한다.

자기 자신을 영원히 보존하고자 하는 것이 생명을 가진 존재의 본래적인 욕망이다. 고대 중국에서 외단의 연구는 육체를 가진 존재로서 자기보존욕의 실현을 위한 것인데 결국 실패하였다. 외단 연구의 실패로 이러한 욕망의 실현 문제는 외단에서 내단으로 그 방향을 돌리게 되었다.

제2절 외단에서 내단으로

단약을 만드는 방법은 크게 '외단'과 '내단'으로 나누어진다. 앞에서 논의한 것처럼 신선으로부터 불사의 약을 구할 수 없었으므로 이번에는 직접 단약을 만드는 쪽으로 방향을 전환하게 되었다. 이 단약을 만들고자 한 것이 바로 외단이다.

외단이란 유황, 수은 등의 약물을 화롯불에 주련하여 황금구단(黃金九丹)을 만들어 내는 것으로 소위 말하는 황백의 술(黃白之術)이다. 여기에서 사용하는 약물로는 웅황(雄黃), 반석(礬石), 굴조개, 복령(茯笭)

---

6) 위와 같음: "喜怒哀樂, 慮嘆變熱, 姚佚啓態. ······非彼無我, 非我無所取, 是亦近矣, 而
  不知其所爲使."

등이 있는데 합성된 후에는 황금의 속성을 가져 오래 두어도 전혀 변하지 않는다는 것이다. 그러나 이것을 만드는 과정에서 독소가 발생하여 복용하면 중독되기 쉬웠고 먹고 죽은 사례가 많았다.[7]

그러나 궁극적으로 말해서 '외단'이란 존재하지 않는다. 그렇지만 '외단'이 존재하는지 여부와 관계없이 문제는 장생불사하고자 하는 인간의 '탐욕'이다. 이 문제는 오늘날에도 여전히 현재진행형이다.

'외단'이 '몸을 기르는 방법'으로 밖으로부터 단약을 찾는 것이라면 '내단'은 '마음을 기르는 방법'으로 내 자신 안에 있는 단약을 찾는 길이라고 할 수 있다.

1. 내단의 정의

중국 도교의 경전에서는 이 내단을 또 대단(大丹), 금단(金丹), 내금단(內金丹), 환단(還丹) 등으로 부른다.[8] 그렇다면 내단학(內丹學)이란 무엇인가? 호부침(胡孚琛)이 주편한 『중화도교대사전』에서는 다음과 같이 설명하고 있다.

> 내단학은 또 성명지학(性命之學), 내단선학(內丹仙學) 등의 이름으로 부른다. 내단학은 중국 고대의 신선가(神仙家)에서 비롯되었다. 신선가는 장생불사(長生不死), 반로환동(返老還童)을 추구하기 위해 수많은 연년익수(延年益壽)의 방술(方術)을 연구하였다.[9]

---

7) 王治心, 『중국종교사상사』, 전명용 옮김, 이론과 실천, 1988, 92쪽.
8) 胡孚琛·呂錫琛, 『道學通論-道家·道教·丹道』, 社會科學文獻出版社, 2004, 527쪽.
9) 胡孚琛 主編, 『中華道教大辭典』, 中國社會科學出版社, 1995, 1126쪽.

그는 또 「도가와 도교문화의 요체」(道家與道敎文化擧要)에서 이렇게 정의하였다.

　　내단학은 도교문화 중에서 가장 핵심이 되는 학문으로 보통사람이 특이 체질을 가진 초인(超人)으로 향해가는 데 매진하는 선인의 길(仙人之路)이다. 금단대도(金丹大道)는 천지를 참구하고(參天地), 일월과 함께 하며(同日月), 조화에 계합하고(契造化), 자연으로 돌아가며(返自然), 근본이 되는 자아에 돌아가고(還本我), 성명을 수양하는(修性命) 천인합일(天人合一)의 도이다. 현대과학과 철학의 관점으로 분석하면 내단학은 생명과학과 생명철학이라는 두 가지 항목의 내용을 포괄하는 것으로, 그것은 유기적으로 내단학의 기본 이론을 구성한다.10)

주월리(朱越利)·진민(陳敏)은 『도교학』(道敎學)에서 이렇게 말하였다.

　　자신의 몸을 정로(鼎爐)로 삼고 자신의 정기신(精氣神)을 약물로 삼으며 수련하여 "장생불로약"(長生不老藥)을 만드는 것을 내단이라 부른다.11)

　　내단은 생명과학이고 생명철학이라고 간단히 정의할 수 있다. 이러한 설명에 의하면 내단이란 결국 '자신의 마음/몸(性命)에 대한 수련을 통해 장생불사하는 신선이 되는 것'으로 요약할 수 있다.

　　내단학(內丹學)은 또 단도학(丹道學)이라 칭하는데 당말오대(唐末五代) 이

---

10) 胡孚琛, 「道家與道敎文化擧要」, 羅傳芳 主編, 『道敎文化與現代社會』, 沈陽出版社, 2001, 96쪽.
11) 朱越利·陳敏, 『道敎學』, 當代世界出版社, 2000, 252쪽.

래 도교수련의 정통 공법[正宗功法]으로 특히 소원 교체기 때 도파(道派)와 단파(丹派)가 합일된 것인데 내단 수련이 도사의 궁극적 수지방술(修持方術)이 되고 기타 여러 연양방법(煉養方法)은 모두 방문소술(旁門小術)이라 배척된 것이다.12)

내단학이 중요한 위치를 하게 되면서 도사들은 내단을 선인이 되는 유일한 길로 여기고서는 내단술 이외의 기타 방술은 96종의 외도(外道), 3천 6백의 방문(旁門)으로 귀결시켰다. 그렇지만 내단학의 이론에는 이전의 외단학에서 논의되었던 많은 학설들이 흡수되었다. 따라서 때때로 내단과 외단이 때로 혼동되기도 한다. 따라서 이것이 외단인지 내단이지는 자세히 구별할 필요가 있다. 물론 기본적으로 외단과 내단은 본래 친화성이 있다.

내단학이 몸을 정로로 삼아 이 몸 자체에서 단을 구하는 학문이라면 결국 수련 문제에서 '마음의 수련'과 '몸의 수련'이라는 이론적 차이를 낳을 수밖에 없다. 이 문제는 선천과 후천, 성공과 명공이라는 인간 자체에 대한 이해와 인체에 대한 관점과 밀접한 관계를 가지고 있다.

2. 내단의 분파

내단학의 역사에서 "선진시대에서 한대에 도교가 창립되기 이전 시기는 내단 법결이 처음으로 전해시던 시기이고 또한 내단학 이론 체계의 형성을 준비하던 단계이다."13) 다음으로 "동한 때 도교가 창립된

---

12) 胡孚琛·呂錫琛, 『道學通論-道家·道教·丹道』, 527쪽.

때부터 수당시기에 이르는 기간은 내단학 이론 체계가 형성된 시기이다."14) 이 시기에 점차 인체 내의 '단전'(丹田)에 대한 인식이 싹트기 시작하였다.

내단학은 크게 나누면 남종(南宗), 북종(北宗), 중파(中派), 동파(東派), 서파(西派)가 있다.

3. 내단의 인체관

(1) 선천과 후천

내단학은 노자의 도가철학을 내단가의 양생수련의 생명체험으로 변화시켰다. 도교 경서 중에는 천 권이 넘는 단경(丹經)이 있는데, 모두 고대 단가(丹家)가 죽음과 투쟁하기 위하여 인체를 실험실로 삼고, 정, 기, 신을 약물로 삼아서 생명 현상의 본질과 인간 심리의 오묘한 비밀을 펼치기 위하여 종생토록 수련한 실험의 기록이다.15)

그렇다면 먼저 내단학에서 보는 인간관[人學]은 무엇인가? 양옥휘(楊玉輝)는 이렇게 말하였다.

개괄하여 말하면 도교의 인간학[人學]은 도교의 인간에 대한 인식의 이론 체계로, 인간의 형(形, 精)·기(氣)·신(神)과 성(性)·명(命)에 대한 인식을 핵심으로 하여 계통적으로 사람의 본질, 인체의 형·기·신과 성·명의 존재 형식·

---

13) 같은 책, 532쪽.
14) 같은 책, 533쪽.
15) 胡孚琛·呂錫琛, 『道學通論-道家·道教·丹道』, 528쪽.

작용과 상호관계, 인생의 역정(특히 인간의 삶과 죽음), 범인과 신선 및 귀신의 관계, 인생의 한계성과 그 인생 가치관, 수도의 의미와 가치·수도의 원리와 방법 등을 밝힌 것이다.16)

인간은 형·기·신이라는 세 가지 요소로 구성되었다는 관념이 이미 전국시대에 있었다.

『관자』(管子) 「내업」(內業)편에서 이렇게 말하였다.

정(精)이란 기(氣)의 정미한 것[精]이다. 기(氣)는 도(道)를 얻어 생명을 낳고, 생명이 있으면 생각이 있다. ……무릇 사람의 생명은 하늘이 그 정기[精]를 주고 땅이 그 형체를 주는데 이것들이 합하여 사람이 된다. (이 두 가지가) 조화하면 생명이 되고, 조화하지 못하면 생명이 되지 못한다.17)

『회남자』 「원도훈」(原道訓)에서도 형·기·신으로 인간을 설명한다.

무릇 형체[形]는 생명이 머무는 곳이고, 기(氣)는 생명을 채우는 것이며, 신(神)은 생명을 통솔하는 것이다. 이 세 가지 중에서 하나라도 제자리를 잃으면 세 가지 모두 손상된다. ……그러므로 이 세 가지를 모두 신중하게 지키지 않으면 안 된다.18)

여기에서 "형체는 인간 존재를 낳는 물질적 기초이고, 기는 인체 생명 활동의 동력과 원천이며, 신은 인체 생명 활동을 통제하고 주

---

16) 楊玉輝, 『道教人學硏究』, 人民出版社, 2004, 4쪽.
17) 『管子』 「內業」: "精也者, 氣之精者也. 氣道乃生, 生乃思. ……凡人之生也, 天出其精, 地出其形, 合此以爲人. 和乃生, 不和不生."
18) 『淮南子』 「原道訓」: "夫形者生之舍也, 氣者生之充也, 神者生之制也. 一失位則三者傷矣. ……此三者, 不可不愼守也."

재하는 것"19)이다. 그런 까닭에 이 셋 가운데 어느 하나에 문제가 있게 되면 세 가지 모두 영향을 받는다고 하였다.

『태평경』(太平經) 역시 이전의 이러한 관점을 수용하였다.

대개 사람을 모시는 인체 내의 신(神)은 모두 천기(天氣)로부터 받고, 천기는 그것을 원기(元氣)에서 받는다. 신은 기를 타고 운행한다. 그러므로 사람에게 기가 있으면 신이 있고, 신이 있으면 기가 있으며, 신이 떠나면 기가 끊어지고, 기가 없으면 신이 떠난다. 그러므로 신이 없어도 죽고 기가 없어도 죽는다.20)

도(道)가 사람을 낳는 것은 본래 모두 정(精)과 기(氣)이고, 거기에는 모두 신(神)이 있다. 형상[相]을 빌려 사람을 만든 것이다. ……다시 그 신(神)과 기(氣)로 돌아갈 수 있다면 하늘이 준 생명을 온전히 마칠 수 있을 것이다.21)

그런 까닭에 『태평경』에서는 애기(愛氣)·존신(尊神)·중정(重精)의 원칙을 말하였다.

사람은 하나의 몸을 가지고 있는데 몸은 내부의 정(精)·신(神)과 화합하여 함께한다. 형(形)은 곧 몸의 죽음을 담당하고, 정과 신은 삶을 맡는다. …… 정과 신이 떠나면 죽게 되고, 정과 신이 몸 안에 있으면 산다. 항상 합하여 하나가 되면 오래 살 수 있다.22)

---

19) 楊玉輝, 『道敎人學硏究』, 17쪽.
20) 王明 編, 『太平經合校』(上) 권42: "凡事人神者, 皆受之于天氣, 天氣者受之于元氣. 神者乘氣而行, 故人有氣則有神, 有神則有氣, 神去則氣絶, 氣亡則神去. 故無神亦死, 無氣亦死." [한글 번역은 윤찬원 책임역주, 『태평경 역주』(전5권), 세창출판사, 2012 참조.]
21) 王明 編, 『太平經合校』(下) 권154-170: "道之生人, 本皆精氣也, 皆有神也, 假相名爲人. ……能還反其神氣, 則終天年."

『태평경』은 인간을 형·기·신이 있는 존재이고, 형·기·신은 모두 인간이 존재하는데 있어서 없어서는 안 되는 것이며, 인간은 형·기·신의 통일체라고 생각하였다.23) 그러므로 이것을 "인생삼보"(人生三寶), "상약삼품"(上藥三品)24)이라 부른다.

도교의 내단학자들 역시 이 관점을 받아들였다. 갈홍(葛洪, 283-363)은 "그 기를 보양함으로써 그 몸을 온전히 한다. ……기가 고갈되면 몸은 죽는다"(養其氣所以全其身. ……氣竭卽身死)고 하였다. 도홍경(陶弘景, 456-536)은 "신은 생명의 근본이고, 형체는 생명(을 싣는) 도구이다."(夫神者生之本, 形者生之具也)고 말하였다. 송대 때 인물 진남(陳楠, ?-1213)은 "정은 신의 근본이고, 기는 신의 주인이며, 형은 신이 머무는 집이다."(精者, 神之本; 氣者, 神之主; 形者, 神之宅也)고 하였다.

내단학에서 인간은 선천(先天)과 후천(後天)의 결합으로 이루어졌다. 즉 내단학에 의하면 인체는 선천의 정(精)·기(炁)·신(神)과 후천의 정(精)·기(氣)·신(神)으로 구성되었다고 말한다.

먼저 선천에 대해 살펴보기로 한다.

호부침은 『중화도교대사전』에서 "내단학에서는 정(精)·기(氣)·신(神) 세 가지에는 모두 선천과 후천이 있는데" "선천은 정을 주로 하고"(先天主靜), "선천은 무위하며"(先天無爲) "선천은 무형"(先天無形)이라고 말한다. 또 "선천은 무형무상한 것으로 시공을 초월한 것인데 도와 합

---

22) 같은 책, 권137-153: "人有一身, 與精神常合幷也. 形者乃主死, 精神者乃主生. …… 無精神卽死, 有精神卽生. 常合卽爲一, 可以長存也."
23) 楊玉輝, 『道敎人學硏究』, 18-19쪽.
24) 『高上玉皇心印妙經』: "上藥三品, 神與氣精."

일한다"(先天的東西無形無象, 超越時空, 與道合一), "선천은 즉 형이상학적 도의 경지이다."(先天卽形而上之道的境界)고 설명하고 있다.25)

다음은 후천이다. 먼저 『중화도교대사전』에서는 "후천은 동을 주로 하고"(後天主動), "후천은 유위이며"(後天有爲), "후천은 유형"(後天有形)이라고 말한다. 또 "후천의 것은 유형유상으로 현실의 시공 중에 처한다"(後天的東西有形有象, 處于現實時空之中), "후천은 즉 형이하의 사물의 세계이다(後天卽形而下之器的境界)고 설명하고 있다.26) 도교에 의하면 이처럼 인간은 선천과 후천이 결합되어 형성된 존재이다.

후천은 후천(後天)의 호흡의 기(呼吸之氣)를 "기"(氣)라 쓰고, 선천(先天)의 진기(眞氣), 원기(元氣)는 "기"(炁)라고 쓴다. 사회에 유행하는 기공은 대부분 후천의 기를 수지하는 것이고, 내단 공법은 선천의 원정(元精), 원기(炁), 원신(元神)을 수지하는 것이다. 그러므로 내단은 당연히 일반의 기공에 비하여 더 뛰어난 "기공"(炁功)이다.27)

호부침·여석침은 형·기·신을 물질·에너지·정보로 해석하는데 "『태평경』(太平經)에서는 삼분법(三分法)으로 세계를 해석하고 내단가(內丹家)는 인체를 형(形), 기(氣), 신(神)이라는 세 가지 층차로 나누고 또 정(精), 기(氣), 신(神)을 인체의 삼보(三寶)라고 칭하는데 연단(煉丹)의 약물(藥物)이다"28)고 지적하였다.

앙리 마스페로는 『도교』에서 이렇게 설명한다.

모든 것은 기로 되어 있다. 처음에는 혼돈 속에 아홉 기가 한데 섞여 있

---

25) 胡孚琛 主編, 『中華道教大辭典』, 439쪽.
26) 위와 같음.
27) 胡孚琛·呂錫琛, 『道學通論-道家·道教·丹道』, 529쪽.
28) 같은 책, 64쪽.

었다. 세상이 만들어질 때 아홉 기가 분리되었는데, 가장 순수한 것은 올라가 하늘이 되었고, 가장 거친 것은 내려가 땅이 되었다. 이런 거친 기로 이루어진 인간의 몸에 생명을 주고 영혼을 준 것은 원기(元氣)로서, 인간에게 스며들어 최초의 숨이 된 순수한 기이다. 그것은 몸으로 들어가서 모든 사람이 가지고 있는 정제된 정(精)과 섞인다. 기와 정의 이런 결합이 영혼, 곧 살아 있는 동안 삶을 주재하는 원리를 이루었다가, 분리되면 죽어서 흩어진다. 이 몸은 우주와 정확하게 똑같은 것으로 만들어져 있고, 우주의 신과 똑같은 신들로 채워져 있다. 그러므로 영원히 살기 위해서는 몸을 계속 유지하여 기와 정이 분리되어 정신이 소멸하는 것을 막아야 하고, 신들이 흩어지면 파괴되고 마는 개체의 통일성을 유지하기 위해서 자신 앞에 있는 모든 신들을 지켜야 한다.[29]

내단 수련의 순서는 얕은 것에서 깊은 것으로 들어가는데 귀선(鬼仙), 인선(人仙), 지선(地仙), 신선(神仙), 천선(天仙) 등 5등급으로 나누어지는 신선의 구별이 있다.[30]

(2) 삼단전

도교 내단학의 인체관에서 또 한 가지 독특한 관점은 단전(丹田)이다. 도교 의학에서는 인간의 신체가 기본적으로 단전(丹田)이라고 부르는 세 부분으로 이루어져 있다고 본다.[31] 도교 내단학에 의하면 인체에는 상전단(上丹田)·중단전(中丹田)·하전(下丹田)의 삼단전(三丹田)이

---

29) 앙리 마스페로, 『도교』, 신하령·김태완 옮김, 까치, 1999, 44쪽.
30) 胡孚琛·呂錫琛, 『道學通論-道家·道教·丹道』, 540쪽.
31) 막스 칼덴마르크, 『노자와 도교』, 장언철 옮김, 까치, 1993, 228쪽.

있다. 상단전은 머리 부분에 있고 중단전은 가슴 부분에 있으며, 하단전은 배꼽 아래 부분에 있다. 하단전의 옆에는 기해(氣海)라는 곳이 있다.32) 이것은 고대 중국인들이 인체를 상·중·하 세 부분으로 나누어 생각하던 인체관념과 연관이 있다. 앙리 마스페로는 이렇게 지적하였다.

모든 중국인들과 마찬가지로 도교도들은 신체를 상부(머리와 팔), 중부(가슴), 하부(배와 다리)로 나누었다. 체내의 기관은 오장(폐, 심장, 비장, 간, 신장)과 육부(위, 담낭, 대장, 소장, 방광과 삼초—'세 가지 끓는 것' 즉 식도, 위의 내관, 요도 셋이 하나의 부가 된다)로 나뉜다. 상부는 눈, 귀, 코, 혀와 주요한 감각 기관인 손가락을 포함한다. 생명의 주요한 생리적 기능을 담당하는 것은 중부와 하부이지만 생명의 지적인 면에 관한 것은 모두 장부에 속한다. 그러나 중국인들은 사고기관을 담당하는 것만은 중부에 있는 심장이라고 생각했다. 이 중요한 예외가 있음에도, 중국 사상에서는 정신적 생명과 생물적 생명을 신체의 세 부분으로 나누어 생각해왔다.33)

그는 또 이것을 단전과 관련시켜 다음과 같이 말하였다.

도교도는 일반에 받아들여진 이 관념에다 특유한 다른 관념을 덧붙였다. 그들은 신체의 세 부분 가운데 머리와 가슴과 배에 각각 중심적인 영역을 설정했다. 그것들은 어떤 의미에서는 각 부를 지휘하는 사령탑과 같은 것이다. 그것들을 단전이라고 하는 까닭은 불사약과 핵심적인 요소인 단사(丹砂)를 연상시키기 때문이다.34)

---

32) 위와 같음.
33) 앙리 마스페로, 『도교』, 354쪽.
34) 같은 책, 354-355쪽.

그렇다면 단전이란 무엇인가?

신체는 상부(머리와 팔), 중부(가슴), 하부(배와 다리) 세 부분으로 나뉜다. 각 부분에는 사령부라고 할 수 있는 생명의 중추가 있는데 이것이 세 단전이다.[35]

단전은 "인체의 생명활동과 그 생명력의 강약에 가장 밀접하게 관계"[36]가 있다. 『황정경』(黃庭經)에서는 상·중·하 삼궁(三宮)으로 표현하였다.

『대동경』(大同經)에서 말하였다. "삼원(三元)이 은밀히 변화하여 곧 삼궁(三宮)을 이루니 3·3은 9와 같은 것이기에 삼단전이 있다."[37]

이 삼단전은 중첩형으로 되어 있다. 마스페로는 그 구조에 대해 이렇게 설명하였다.

이 세 궁전(즉 단전)은 같은 구조를 가지고 있다. 즉 각각 사방 한 치의 방 아홉 개가 아래위 두 단으로 나란히 포개져 있다. 아랫단 다섯 방 가운데 첫 번째 방은 아홉 개의 방, 곧 구궁(九宮) 전체의 유일한 입구이다. 그 바깥의 세 치는 현관 역할을 한다. 그 내부는 둥글고 텅 비어 있으며 밝은 적색의 내벽을 가지고 있다. 신체의 세 부분에서 이 방들은 다른 점을 가지고 있다. 뇌에 있는 방은 머리의 앞쪽에서 뒤쪽 방향으로 두 단으로 되

---

35) 같은 책, 294쪽.
36) 김용수, 『이 방식대로 하면 내단(內丹)이 형성된다』, 한올, 2014, 54쪽.
37) 최창록 옮김, 『黃庭經』「上淸黃庭內景經」(동화출판사, 1993, 35-36쪽.)

어 있는데, 다섯 방은 아랫단에 네 방은 윗단에 수평으로 나란히 있다. 가슴과 배에서는 수직으로 나란히 두 줄로 되어 있는데, 다섯 방은 앞줄에 네 방은 뒷줄에 나란히 있다. 이것이 유일한 차이점이다.38)

그런데 또 이렇게 지적하였다.

그러나 신의 집은 이 구궁만이 아니라 신체의 어느 장소에나 있다. 입구에서 가장 가까운 아랫단의 처음 세 궁전은 좌우의 누각과 함께 세 개의 황정(黃庭, 황색의 뜰)이 된다. 그 중심은 머리 부위에서는 두 눈에, 배 부위에서는 비장에 있다. 각 궁전의 입구 쪽에는 두 귀가 고루(鼓樓)와 종루(鍾樓)처럼 되어 있어서 손님이 도착한 것을 알린다.39)

상단전은 두정부의 정수리 있는 것으로 니환궁(泥丸宮), 건궁(乾宮)이라 부른다.40) 이환(泥丸), 이원(泥洹)이라 부르기도 하는데 산스크리트어 니르바나[涅槃, Nirvâna]에서 나온 말이다.41) 뇌 속의 부분으로 양 미간에서 세 치 들어간 지점이다.42)

머리 부위의 구궁은 뇌실의 조잡한 도식적 표현이다. 아랫단에는 입구에 넓은 명당궁(明堂宮, 정청[政廳]의 궁전)이 있다. 그 뒤에 동방궁(東房宮, 밀실의 궁전)이 있으며, 니환궁(泥丸宮)이라 부르는 단전궁이 있고, 그 다음으로 유주궁(流珠宮, 흘러다니는 진주 즉 수은의 궁전)이 있으며, 마지막으로 옥제궁(玉帝宮, 옥황상제의 궁전)이 있다. 윗단에

---

38) 앙리 마스페로, 『도교』, 355쪽.
39) 같은 책, 356쪽.
40) 김용수, 『이 방식대로 하면 내단(內丹)이 형성된다』, 52쪽.
41) 앙리 마스페로, 『도교』, 294쪽.
42) 牟鐘鑒, 『중국 도교사』, 이봉호 옮김, 예문서원, 2015, 87쪽.

는 머리의 앞부분에서부터 천정궁(天庭宮, 하늘 뜨락의 궁전), 태극진궁(太極眞宮, 최고 정상의 진실의 궁전), 단정궁 바로 위에 현단궁(玄丹宮, 신비한 단사의 궁전)이 있고, 마지막으로 태황궁(太皇宮, 최고 황제의 궁전)이 나란히 있다.43)

상단전의 입구에 가까이 있는 미간 위 이마 안쪽에는 오른쪽으로 황궐(黃闕, 황색의 문), 왼쪽으로 강대(絳臺, 붉은 테라스)가 한 치의 공간인 입구의 현관을 지키기 위해서 서 있다. 이 공간은 한 치의 공간을 지키는 한 쌍의 밭[守寸雙田]이라고 불리는 두 눈썹과 코 사이의 한 가운데에 처음의 세 공간을 차지한다. 한편으로 눈썹은 화개(華蓋, 꽃 덮개)를 이루고, 그 아래 왼쪽 ssn과 오른쪽 눈 사이에는 청방(靑房, 청색의 방) 또는 청부(靑府, 청색의 관청)와 호청부(皓淸府, 순백의 관청)로 불리는 서궁과 동궁이 있다. 청은 동쪽의 색, 백은 서쪽의 색이다. 그리고 이것들은 명당궁에 통하고 있다. 그 한 치 뒤에 누각 몇 개를 가진 동방(洞房) 또는 금방(金房)이 있다. 우선 그곳에는 현정사(玄精舍, 신비한 정의 집)와 유궐(幽闕, 어두운 문)이 있고, 그 다음 오른쪽과 왼쪽에 황궐과 자호(紫戶)가 있다. 뒤의 이 두 누각은 사실은 명당궁의 누각과 같은 것인 듯 하지만 매우 혼란스럽게 기술되어 있다. ……자방(紫房)이라고도 하는 동방의 가운데에는 금당옥성(金堂玉城)이라는 장소가 있다. 그 맞은편은 신선이 알현을 허락받았을 때도 들어갈 수 없는 곳이다. ……구궁의 아랫단에는 앞뒤로 나란히 방이 다섯 개 있는데, 그것은 지상의 황제의 궁전이 연이은 다섯 뜰마다에 흙을 높이 쌓아 올려 그 위에 궁전을 지어놓은 것과 같다. 그래서 지상의 관리가 궁성의 두 번째 전 앞에 있는 뜰에서 알현을 허락받는 것과 마찬가지로 신선이나 진인들(신의 세계의 관료이다)은 두 번째 방인 이환궁의 뜰에서 맞아들여진다. 그보다 바깥에 있는 세 궁전은 부속된 모든 누각과 함께 알현이나 초

---

43) 앙리 마스페로, 『도교』, 355쪽.

빙연을 베푸는 특별한 장소인 황정이 된다는 점은 이미 본 것과 같다. 다른 여섯 궁전은 신체의 다른 신이나 정령, 그 밖의 초월적 존재가 접근할 수 없다. 상부의 구궁 바로 뒤에는 후호(後戶)라는 작은 문이 있는데, 이것이 후두부의 오목한 부위인 옥침골(玉枕骨)과 통한다.44)

중단전은 강궁(絳宮)으로 심장 가까운 곳에 있다.45) 이 중단전은 『황정경』에 의하면 두 가지 설이 있다. 하나는 비장(脾臟)을 중궁(中宮)으로 삼는 설이고 다른 하나는 심장(心臟)을 중궁으로 삼는 설이다.46)

가슴 부위의 입구는 누각(樓閣, 氣管)인데 명당과 그 맞은편의 유주궁, 곧 심장과 가슴 속 세 치가 되는 곳에 있는 단전으로 통한다.47)

아래는 중·하부 단전이다.

배꼽은 곤륜산이고, 그 곁에 황궐이 있다. 또 영대(靈臺, 심장)는 화개(華蓋, 폐장) 아래에 있다. 그 밖의 것은 각 부위에 특수한 것으로 배꼽 근처에 있는 금실(金室)과 은성(銀城)과 주루(朱樓) 등이 그것이다. 배 한 가운데의 소장은 장성(長城)이다. 양쪽 신장 사이는 유궐인데 귀와 연결되어 있다. 좀 더 아래에 약수(弱水, 膀胱)라고 불리는 대해(大海)가 있다. 그곳에는 원기를 토하고 받아들이는 신성한 거북이 살고 있어서 원기를 흘려 바람과 비를 낳아 사지로 바람과 비가 스며들게 한다.48)

하단전은 단전이라 부르기도 하는데 배꼽 아래 1치 3푼이 되는 곳

---

44) 같은 책, 356-357쪽.
45) 같은 책, 294쪽.
46) 牟鐘鑒, 『중국 도교사』, 87-88쪽.
47) 앙리 마스페로, 『도교』, 356쪽.
48) 같은 책, 357쪽.

이다. "생명은 기(氣)와 함께 신체로 들어간다. 이 기가 호흡에 의해서 배로 내려가 하단전(下丹田)에 갇혀 있는 정(精)과 결합하면 신(神)이 생긴다."[49] 배 부위의 명당은 비장이고, 단전은 배꼽 아래 세 치가 되는 곳에 있다.[50]

이 삼단전에는 삼충(三蟲)이 하나씩 살고 있다.[51] 이 삼충을 삼시(三尸)라고 부르기도 한다. 첫째, 청고(靑古, 푸른 노인)는 머리 중앙의 이환궁에 산다. 이 청고 때문에 사람은 장님이나 귀머리가 되기도 하고, 대머리가 되기도 하며, 이가 빠지기도 하고, 코가 막히기도 하며, 나쁜 숨을 들이마시게도 된다. 둘째, 백고(白姑, 흰 아가씨)는 중단전인 가슴 속의 강궁에 살면서 심계항진, 천식, 우울증 등을 일으킨다. 셋째, 혈시(血尸, 피투성이 주검)로 하단전에 있다.

세 단전에는 갖가지 신이 살고 있다. 이 신들은 나쁜 정령과 기운으로부터 단전을 보호한다. 이 수호신 바로 곁에는 불길한 것들이 있다. 가장 해로운 것 가운데 하나인 삼충(三蟲) 또는 삼시(三尸)는 사람이 태어나기 전부터 신체 내부에 자리를 잡고 있다. 삼시는 세 단전에 하나씩 살고 있는데, 머리의 이환궁에는 청고가 있고, 가슴의 강궁에는 백고가 있으며 하단전에는 혈시가 있다. 이들은 단전을 공격함으로써 노쇠와 죽음의 직접적인 원인이 될 뿐만 아니라, 자신들이 깃들어 살고 있는 인간의 죄를 하늘에 올라가 보고하여 그 사람에게 부여된 수명을 줄이려고 한다. 사람이 죽으면 정령들이 종류별로 지옥으로도 가고 무덤에 머무르기도 하는 데에 반하여 삼충은 마음대로 빠져나오는데 이것을 유귀(幽鬼)라고 한다. 주인의 죽음이 빠르면 빠를수록 삼충은 빨리 자유롭게 된다. 그러므로 도사는 가능한 한

---

49) 같은 책, 294쪽.
50) 같은 책, 356쪽.
51) 같은 책, 360쪽.

빨리 삼충을 없애지 않으면 안 된다.52)

『황정경』에서는 여러 가지 질병의 원인을 이렇게 설명하였다.

　　혹은 몸이 약하고 마음이 허하거나 혹은 장이 허하고 힘이 모자람은 첫째는 상충(上蟲)이 뇌궁(腦宮)에 있기 때문이고, 둘째는 중충(中蟲)이 명당에 살기 때문이며, 셋째는 하시(下尸)가 뱃속에 있기 때문이다.53)

중황진인(中黃眞人)은 주석에서 이렇게 말하였다.

　　『동신현결』(洞神玄訣)에서 말하였다. "삼충(三蟲)은 상단전에 있으니 뇌심(腦心)이다. 그 색깔은 희고 푸르며 이름이 팽거(彭琚)인데 사람들로 하여금 기호와 욕심, 어리석음과 꽉막힘을 좋아하게 하기 때문에 선도를 배우는 사람이 마땅히 금하여 막을 것이다."가령 오곡을 끊지 않고도 항상 이런 마음으로 행하면 일 년을 넘기면 상시(上尸)는 저절로 없어지는데 사람들이 행할 줄을 모른다. 헛되이 오곡을 끊었으나 탐욕을 끊지 않으면 어떻게 충을 끝내 없앨 수 있겠는가?54)
　　『동신현결』에서 말하였다. "중충(中蟲)의 이름은 팽질(彭質)이다. 그 색깔은 희면서 노랗다. 중단전에 살면서 사람으로 하여금 재물을 탐하고 기뻐하거나 성냄을 좋아하고 진기(眞氣)를 흐리고 어지럽혀 삼혼(三魂)이 살지 못하게 하고 칠백(七魄)의 흐름을 막는다." 『동현경』(洞玄經)에서 말하였다. "기뻐하지도 성내지도 않으면 중시(中尸)가 크게 두려워 할 것이고, 탐하지도 욕심을 내지도 않으면 부드러운 기운이 항상 넉넉할 것이며, 앉아서 원양(元陽)을 볼 수 있고, 만신이 와서 모인다."55)

---

52) 같은 책, 205쪽.
53) 최창록 옮김, 『黃庭經』「太淸中黃眞經」, 140-141쪽.
54) 같은 책, 140쪽.

하시(下尸)는 그 색깔이 희면서 검다. 하단전에 살고 있으며 이름은 팽교(彭矯)이다. 사람으로 하여금 의복을 좋아하게 하고, 술과 여자를 좋아하게 한다. 다만 도를 배우는 사람의 마음이 성실하고 속이 편안하면 삼시는 저절로 죽고 영원히 망하지 않는다.56)

상시충(上尸蟲)은 눈을 공격하거나 머리 부위의 질활을 유발하고, 중시충(中尸蟲)은 배꼽과 오장의 부위를 갉아먹고, 하시충(下尸蟲)은 콩팥 질환을 유발시켜서 신체 내부의 정기와 골수를 소모시키고, 뼈를 쇠약하게 만들고 이윽고 빈혈 상태를 초래한다.57)

제3절 내단의 수련 방법
-성명쌍수

위에서 '내단'을 '마음을 기르는 방법'이라고 말하였다. 그렇다면 '내단'에서는 '몸을 기르는 방법'을 전혀 무의미한 것으로 보았는가? 그렇지는 않다. 우리는 흔히 몸은 마음을 담는 그릇이라고 비유한다. 그런 까닭에 몸보다 마음을 더 중시하는 경향이 있다. 그런데 내단에서 몸의 수양과 마음의 수양 모두 중요하다. 왜냐하면 우리 인간의 존재 양태는 몸과 마음으로 이루어져 있고, 또 이 둘 사이에는 긴밀한 관계가 있기 때문이다. 여기에는 육체와 정신의 근본적인 연관성, 즉 일원론적 세계관이 나타나고 있다.

---

55) 같은 책, 140-141쪽.
56) 같은 책, 141쪽.
57) 막스 칼덴마르크, 『노자와 도교』, 229쪽.

도교는 신자를 영원한 삶[長生]으로 이끄는 것을 목표로 하는 구제의 종교이다. 그런데 도교도들은 자신들이 추구하는 영원한 삶을 정신의 불사(不死)가 아닌 물질적인 육체의 불사로 생각한다. ……그런데 정신과 물질을 나눈 적이 없었던 중국인들은 영혼을 눈에 보이는 물질적인 육체의 눈에 보이지 않는 정신적인 대립자라고 생가하지 않았다. 그들은 인간은 누구나 혼(魂)이라고 부르는 세 가지 고귀한 영혼과 백(魄)이라고 하는 일곱 가지 저급한 영혼을 가지고 있다고 여겼다. 이 두 종류의 영혼이 저승에서 어떻게 될 것인가에 관한 여러 가지 믿음이 있었지만 죽음과 함께 영혼이 해체되는 것을 인정한다는 점에서는 모두 일치하고 있었다.[58]

따라서 특수한 수련을 통한 '육체의 영원한 보존'은 바로 '영혼의 영원한 보존'을 의미한다.

이와는 반대로 하나뿐인 육체는 영혼이나 신들의 거처가 된다. 따라서 육체 안에서만, 살아있는 것의 조각들이 뿔뿔이 존재하여 여러 개의 인격으로 나뉘는 것이 아니라, 통일된 인격을 이루면서 불사를 얻을 가능성이 있다고 여겼다. ……그러므로 살아 있는 육체를 유지하는 것이 언제나 불사를 얻기 위한 정상적인 방법이 되었다.[59]

이 문제와 관련된 도교의 논의는 '성명쌍수'(性命雙修)의 논쟁에서 살펴볼 수 있다.

호부침은 『중화도교대사전』에서 성명쌍수를 이렇게 설명하였다.

---

58) 앙리 마스페로, 『도교』, 292쪽.
59) 같은 책, 293쪽.

성(性)을 수련하고 또 명(命)을 수련하는 것이다. ……내단학의 각 문파(門派)에는 선명후성(先命後性) 혹은 선성후명(先性後命)의 구분이 있지만 대부분 성명쌍수(性命雙修)를 중시하는데, 즉 연신연기(煉神煉氣)로 금단(金丹)을 만드는 것이다.[60]

도학(道學: 道家·道敎·丹道)의 우주 창생 변화 및 인체의 생성이라는 측면 말하면 우주와 인체 생명의 생성은 모두 도에서 연원한다. 도는 허무상태에 원시선천일기(元始先天一氣: 또 太乙眞氣라 부른다)를 변화하여 나오게 하고, 또 이 일기(一氣) 중에서 음양 이성(陰陽二性)을 낳는다. 음양 이성의 교합, 격탕으로 물질, 에너지, 정보라는 3대 원소를 낳고, 다시 3원으로부터 변화하여 만물이 나누어지는 세계를 형성한다.

성명쌍수에서 '성명'은 "내단학에서 일반적으로 기(炁)를 명(命)으로 삼기 때문에 성명(性命)은 신기(神氣)를 가리킨다"[61]고 설명한다. 도교의학과 내단학의 인체관 중에서 기는 대체로 에너지에 해당한다. 내단가는 기를 선천지기(先天之氣)와 후천지기(後天之氣)로 나눈다. 후천지기는 호흡지기(呼吸之氣)이고 선천지기는 원기(元氣)로 기(炁)라고 표기하는데 인체의 생명 운동 기능으로 고도의 질서가 있는 에너지 흐름과 신체 활력으로 체현된다.[62]

성명쌍수는 성공(性功)과 명공(命功)으로 구분된다. 내단학에서 연기의 술(煉炁之術)을 명공(命功)이라 부르고 연신의 술(煉神之術)을 성공(性功)이라 부른다.

---

60) 胡孚琛 主編, 『中華道敎大辭典』, 1128-1129쪽.
61) 같은 책, 1128쪽.
62) 胡孚琛, 「道敎醫學和內丹學的人體觀探索」, 『世界宗敎硏究』, 1993년 제4기.

초기 도교에서는 성명의 관계에서 명을 더 중시하였다. 『태상로군내관경』(太上老君內觀經)에서 "도로부터 생명[生]을 부여받은 것을 명(命)이라 하고, 일(一)부터 형체를 품부 받은 것을 성이라고 한다."(從道受生謂之命, 從一稟形謂之性)고 말하였다. 이것은 성과 명을 도(道)로부터 부여받은 특징으로 삼은 것이다. 수련 방법에서 물질적 수단, 즉 복이연단(服餌煉丹), 양기색신(養氣嗇神)을 통해 연명장생(延命長生), 得道成仙)을 구하는 것을 중시하였다. 그런데 내단학이 흥기하면서 성명관계는 도교이론의 중요한 내용이 되었다. 내단술에서 성(性)은 신(神)을 가리키고 명(命)은 기(氣)와 정(精)을 가리킨다. 육잠허(陸潛虛)는 『현부론』에서 "성은 신이고, 명은 정과 기이다."(性則神也, 命則精與氣也)고 하였다. 이처럼 정·기·신은 생명 활동의 근본이다.[63] 따라서 내단학에서는 성을 중시하는 수련과 명을 중시하는 수련으로 나누어지게 된다. 그러나 이것이 성을 중시하면 명을 천시하고 명을 중시하면 성을 천시한다는 의미는 아니다. 단지 중점이 어디에 있는가 하는 차이가 있을 뿐이다.

1. 성공과 명공

신선이 되어 장생불사하는 수련 공법은 크게 성공(性功)과 명공(命功)으로 나눌 수 있다. 이것은 간단히 '마음 수련'과 '몸 수련'으로 이해할 수 있다.

---

63) 胡孚琛 主編, 『中華道教大辭典』, 451쪽.

살아있는 동안 불사를 확보하려고 열망하는 도사에게는 갖가지 의무가 부과된다. 그들은 '몸[形]을 길러'신체를 변형시키고, '신(神)을 길러'정신이 오래 지속되도록 해야 한다. 그리고 이것을 위해서 온갖 실천에 전념해야 하는데, 이들의 실천은 두 가지로 나뉜다. 물질적인 수준에서는 몸 기르기 [養形]를 위해서 식이법과 호흡법을 수련한다. 이것은 물질적인 신체의 노쇠와 죽음의 원인을 제거하여 불사를 얻을 수 있는 싹을 신체 내부에 만드는 것이다. 이 싹이 응결하여 끊임없이 성장하면 조잡한 신체가 정미(精微)하고 가벼운 불사의 신체로 바뀐다. 정신적인 수준에서는 정신 기르기[養神]를 위한 정신 집중과 명상이 있다. ……이렇게 몸 기르기에 의해서 생존의 물질적인 지주인 신체를 강화하고, 정신 기르기에 의해서 신체에 살고 있는 모든 초월적인 존재를 결집시키면서 신체 내부에서 생명을 연장시켜 가는 것이다.64)

성을 수련하고 명을 수련하지 않는(修性不修命) 사람[선정(禪定)을 수련하는 사람을 포함한다]은 비록 영험하고 신통력이 있어 양신(陽神)을 나타내어 청령지귀(淸靈之鬼)로 된다고 하더라도 연명(延命)할 수 있고 귀선(鬼仙)이 된다. 단지 명을 수련하고 성을 수련하지 않는(修命不修性) 사람은 비록 장수하여 늙지 않는다(延年難老)하더라도 영험함(靈異)이 없다. 성명쌍수의 금단대도(金丹大道)가 있기만 하면 소주천(小周天)의 무루공(無漏功)을 이루게 되면 곧 지선이 된다. 차례로 수련을 하여 양신(陽神)을 나오게 하면 무변신통(無邊神通)이 있게 되고 신선(神仙)이라 칭한다. 다시 허공분쇄(虛空粉碎)에 이르면 도에 합치하고 허에 돌아가(合道還虛) 최상의 천선(天仙)의 경지에 도달하게 된다.

---

64) 앙리 마스페로, 『도교』, 293-294쪽.

2. 성명쌍수

(1) 장백단의 남종

남종의 창시자는 장백단(張伯端, 987-1082)이다. 장백단의 저작으로 『오도편』(悟道篇)이 있다. 장백단의 남종 단법은 성명쌍수에서 비교적 명공(命功)을 중시한다. 그래서 그 단법은 '먼저 명을 수련하고 뒤에 성을 수련한다.'(先修命後修性), '술을 먼저하고 도를 뒤로 한다.'(先術後道)는 것이다.[65]

장백단은 명(名)은 용성(用成)이고, 자(字)는 평독(平督)이며, 호(號)는 자양(紫陽)이다. 그는 천태(天台, 지금의 浙江省 臨海) 사람이다. 장백단은 송(宋) 태종(太宗) 옹희(雍熙) 4년(987년)에 태어나 희종(熙宗) 원풍(元豊) 5년(1082년)에 죽었다.

희녕(熙寧) 2년(1069년) 장백단은 성도(成都)에서 유해섬(劉海蟾)이라는 진인(眞人)을 만났는데, 유해섬이 그에게 금단약물화후(金丹藥物火候)의 비결을 전해주었다. 장백단은 만년에 고향으로 돌아와 죽었다.

장백단은 『도덕경』(道德經)과 『음부경』(陰符經)을 매우 중시하였다. 그는 종리권(鍾離權)과 여동빈(呂洞賓)의 내단 수련 계통을 계승하였다. 그러므로 성명쌍수를 주장하였다. 이것은 인체의 정(精)·기(氣)·신(神)을 수련하는 것이다. 그는 『옥청금사청화비문금보내련단결』(玉淸金笥靑華祕文金寶內煉丹訣) 권하(卷下)에서 이렇게 말하였다.

---

65) 胡孚琛·呂錫琛, 『道學通論-道家·道敎·丹道』, 540-541쪽.

무릇 금단의 도(金丹之道)는 약물보다 귀하다. 약물은 정(精)·기(氣)·신(神)에 있다. 신(神)이 비로소 신광(神光)을 사용하고, 정(精)이 비로소 정화(精華)를 사용하며, 기(氣)는 즉 원기(元氣)를 사용한다.[66]

장백단은 사람마다 금단을 제련할 수 있는 장생의 약—정·기·신 삼보(三寶)를 갖고 있다고 지적하였다. 수련과정에서 정·기·신은 상보상승(相補相承)하는 유기적 정체를 이룬다. 그러나 이 셋 사이에는 주된 것과 부차적인 것의 차이가 있다.[67]

남종 단법은 중점이 명공(命功)에 있는데 명을 앞에 두고 성을 뒤로 하고(先命後性), 남녀쌍수(男女雙修), 음양재접(陰陽栽接)의 술을 전하였다.[68] 그 단공의 순서로는 응신정식(凝神定息), 운기개관(運氣開關), 보정연검(保精煉劍), 채약축기(採藥築基), 환단경태(還丹結胎), 화부온양(火符溫養), 포원수일(抱元守一) 등이 있다.[69]

장백단은 그의 도법을 석태(石泰)에게 전해주었고, 석태는 설도광(薛道光)에게 전했으며, 설도광은 진남(陳楠)에게 전했고, 진남은 백옥섬(白玉蟾)에게 전했다. 이들이 '남종오조'(南宗五祖)이다.

장백단의 내단은 ①축기(築基), ②연정화기(煉精化氣), ③연기화신(煉氣化神), ④연신환허(煉神還虛) 4단계로 나누어진다. '축기'는 내단 수련에서 하수공부(下手功夫)로 성명쌍수에 응용하는 것이다. 이 단계에서는 수심(收心)·존심(存心)·내시(內視)·인정(人靜)·조신(調神)·조식(調息)·조정(調精) 등이 있다. '연정화기'는 정기(精氣)를 연양(煉養)하는

---

66)『玉淸金笥靑華祕文金寶內煉丹訣』卷下: "夫金丹之道貴乎藥物, 藥物在乎精·氣·神, 神始用神光, 精始用精華, 氣卽用元氣."
67) 沈洁, 『內丹』, 內蒙古教育出版社, 1999, 53-55쪽 참조 요약.
68) 胡孚琛·呂錫琛, 『道家·道敎·丹道』553쪽.
69) 沈洁, 『內丹』, 53-55쪽.

것으로 명공에 편중되었다. 연화정기는 다시 채약(採藥)·봉고(封固)·연약(煉藥)·지화(止火) 4단계로 나누어진다. 또 '소주천공부'(小周天功夫)·'백일관'(百日關)이라 부른다. '연기화신'의 단계 이르면 성공이 명공보다 더 많다. 연기화신은 연정화기를 기초로 하여 기(氣)와 신(神)이 합해지도록 수련하는 것인데, 기가 신으로 돌아가도록 하여 신기(神氣)가 합하여 응결되어 순양의 신(純陽之神)으로 돌아가게 하는 공부이다. '대주천공부'(大周天功夫)라 부른다. 또 '중관'(中關)·'시월관'(十月關)이라 부른다. '연신환허'는 순수하게 성공이 된다. 이것은 또 '상관'(上關)·'구년관'(九年關)이라 부른다.70)

(2) 왕중양의 북종

북종의 창시자는 금대(金代) 전진교(全眞敎)의 교조 왕중양(王重陽, 1112-1170)이다. 그의 원명(原名)은 중부(中孚)이고 자는 윤경(允卿)이며 섬서(陝西) 함양(咸陽) 사람이다.

왕중양의 북종 단법은 '성공을 먼저하고 명공을 뒤로 한다'(先性功後命功)고 하여 중점이 성공에 있다. 그 대표적 인물은 용문파(龍門派)의 구처기(丘處機)이다.71) 왕중양의 내단파 남종은 주로 남송시대에 활동하였고, 신선 도교의 도파 계열에 속한다. 그의 제자로 '북칠진'(北七眞) 마옥(馬鈺, 丹陽), 담처단(譚處端, 長眞), 유처현(劉處玄, 長生), 구처기(丘處機, 長春), 왕처일(王處一, 玉陽), 학대통(郝大通, 廣字), 손불이(孫不二, 淸淨) 등이 있다. 그 중에서 구처기의 영향이 가장 크다. 구

---

70) 張志堅, 『道敎神仙與內丹學』, 宗敎文化出版社, 2003, 199-201쪽 참조 요약.
71) 胡孚琛·呂錫琛, 『道學通論-道家·道敎·丹道』, 541쪽.

처기의 저작으로 『대도직지』(大道直指)가 있다. 그는 구성구층공법(九成九層功法)을 제시하였다. '북칠진'의 재전재자로 조현오(趙玄悟), 윤지평(尹志平), 이지상(李志常), 송덕방(宋德方), 조도관(趙道寬)과 원대 때 진치허(陳致虛), 명·청대 오수양(伍守陽), 유화양(柳華陽) 등과 유일명(劉一明), 민소간(閔小艮) 등이 있다.

북종 단법은 중점이 성공(性功)에 있어서 성을 앞에 두고 명을 뒤에 두는데(先性後命), 몸속의 음양 교합의 청정 단법에서 전해진다. 북종 단공은 "삼분은 명공이고, 칠분은 성학이다"(三分命功, 七分性學), "수성이 곧 수심이다"(修性卽修心), "수명이 곧 수술이다"(修命卽修術)는 등을 주장하였다.

연심수성(煉心修性)으로 시작의 기초[始基]로 삼고, 청정무위(淸靜無爲)로 요지로 삼아 명심견성(明心見性)을 한 이후에 차례로 선술(仙術)을 수련하면 자연스럽게 환허합도(還虛合道)의 신선 경지에 도달할 수 있다.[72] 애욕을 단절하는 것을 선양하고, 정을 흩트리지 않는 것(以精不漏)으로 소주천(小周天)의 공을 이루는 조짐으로 삼고서는 음양재접(陰陽栽接)의 사술(邪術)을 힘써 배척하고 불교 선공(禪功)의 장점을 흡수하였다. 북종 명공의 관건을 한 번 보면 바로 청정(淸淨)에서 착수하는 것으로, 청은 그 마음의 근원을 맑게 하는 것이고 정은 그 기해(炁海)를 깨끗하게 하는 것이다.[73]

선성후명을 주장하기 때문에 언제나 명심견성(明心見性)이 가장 중요한 임무라고 하였다. 정욕(情欲)을 점진적으로 끊고, 독신청수(獨身淸修)할 것을 주장하였다.[74] 수성(修性)은 수심(修心)이고 수명(修命)은

---

72) 같은 책, 554쪽.
73) 위와 같음.
74) 張志堅, 『道教神仙與內丹學』, 202-203쪽.

수술(修術)이다. 명공 공부의 핵심은 청정(淸淨)에서 시작하는데, 청(淸)은 그 마음의 근원[心源]을 맑게 하는 것이고, 정(淨)은 그 기해(炁海)를 깨끗하게 하는 것이다.[75]

(3) 이도순의 중파

원대 초기 전진도 도사 이도순(李道純, 1219-1296)이 내단 중파(中派)를 창립하였다. 그는 강남 사람으로 전진교의 교도였는데 도호(道號)가 영섬자(瑩蟾子)이다. 남파(南派) 백옥섬(白玉蟾)의 문인 왕금섬(王金蟾)의 문하이다. 그의 저작으로 『중화집』(中和集), 『영섬자어록』(瑩蟾子語錄), 『삼천역수』(三天易髓) 등이 있다.

이도순은 '수중'(守中)을 단법의 요결로 생각하였다. '중'(中)은 현관일규(玄關一竅)로 인체의 중(人體之中)으로 천지의 중(天地之中)을 감응하면 곧 천인합일(天人合一)의 금단대도(金丹大道)이다.[76]

(4) 육서성의 동파

명대 만력(萬曆) 때 인물 육서성(陸西星, 1520-1606)이 내단 동파(東派)를 창립하였다. 그는 명양주(明楊州) 흥화현(興化縣) 사람으로 자가 장경(長庚), 호는 잠허(潛虛), 방호외사(方壺外史)이다. 그의 저작으로 『방외호사총서』(方壺外史叢書), 『주역참동계측소』(周易參同契測疏),

---

75) 胡孚琛·呂錫琛, 『道學通論-道家·道敎·丹道』, 554쪽.
76) 같은 책, 555쪽.

『현부론』(玄膚論), 『금단취정편』(金丹就正篇), 『금단대지도』(金丹大旨圖), 『칠파론』(七破論) 등이 있다.

육서성은 『주역』(周易)의 음양설(陰陽說)을 그의 "음양쌍수"(陰陽雙修)의 이론적 기초로 삼는다. 육서성은 "『역』의 음양은 장생의 도(長生之道)를 수련하는데 있어서 원류이고 만약 장생구시(長生久視)를 얻고자 한다면 반드시 성(性)·명(命)을 수련해야 한다"[77]고 생각하였다. 그는 "성은 신이고, 명은 정과 기이다. 성은 무극이고, 명은 태극이다."(性則神也, 命則精與氣也; 性則無極也, 命則太極也)[78]고 말한다.

동파의 공법은 죽파죽보(竹破竹補), 인파인보(人破人補)의 법이다.[79]

(5) 이함허의 서파

이함허(李涵虛, 1806-1856)는 내단 서파(西派)를 창립하였다. 그는 사천(四川) 낙산(樂山) 사람으로 본명은 이평권(李平權)이고, 호는 함허(涵虛), 장을산인(長乙山人)이다. 그의 내단 공법은 남종·북종·동파·중파의 장점을 종합한 것이다. 그의 저작으로 『도규담』(道竅談), 『삼거밀지』(三車密旨), 『후천관술』(後天串述), 『무근수사해』(無根樹詞解), 『언교내편』·『원교내편』(圓嶠內篇) 등이 있다.

서파 단법은 청정(淸淨)과 음양(陰陽)을 결합한 것이 특징이다. 이 단법은 기본적으로 두 단계로 구분된다. 먼저 청정자연으로 기초를 세우고 후에 남녀쌍수로 단을 이룬다. 정정연심(靜定煉心)은 출발점이고 기초가 된다. 음양쌍수법은 기교신교법(氣交神交法)이다. 연공(煉功)

---

77) 唐大潮, 『明淸之際道教"三教合一"思想論』, 宗教文化出版社, 2000, 34쪽.
78) 陸西星, 『玄膚論』.
79) 胡孚琛·呂錫琛, 『道學通論-道家·道教·丹道』, 556쪽.

을 오관(五關)으로, 약물(藥物)을 삼층(三層)으로 구분하고, 연심법(煉心法)은 구층(九層)이 된다.80)

80) 張志堅, 『道敎神仙與內丹學』, 204-205쪽.

제6장 도교, 민중의 고단한 삶을 껴안다
-민중, 종교 속에서 위안을 받다

제1절 인간 생존의 두 가지 문제점

고대 중국 사회에서 도교가 발생하게 된 원인은 무엇인가? 이 문제를 논의하기 위해서는 먼저 인간과 종교의 관계를 고찰해야 한다. 다시 말해서 종교는 인간에게 있어서 어떤 의미를 갖는가?

우리는 인간에 대하여 다양한 규정을 하고 있다. 그 가운데 하나는 아마도 '인간은 종교적 동물이다'라는 점일 것이다. 인간에게 종교가 발생하게 된 원인은 두 가지 측면에서 살펴볼 수 있겠다.

첫째, 자연적 측면이다. 무엇보다도 인간에 대한 자연계의 위협에서 찾아야 할 것이다.

신체적으로 볼 때 인간은 다른 동물에 비하여 특별히 뛰어난 점이 없다. 오히려 다른 동물에게는 있지만 인간에게는 없는 것이 너무도 많다. 인간의 몸은 다른 동물들과 같이 털이 없어서 추위를 이겨낼 수 없고, 호랑이와 사자처럼 날카로운 발톱과 이빨이 없으며, 다른 맹수들처럼 빨리 달릴 수도 없었다. 그러므로 옛날 원시사회에 살았던 인간에게 자연은 두려운 존재일 뿐이었다. 이것은 인간의 생존에 존재하는 수많은 위협을 나타낸다. 그 결과 인간은 주술적인 것을 통해 그 두려움을 없애고자 하였다.

여기에서 파생되어 나온 것이 죽음 문제이다. 예측할 수 없는 자연적 재해에 의해 인간은 한 순간에 죽을 수도 있었다. 그들에게 죽음은 현대인과 마찬가지로 의혹스런 사건이었을 것이다.

둘째, 사회적 측면이다. 인간 사회에서 발생하는 혼란이다.

어떤 사람은 인간의 역사를 전쟁의 역사라고 규정하기도 한다. 이러한 말처럼, 인간의 역사는 전쟁으로 점철된 역사이다. 아더 훼릴은 『전쟁의 기원』에서 이렇게 말하였다.

전쟁의 최초의 모습은 신석기 시대 집단 주거보다도 더 거슬러 올라가 구석기 또는 중석기 시대까지 소급된다. 사냥을 위한 창·불·돌·몽둥이의 사용은 이미 잘 알려진 일이다. 비록 중석기 시대 후기의 유적지를 제외하면 조직화된 전쟁에 관한 확실한 증거가 별로 없기는 하지만 그 무기들은 어떤 때인가 인간에 대해서도 사용되어졌으리라는 점은 확실하다. 집단 간의 불화(Feud)와 싸움(quarrels)은 폭력과 살인을 초래했을 것임이 분명하다. 몇몇의 사람과 고대 인간의 두개골은 그 죽음이 폭력에 의한 것임을 암시한다. 비록 그것이 전쟁 또는 전쟁과 비슷한 행위의 결과 때문이라고 단정지울 수는 없지만, 그러나 여러 가지 증거를 살펴볼 때 적어도 구석기 시대의 끝 무렵에 조직된 양식이 나타났음이 보여지고 있다.[1]

---

1) 아더 훼릴, 『전쟁의 기원』, 이춘근 옮김, 인간사랑, 1990, 22-23쪽.

인간역사에서 전쟁은 과거의 일이 아니다. 지난 20세기에만도 수많은 전쟁과 정치적 희생으로 약 1억 7천만 명이 죽었다고 한다.[2]

중국의 고대 왕조 사회에서 포악한 군주, 탐욕스런 관리들은 백성들에게 있어서 매우 두려운 존재일 뿐이었다. 우리는 "가혹한 정치가 호랑이보다 무섭다"(苛政猛於虎)라는 고사성어를 잘 알고 있다. 이 이야기는 인간 사회에서 정치에 의한 폭력이 호랑이의 이빨보다 더 무섭다는 것을 폭로하고 있는 것이다.

종교의 발생 원인은 무엇인가? 이 문제를 가장 단순하게 설명한다면, 종교의 발생은 삶의 고통과 죽음의 고통에서 출발한다고 생각한다. 삶의 고통과 죽음의 고통이 없다면 인간에게 종교는 불필요한 것이 될 것이다. 우리의 삶에 찾아오는 이 고통은 개인과 사회라는 두 측면에서 발생한다. 그리고 인간은 언젠가는 죽음이라는 최종적인 마감을 맞이해야만 한다. 그것은 운명이고 숙명인 것이다. 그 누구도 바꿀 수가 없다. 그런 까닭에 장자는 "인간의 삶이란 이렇게 어리석은 것일까"[3] 라고 말한 것이다. 인간이 사회를 구성하여 살아가는 한 인간의 삶에는 외부의 폭력으로부터 자유로울 수 없다.

---

2) Z. 브레진스키, 『통제 불능의 세계』, 최규장 옮김, 을유문화사, 1993, 36쪽. 그는 이 책에서 소련과 중국 등 공산권 국가에서의 국가 권력에 의한 살인에 대해서는 상세하게 논의하고 있지만 그러나 그는 미국을 중심으로 한 자본주의 국가에서 발생하였던 그 '우아한 살인'('인권'을 내건 살인)에 대해서는 말하지 않는다. 그러므로 우리가 더 엄격한 기준을 적용한다면 지난 20세기에 '인간에 의한 인간의 살육'은 그 규모가 더 클 수밖에 없다.
3) 『莊子』「齊物論」: "人之生也, 固若是芒乎?"

1. 한대 말기의 사회변화

고대 중국 사회에서 도교가 발생하게 된 배경 역시 당시 사회의 고통스런 혼란에서 찾을 수 있다.

진한의 대통일 가장제 봉건 정권은 사상 문화 영역의 전제(專制)를 강화함으로써 필연적으로 이에 상응하는 사회적 저항의식이 일어나도록 불을 지폈다. 이러한 저항의식은 방선도, 황로도, 무귀도 중에도 반영되었다. 일찍이 진시황의 전제시대에 방선도는 "진나라를 망하게 하는 것은 호(胡)이다"(亡秦者胡也)라는 참언을 널리 퍼뜨려 분서갱유의 화를 불러들였다. 이것에 이어서 진시황 36년에는 운석에 "시황제는 죽고 나라는 분열된다"(始皇帝死而地分)라고 새겨진 운석사건이 발생하였다.[4] 이것은 모두 방선도의 종교적 저항의식을 반영하는 것이다. 그렇지만 진승(陳勝), 오광(吳廣)이 이끄는 농민봉기는 오히려 무귀도(巫鬼道)를 기치로 내걸고 일어났다.[5]

한대 사회 역시 봉건왕조 정권을 세운 뒤 오랜 시간이 흘러가면서 부패하게 되었다. 후한 말에 이르자 그에 다른 혼란은 극단으로 치닫고 있었다. 이러한 혼란은 크게 정치적으로는 중앙권력의 분열로 나타났고, 사회경제적으로는 부의 불평등으로 나타났다.

(1) 중앙권력의 분열

고대왕조에서 중앙권력의 권력투쟁은 기본적으로 황제 자신의 부패

---

4) 『史記』「秦始皇本記」.
5) 胡孚琛呂錫琛, 『道學通論-道家·道敎·仙學』, 社會科學文獻出版社, 1999, 275쪽.

/무능에 의해 발생하는 것과 실질적 권력을 장악한 권신에 의한 것, 황실과 결혼으로 맺어진 외척세력에 의한 것이 대부분이다.

『후한서』(後漢書)에서 "삼대(夏·殷·周)는 여색으로 화를 당했고, 진(秦)나라는 사치와 학정으로 재난을 불러들였으며, 전한(前漢)은 외척에 의해 망했고, 후한(後漢)은 환관으로 나라가 기울었다"고 지적하였다. 한대의 '외척 정치'는 '내조 정치'(內朝政治)의 출현에서 연유한다. '내조 정치'는 모든 권력을 황제 한 사라에게 집중시키는 전략으로 무제(武帝) 때 어린 불릉(弗陵)을 위해 곽광(霍光)·상관걸(上官桀)·김일제(金日磾) 세 사람에게 보좌하도록 함으로써 이후에 계속 이어졌다. 그런데 이 세 사람의 내조 체제는 권력투쟁을 통해 외척 출신 곽광이 전권을 장악하게 되었다. 그 결과 외척 정치로 발전하였다.6)

왕망(王莽) 역시 외척 출신 가운데 한 사람이다. 원제(元帝)의 부인 왕황후(王皇后) 왕정군(王政君)은 아버지 왕금(王禁)을 양평후(陽平侯)에 봉하였고, 그가 죽자 동생 왕봉(王鳳)이 그 지위를 이어받았다. 왕봉의 동생으로 왕만(王曼)이 있었는데 그가 왕망의 아버지이다. 왕망은 38세에 대사마대장군령상서사(大司馬大將軍領尙書事)가 되어 권력을 장악하였다. 그는 참위(讖緯)를 이용하여 신(新)을 세우고 황제로 등극하였는데 이것이 신망 정권(新莽, 8-23)이다.

왕망 정권은 광무제(光武帝) 유수(劉秀)에 의해 후한 왕조로 대체되었다. 그런데 후한 말기에 이르자 어린 황제가 등극하는 일이 연이어 발생하였다. 그에 따라 권력은 외척과 환관에 의해 농단되었다. 후한 말기에 환관과 권신은 서로 권력적 동맹관계를 유지하였다. 그들은 자신들의 입장에 반대하는 세력을 제거하는데 협력하였다. 그러나 그들

---

6) 李春植, 『中國古代史의 展開』, 신서원, 1992, 317쪽.

은 기본적으로 권력기반이 다른 세력이었다.

먼저 후한 3대 황제 장제(章帝)가 88년 정월에 죽자 화제(和帝)가 10살의 어린 나이에 즉위하였다. 어린 황제의 즉위는 당연히 수렴청정으로 이어졌다. 어린 황제를 대신하여 정권을 장악한 사람은 두(寶) 황후였다. 두 황후는 자신의 두씨 형제인 오빠 두헌(寶憲)과 남동생 두독(寶篤)을 발탁하여 전권을 담당하게 하였다. 이들은 뒤에 화제를 암살하려고 하였지만 화제가 미리 이러한 사실을 알고 정중(鄭衆) 등과 같은 환관(宦官) 세력의 힘을 빌려 그들을 물리칠 수 있었다.

화제가 105년에 죽었다. 그에게 아들이 없었으므로 황후 등(鄧)씨가 황세자 승(勝)을 폐위하고 생후 100여 일 밖에 되지 않은 서자 융(隆) 상제(傷帝)를 즉위시켰다. 그리고 태후의 오빠 등즐(鄧騭) 등 등씨 일족을 발탁하였다. 다음해 상제가 죽자 등태후는 화제의 형 청하왕(清河王) 경(慶)의 아들인 13세의 안제(安帝) 우(祐)를 황제로 세웠다. 등태후가 121년에 죽었는데 이때 유모 왕성(王聖)과 환관 이윤(李閏)이 공모하여 등씨 일족을 제거하였다.

환관 손정(孫程)·왕국(王國)·왕강(王康) 등 19명이 125년에 11세의 순제(順帝)를 옹립하였다. 그들은 그 공로로 후(侯)에 봉해졌고 양자를 들일 수 있도록 허락받았다. 순제는 양(梁)씨를 황후로 맞이했는데 부친 양 양상(梁商)과 아들 양기(梁冀)가 권력을 장악하였다. 순제 때 외척 양상은 황제의 신임을 받았는데 환관 장규(張逵) 등과 대립하였다. 양상은 환관 장규를 물리친 뒤 다른 환관들과 결탁하여 권력을 장악하였다.

순제가 재위 19년(144년)에 죽었다. 양태후는 태자의 2세 병(炳)을 충제(冲帝)로 세웠다. 그는 3개월만에 사망하였다. 양태후는 장제의 증

손 발해왕(渤海王) 홍(鴻)의 아들 찬(纘)을 질제(質帝)로 즉위시켰다. 그러나 뒤에 양기는 질제를 죽이고 환제(桓帝)를 세웠다. 환제는 환관 단초(單超) 등의 세력을 이용하여 양기를 죽였다. 그 결과 단초 등 5인의 환관들은 후(侯)에 봉해지고 권력남용이 격화되었다. 환제는 환관들에 의한 권력농단과 권력투쟁이 계속되자 지방의 명망가를 등용하여 정치개혁을 시행하였다. 뿐만 아니라 낙양에 있던 태학(太學)의 학생 3만 명이 시정을 비판하였고, 지방에서도 환관과 관련이 있는 자들을 억압하였다. 이러한 과정에서 당고(黨錮)가 발생하였다. 환관들은 166년에 환제에게 당인(黨人)의 체포를 주청하였다.

환제가 168년에 죽자 12세의 어린 영제(靈帝)가 즉위하였다. 이때 두태후와 두무(竇武)의 공이 컸기 때문에 두무의 권력이 강화되었다. 환관들은 장환(張奐) 장군에게 천자의 명령이라고 속여 두무를 제거하였다. 환관들은 169년 영제에게 당인 체포령을 다시 상주하였다.

당고는 모두 두 차례 발생하였다.

제1차 당고는 환제 때 발생하였다. 환제의 신임을 받은 환관들이 양자를 두어 작위를 계승하고, 형제·친척을 주군(州郡)의 장관으로 임명하여 지방에까지 친당(親黨)을 결성하였으며, 부정부패가 심각하였다. 그러므로 태위(太衛) 진번(陳蕃)과 사예교위(司隷校尉) 이응(李膺)이 청의(淸議)를 이끌어 환관들을 탄핵하였다. 환관들은 이에 환제에게 그들을 무고하여 이응 등 200여 명에게 종신금고형(終身禁錮刑)이 내려졌다.

제2차 당고는 영제 때 발생하였다. 진번과 두무가 두태후에게 환관 조절(曹節)·왕보(王甫) 등을 죽이도록 건의했지만 태후가 주저하였다. 이때 중상시(中常侍) 조절·왕보가 조서(詔書)를 꾸며 이 두 사람을 죽였다. 그밖에 진번과 두무의 일족, 문생(門生), 주변관료들을 죽였는데 100여 명이 죽고 금고된 자 6-700명이 되었다.[7]

(2) 부의 불평등

중앙정부에서 외척과 환관들에 의해 권력이 농단되는 가운데 지방에서는 호족(豪族)에 의한 착취가 강화되었다. 물론 외척과 환관들의 지방 농단 역시 있었다.

첫째, 호족에 의한 민중 착취이다. 호족은 경제적으로 독립된 여러 가족이 유력한 한 가족을 중심으로 협력하면서 함께 생활하는 혈연적 집단이다. 그들은 여러 가지 방법을 통해 수익의 확장을 도모하였는데 그 결과 부의 집중 현상이 발생하였다.

『한서』(漢書)「식화지」(食貨志)에서 "호족의 저택은 용마루가 수백동(棟)이나 되었고, 끝이 보이지 않는 비옥한 전포(田圃)에는 천 명을 헤아리는 노예와 만 명이 넘는 도부(徒附)가 밭을 경작하였다"라고 말하였다. 여기에서 '도부'는 가난한 백성들이다. 가난한 백성들은 호족들의 노예가 되거나 고용되어 도부가 되었다. 결국 백성들은 대를 이어 가난에서 벗어날 수 없었다.

호족에 의한 토지겸병은 당연히 부의 집중을 의미한다. 호족은 그들 소유의 경작지를 노예와 가작인(假作人)에게 경작을 맡겨 경영하였다. 호족 출신 관료와 재야의 호족들은 그 지위를 이용하거나 지방관들과 결탁하여 거(渠, 수로)와 파(陂, 저수지) 주변에 있는 양전(良田)을 매

---

7) 李春植, 『中國古代史의 展開』, 349-359쪽; 貝塚茂樹 외, 『중국사』, 윤혜영 편역, 홍익사, 1989, 175-181쪽 참조 요약.

점·점거하였다. 거·파 주위의 토지를 소유한다는 것은 농지 독점을 의미하였다. 가·파에서 멀리 떨어진 농지를 '고전'(高田)이라 하고, 가까이 있는 농지를 '하전'(下田)이라 하는데 '하전'의 수확은 '고전'의 몇 배가 되었다. '하전'은 국가소유지가 많았고, 확대된 '하전'은 호족이 대부분 차지하였다.[8] 호족은 "노비·전객(佃客) 등 예속인을 사역하였을 뿐만 아니라 향리사회에서도 영향력이 미쳐 향리사회 전체를 지배하였다. 다시 말해 향리사회는 특정가문이 지배하게 되면서 사권화되었다."[9]

둘째, 외척에 의한 민중 착취이다. 후한 광무제(光無帝)와 인척관계였던 번씨(樊氏)는 남양(南陽)에서 3대에 걸쳐 노예와 가난한 농민(假作人) 등을 부려 1,500정(町)이 넘는 토지를 개간하고 동서로 10리, 남북으로 5리가 되는 번씨 소유의 연못(池)을 만들어 관개농업을 하고, 양식업을 하였으며, 목축을 하였다. 그들은 또 거대한 저택을 지어 생활하였다.[10] 외척정치는 호족과 정계의 결합을 촉진시켰는데 뇌물수수·인맥에 의한 결탁을 수단으로 하였다.[11]

셋째, 환관에 의한 민중 착취이다. 화제 때 처음으로 환관의 힘에 의존하여 외척세력을 제거했다. 환관들이 권력농단을 하게 된 것은 환제 때 다섯 명의 환관들과 모의하여 양기를 제거한 뒤이다. 이들을 모두 '현후'(縣侯)에 봉하였는데 '오후'(五侯)라 부른다.[12]

환관들 역시 착취의 대열에서 빠지지 않았다. 환관 후람(侯覽)은 백성의 가옥 381채, 전지 118경(頃, 약 540ha)을 탈취하였으며, 16채

---

8) 貝塚茂樹 외, 『중국사』, 169쪽.
9) 中國史硏究室 編譯, 『中國歷史』(상권), 신서원, 1993, 248쪽.
10) 貝塚茂樹 외, 『중국사』, 168쪽.
11) 中國史硏究室 編譯, 『中國歷史』(상권), 248쪽.
12) 같은 책, 249쪽.

의 저택을 지었다. 그는 또 "사람들의 집을 파괴하고 묘를 파헤치며 다른 사람의 아내를 겁탈하는 등 불법을 자행하였다."13) 뿐만 아니라 그들의 자제·친척 역시 백성들을 수탈하였다.

이처럼 호족·외척·환관들에 의한 민중의 착취는 결국 백성들의 삶을 도탄에 빠트리게 되었다.

2. 백성들의 비참한 삶

우리는 한나라 왕조의 재정 수입 구조에서 백성들의 고통을 엿볼 수 있다.

한 왕조의 재정 수입 가운데 커다란 비율을 차지한 것은 15세부터 56세까지의 성년 남녀로부터 매년 120전을 징수한 이른바 '구산'(口算)이라고 하는 인두세이고, 또한 성년 남자가 매년 3일씩 변경을 경비하러 가는 대신 300전을 대납한 '경부'(更賦)였다. 게다가 무상(無償) 노동으로 매년 1개월씩 거주 지역 군현에서 토목사업에 종사한 '경졸'(更卒) 및 23세 이상의 남자가 부담한 병역이 있었다.14)

『한서』에 "열에 다섯을 세금으로 내는 자", "대부분의 부(賦)를 내는 자"라는 말이 있다. 조위(曹魏) 때 둔전(屯田)에서 농사를 짓던 둔전민은 "국가로부터 소를 빌 경우에는 국가에 6할을 납부하고, 자신은 4할을 취했다. 자신의 소로 경작할 경우에는 국가와 5할씩 나누었다.

---

13) 같은 책, 249-250쪽.
14) 貝塚茂樹 외, 『중국사』, 174쪽.

그러나 어느 때는 관우(官牛)를 빈 자는 8대 2, 자신의 소로 경작하기도 하면서 관우를 빌지 않은 자는 7대 3인 때도 있었다"15)고 한다. 뿐만 아니라 '가차료'(假借料)를 내야할 때 그 "비율은 대체로 1/2이었는데, 소나 종자 또는 식량 더 나아가 농구 및 주택을 빌면 각각의 가차료가 가산되어 가(假)는 2/3, 3/4으로 더욱 높아졌다."16) 그런 까닭에 "어린이가 태어나도 양육이 어려워 죽여 버리거나 내다 버리는 일"이 많았다.17)

당시 일반 농민의 가족은 1가구 평균 5명이라고 한다. 그런데 이들이 거주했던 공간은 평균 5평 또는 7.5평에 불과하여 1인당 평균 1평/1.5평이었다.18) 한대가 아닌 명대 말기에 요향(遼餉, 요동의 軍餉으로 군사비)에 대한 전세(田稅)가 증가하고 뒤에 '소향'(剿餉)·'조향'(助餉)·'연향'(練餉)이 추가되자 산동성(山東省) 등주부(登州府)의 어떤 촌에서는 마을 사람 전체가 도망을 하게 되었는데 "자식을 연못에 던져 버리고 자신은 산 속에 들어가 목매달아 죽은 자도 있다"고 한다.19) 우리가 생각하기에 한대 말기 농민들의 삶도 명대 말기 당시 농민들의 비참했던 삶과 별로 다르지 않았을 것이다.

동한(東漢) 말기에 이르자 사회는 혼란기에 접어들게 되었다. 사회가 혼란하게 되면 누구보다도 힘없는 백성들이 고통을 더 받을 수밖에 없다. 그들은 그 어디에도 호소할 수 없게 되고, 그런 까닭에 착취와 폭력이 난무하는 이 인간세상을 벗어나 유토피아를 꿈꿀 수밖에 없는 것이다. 그러나 이 '유토피아'라는 말이 본래 '존재하지 않는 세계'를

---

15) 같은 책, 168쪽.
16) 위와 같음.
17) 같은 책, 172쪽.
18) 같은 책, 171-172쪽.
19) 같은 책, 407쪽.

의미하듯이 본래 그 어디에도 인간이 안심입명(安心立命)할 수 있는 세계가 실재하는 것은 아니다. 그러나 이 '유토피아'가 존재하지 않는다고 해서 포기할 수 있는 것 역시 아니다. 그런 까닭에 이러한 인간의 '요구'를 수용할 수 있는 세계를 어떻게 하던지 추구할 수밖에 없는 것이고, 그 '요구'를 수용하고 채워줄 수 있는 것은 종교적 성격을 갖는 것이 있을 뿐이다.

한대 말기의 혼란 속에서 백성들의 이러한 '요구'를 수용한 것이 바로 도교이다. 도교의 발생에서 우리가 고찰해 볼 필요가 있는 것은 두 가지 측면이다. 첫째, 한대 말기에 발생하였던 농민기의이다. 이것은 국가폭력에 대한 직접적 저항에 해당한다. 둘째, 한대 말기 민중의 고통에 대한 정신적 위안이다. 이 정신적 위안이란 바로 종교에서 말하는 '궁극적 관심'의 문제이다. 이것은 직접적 저항의 실패에 이어서 나온 소극적 대안이다.

제2절 민중, 종교 속에서 위안을 받다

한(漢)나라 성제(成帝) 때 다섯 번에 걸친 농민기의가 일어났다. 그 영수들은 모두 스스로 장군이라 부르고, 종교 참언을 이용하여 민중을 불러 모았고, 조정에서도 역시 종교적 관점에서 그것을 요이(妖異)로 보았다는 것이 『오행지』(五行志), 『천문지』(天文志)에 실려 있다. 녹림(綠林), 적미(赤眉)의 봉기 역시 종교적 저항의식을 이용하였으며, 수령들은 모두 스스로 장군이라고 불렀다.[20]

---

20) 胡孚琛呂錫琛, 『道學通論-道家·道敎仙學』, 275-276쪽.

이처럼 도교의 종교적 저항의식은 봉건왕조에게는 매우 위험한 것이었다. 이용주는 이렇게 말한다.

　도교는 유교적 왕조 질서를 근본에서 무너뜨리는 에너지를 내포하는 반권력적 저력(底力)을 지니고 있었다. 그 에너지가 반정권적 지향을 가진 에너지와 결합할 때, 왕조 지배 체제를 무너뜨리는 힘이 되었다는 것은 중국사에서 상식에 속한다.21)

동한시대 이래로 사회 위기가 점차 심해지면서 황로도와 무귀도의 종교적 저항의식은 더 강화되었다. 일찍이 광무제(光武帝) 유수가 재위하던 건무(建武) 17년(서기 41년)에 요무(妖巫)라 칭해졌던 유사(維汜)의 제자 이광(李廣)의 봉기가 일어났다. 『후한서』 「마원전」(馬援傳)에 아래와 같은 기록이 있다.

　처음에 권인(卷人) 유사(維汜)가 요망한 말로 신(神)이라고 부르고 제자 수백 인이 있어 앉아 엎드리고 주살을 당하였다. 후에 그의 제자 이광(李廣) 등이 유범은 신선이 되어 승천하였지 죽지 않았다고 선전하여 백성을 미혹시켰다. 17년에 이윽고 그 무리들을 모아서 환성(皖城)을 쳐서 멸하고, 환후(皖侯) 유민(劉憫)을 죽이고서는 스스로 남악대사(南岳大師)라고 불렀다.22)

이광이 죽은 뒤 그의 제자 요무(妖巫)인 단신(單臣), 부진(傅鎭) 등이 재차 봉기를 하여 스스로 장군이라 불렀다. 이 중요한 역사적 자료는

---

21) 이용주, 『생명과 불사』, 이학사, 2009, 112쪽.
22) 『後漢書』 「馬援傳」: "初, 卷人維汜妖言稱神, 有弟子數百人, 左伏誅. 後其弟子李廣等, 宣言汜神化不死, 以誑惑百姓. 十七年, 遂共聚會党徒, 攻沒皖城, 殺皖侯劉憫, 自稱南岳大師."

일찍이 서기 41년에 한대 사회에 규모가 비교적 큰 민간 전기 도교 결사(民間前期道敎結社)가 존재하였다는 것을 설명해준다 이것은 도교 사에 있어서 대사건이다. 황로도와 무귀도에 내재한 종교적 저항의식 이 민중에 뿌리 깊이 내려 전기 도교 결사를 형성하기에 충분하였 다.23) 도교가 이처럼 민중에 깊은 뿌리를 내릴 수 있었던 것은 "도교 는 부자와 가난한 사람, 종교인이나 세속적인 사람을 가리지 않고 모 든 신자를 똑같이 구원에 이르게 하는 보편적인 종교"24)였기 때문이 다.

도교는 일반적으로 상층도교와 민간도교로 크게 구분된다. 상층도교 는 귀족층이 중심이다. 그런 까닭에 민간도교에 비해 상대적으로 정치 적으로는 보수적이고, 종교적으로는 개인주의적 성격이 강하다. 상층 도교의 주요 인물들은 농민기의가 일어났을 때 중앙권력과 결탁하여 민중을 탄압하는데 동조하였다. 이것은 중앙권력과 그들의 이익이 기 본적으로 일치하였기 때문이다. 이 단락에서는 이 민간도교에 해당하 는 내용을 간략히 살펴보기로 한다.

옛날이나 지금이나 인간의 역사에서 가난하고 힘없는 대중은 언제 나 착취와 멸시 속에서 고통스런 삶을 살다가 그렇게 고통스럽게 죽 어갔다. 이 현상은 오늘날에도 여전히 이어져오고 있다.

구보 노리따다는 도교 집단이 발생한 원인으로 '정치적인 혼란'과 '촌락공동체의 붕괴'를 들고 있다.25) 그는 이어서 다음과 같이 지적하 였다.

---

23) 胡孚琛呂錫琛, 『道學通論-道家·道敎·仙學』, 277-278쪽.
24) 앙리 마스페로, 『도교』, 신하령·김태완 옮김, 까치, 1999, 40쪽.
25) 구보 노리따다, 『도교사』, 121쪽.

토지를 잃고 유랑민이 된 사람들은 종래 촌락공동체에 있어서 신앙생활의 중심이 되었던 사(社)를 잃어버렸기 때문에 그것을 대신해서 의지할 수 있는 신앙과 공동체를 대신할 조직을 구하고 있었을 것이고 아울러 생활의 안정도 원했을 것이다.26)

국가권력에 의한 민중의 고통이 심각하게 발생하면 백성들은 그것에 직접 저항을 하거나 체념을 하고, 또는 초월적 세계에 정신적 안정을 기탁할 수밖에 없다. 그런데 민중이 자신의 고통에 대해 호소하고 마음의 안식을 찾을 수 있는 공간은 사실 현실적으로 많지 않다. 그 가운데에서 가장 쉬운 길이 종교에 귀의/기탁하는 것이다.

초기도교에서 민간도교는 전쟁, 가난 등과 같은 현실적 고통에서 벗어날 수 없었던 민중을 종교적 형식을 통해 위안할 수 있었다. 그런데 이처럼 종교가 민중에게 전파되는 과정에서 중요한 수단은 질병치료이다.

이 단락에서는 한말의 초기 도교—장각의 태평도, 장릉의 천사도, 장수의 오두미도를 종교적 측면에서 고찰하기로 한다.

도교는 중국 고유의 종교로 동한 말기에 성립하였는데 방술(方術), 무술(巫術)이 그 전신이다. 여기에는 두 유형이 있다. 하나는 신선방술(神仙方術)이고 다른 하나는 민간무술(民間巫術)이다.27) 도교가 세워진 뒤 이 두 가지 노선을 따라 발전하였는데 하나는 역대로 조정, 관방과 배합하여 관방도교가 되었고, 다른 하나는 하층의 대중에게 전파되었는데 민간무술, 부주(符呪)와 결합하였다.28) 그렇지만 관방도교와 민간

---

26) 위와 같음.
27) 文史知識編輯部 編, 『道敎與傳統文化』, 中華書局, 1997, 4쪽.
28) 같은 책, 5쪽.

도교는 절대적으로 대립되는 것이 아니다. 예를 들어 부주, 연단(煉丹), 기공(氣功) 등은 민간도교와 관방도교에서 모두 중시한다.29) 이것은 달리 말하면 단정파(丹鼎派)와 부록파(符籙派)를 의미한다.

여기에서 살펴보고자 하는 것은 그 중에서 민간무술/민간도교, 부록파(符籙派)에 해당하는 유형이다. 민간도교는 부수(符水)로 질병을 치료하고, 기도(祈禱)로 재앙을 물리치는 것을 중요한 종교 활동의 내용으로 삼는다.

먼저 『삼국지』(三國志) 「장로전」(張魯傳)에 인용한 『전략』(典略)의 기록이다.

> 희망(熹平) 때에 요적(妖賊)이 크게 일어났는데 삼보(三輔)에 낙요(駱曜)라는 자가 있었다. 광화(光和) 연간에는 동방에 장각(張角)이 있었고, 한중(漢中)에는 장수(張修)가 있었다. 낙요는 사람들에게 면닉법(緬匿法)을 가르쳤고, 장각은 태평도(太平道)를 만들었으며, 장수는 오두미도(五斗米道)를 만들었다. 태평도는 천사(天師)가 구절장을 들고 부축(符祝)을 행하면서 병든 사람들이 머리를 조아리고 자신의 잘못을 반성한 뒤에 부적을 태운 물을 마시도록 하였다. 병든 사람 중에서 혹 병이 낫는 자가 있으면 도를 믿었기 때문이라고 하였고, 혹 병이 낫지 않으면 도를 믿지 않았기 때문이라고 하였다.30)

'화평'은 영제(靈帝) 때로 172년-177년이다. '광화' 역시 영제 때로 178년-184년이다.

---

29) 같은 책, 6쪽.
30) 『三國志』 「張魯傳」에 인용한『典略』: "初, 熹平中, 妖賊大起, 三輔有駱曜. 光和中, 東方有張角, 漢中有張修. 駱曜教民緬匿法, 角爲太平道, 修爲五斗米道. 太平道者, 師持九節杖爲符祝, 教病人叩頭思過, 因以符水飮之. 得病或日淺而愈者, 則云此人信徒; 其或不愈, 則爲不信徒."

한대 초기의 도교는 장각(張角)의 태평도(太平道), 삼장(三張: 張陵·張衡·張魯)의 천사도(天師道), 장수(張修)의 오두미도(五斗米道) 등이 대표적이다. 한말 삼장(三張)의 천사도(장수의 오두미도를 포함하여), 장각의 태평도를 통칭하여 초기 도교라고 한다. 아래에서는 이 도교 초기 교단을 중심으로 살펴보도록 한다.

1. 장각의 태평도

태평도의 전신은 간길(干吉, 于吉이라고도 한다)의 『태평청령서』(太平淸領書)이다. 간길은 순제(順帝, 재위 126-144) 때 하늘로부터 『태평청령서』를 얻었다고 한다.

간길의 『태평청령서』를 바탕으로 한 문헌이 『태평경』이다. 간길은 산동(山東) 출신으로 오행·의술·예언 등에 뛰어난 방사(方士)였다. 그는 절강(浙江)의 곡양(曲陽) 부근에서 이 『태평청령서』라는 책을 얻었다. 간길의 제자로 궁숭(宮崇)이라는 인물이 있다. 궁숭과 그의 제자 양해(襄楷)는 『태평청령서』를 순제(順帝)에게 헌상하였다. 그러나 순제는 받아들이지 않았다.

간길은 손책(孫策)에 의해 건안(建安) 5년(200년)에 죽임을 당하였다.

『태평청령서』는 장각에게 전해졌고, 태평도는 그에 의해 재조직되었다.31)

또 감충가(甘忠可)의 『포원태평경』(包元太平經)이라는 문헌이 있다.

---

31) 구보 노리따다, 『도교사』, 120-124 참조 요약.

탕용동(湯用彤)은 이 책이 『태평경』의 전신이라고 생각하였다.32) 감충가 등이 만든 『포원태평경』은 간길이 재편하여 『태평청령서』(太平青領書)가 되어 황로도에 전해졌다.

『태평경』에서 '태'(太)는 크다는 뜻이다. 훌륭한 일을 쌓아 나가면 하늘과 같이 될 수 있다는 의미이다. '평'(平)은 통치가 지극히 고르고 조화로우며 모든 일에 이치가 있어 다시는 간사함이 없다는 것이다. 다시 말해 '태'란 크다는 뜻이고 '평'은 바르다는 의미이다.33) 이러한 명칭 속에는 이미 세상에 대한 구제사상을 담고 있다.

태평도의 지도자 장각(張角)은 기주(冀州) 거록(鉅鹿)[지금의 하남(河南) 북평향(北平鄉)] 사람으로 원래 황로도의 무리였다. 그는 황로도에서 전승된 『태평경』을 받아들여 한 영제(靈制) 건녕(建寧) 연간(168년-171년)에 포교를 시작하고 스스로 "대현량사"(大賢良師)라 칭하고 태평도를 창립하였다.

장각은 황로도를 신봉하였고, 또 제자들을 가르쳤다. 그는 환자를 치료하는 방법을 이용하여 포교를 하였다. 그에게 환자들이 찾아오면 자신의 잘못을 반성하도록 하였고, 또 부수(符水)를 마시게 하였다. 그런데 치료가 잘 되지 않으면 환자의 신심이 부족한 탓이라고 하였다.

태평도는 주술신앙, 내성(內省)에 의한 병의 치료, 황제를 중심으로 한 초월자의 힘에 의한 인과관(因果觀)—황로도와 『태평청령서』의 종교학설을 중심 하여 당시의 사회적 혼란과 불안을 이용하여 성립된 종교 교단이다.34) 『태평경』은 인간의 길흉화복은 개인의 행위로부터 생긴다고 생각하였는데, 선행을 권장하고 불행의 초래하는 악행을 금하

---

32) 『湯用彤學術論文集』, 中華書局, 66쪽.
33) 牟鍾鑒, 『중국 도교사』, 이봉호 옮김, 예문서원, 2015, 43쪽.
34) 구보 노리따다, 『도교사』, 125쪽.

였다.

『자치통감』(資治通鑑) 「영제기」(靈制紀)에서 이렇게 말하였다.

　거록(鉅鹿) 장각(張角)은 황로(黃老)를 받들어 섬기고 요망한 술수[妖術]로 가르치면서 태평도(太平道)라고 불렀다.35)

　한말 사회 위기가 심해지면서 장각은 제자 8명을 각각 사방으로 포교하도록 보내었고 청주(清州), 서주(徐州), 유주(幽州), 기주(冀州), 형주(荊州), 양주(揚州), 연주(兗州), 예주(豫州) 등 8주가 분분히 호응하여 적지 않은 사람들이 가산을 팔고 장각에게 의탁하였다. 장각은 이윽고 준군사조직으로 태평도 교단을 세워 36방(方)을 두어 통솔하도록 하고 대방(大方)은 만 여 명, 소방(小方)은 6-7천 명으로 하여 각각 거수(渠帥)를 두었다. 장각은 스스로 "천공장군"(天公將軍)이라 칭하고, 두 동생 장보(張寶)는 "지공장군"(地公將軍), 장량(張梁)은 "인공장군"(人公將軍)이라 부르고 "창천(蒼天)은 이미 죽었고 황천(黃天) 설 것이니, 갑자년에 천하는 크게 길할 것이다"(蒼天已死, 黃天當立, 世在甲子, 天下大吉)는 참언과 구호를 선전하였다. 도민(道民)은 모두 황건을 두르고 중평(中平) 원년(甲子年, 즉 184년) 3월 5일(甲子日)에 업성(鄴城)에서 모일 것을 기약하여 "황천태평"(黃天太平)의 세계를 세우고자 일어났다.
　이춘식은 장각의 농민기의에 대해 이렇게 설명한다.

　당시 어지러웠던 사회 속에서 이와 같은 현실적 욕구와 불만, 육체상의

---

35) 『資治通鑑』「靈制紀」: "鉅鹿張角奉事黃老, 以妖術教授, 號太平道."

질병과 노고는 당시 부패하고 부조리한 정치·경제상의 여러 조건과 결부되어 쉽게 정치적 혁명운동으로 발전하였으며 이 운동을 주도한 사람이 하북성(河北省) 거록인(鉅鹿人) 장각(張角)이다.36)

그러나 이러한 계획이 미리 발각되어 1월 농민기의를 발동하였다. 그들은 "성공하면 왕이 되고 실패하면 도둑이 된다"(勝則爲王, 敗則爲寇)는 운명에서 벗어날 수 없어서 다만 봉건 사회에서 발생하였던 농민 봉기와 같이 왕조를 바꾸는(改朝換代) 도구가 될 뿐이었다. 황건군은 지속적으로 20여 년 동안 투쟁을 하였지만 결국 통치 계급에 의해 진압되었다.

그렇지만 태평도의 농민기의에서 보여준 의미는 결코 간과해서는 안 된다. 모종감(牟鐘鑒)은 그 의미를 이렇게 지적하였다.

태평군의 무장봉기는 전구에 미쳤고, 20여 년 동안 수없이 패배하면서도 다시 일어났다. 여기에서 사그라지면 저기에서 다시 타오르곤 하는 그들의 모습은 억압받는 중국 농민의 충천한 기개와 강건한 정신을 표현한 것이었다. 봉기는 끝내 실패하였지만 부패한 한나라 왕도 따라서 붕괴하여 위·촉·오 삼국으로 나뉘었으니, 태평군과 유씨 왕조의 대치는 함께 종말을 향해 나아간 것이라고도 할 수 있다. 마땅히 인정해야 할 것은, 태평도는 민중을 동원하고 조직하여 부패와 불의에 저항하는 과정에서 상당히 중요한 작용을 했는데, 그것은 다양한 하층 민중을 보호해 내고 천지를 뒤집는 업적을 창조하였다는 점이다. 이는 실제로 초기의 민간도교사에서 눈부시게 빛나는 한 장(章)이다.37)

---

36) 李春植, 『中國 古代史의 展開』, 356쪽.
37) 牟鐘鑒, 『중국 도교사』, 62-63쪽.

우리나라에서는 흔히 '황건적의 난'이라고 부른다. 그러나 이것은 정당한 평가가 아니다. 장각의 태평도가 후한 말기의 부패하고 불의한 한나라 정치권력에 민중과 함께 저항한 것은 매우 정당한 정치적 행위였다.

태평도는 장각의 농민기의로 인하여 철저하게 억압을 받아 이후 발전하지 못하고 소멸하였다.

2. 삼장의 천사도

장릉(張陵, 34-156)[38]은 안휘성(安徽省) 패현(沛縣) 출신이다. 그는 142년 천사도(天師道)를 창립하였다. 장릉은 장도릉(張道陵)이라 부르기도 한다. 천사도는 장릉, 그의 아들 장형(張衡, ?-179)[39], 손자 장로(張魯, ?-216)[40] 3대에 의하여 창립되고 발전하였다. 장릉은 천사(天師)라 불렸고, 장형은 사사(嗣師)라 불렸으며, 장로는 계사(系師)라 불렸다. 이들을 삼장(三張)이라고 부른다. 그런데 이들이 혈연적 관계가 있었는지 여부는 분명하지 않다.

장릉은 원래 패국(沛國: 지금의 江蘇) 풍(風)이라는 곳의 사람으로 자칭 장량(張良)의 9대손이다. 그는 본래 태학생(太學生)으로,[41] 한나

---

38) 將朝君, 『中國歷代張天師評傳』(卷一), 江西人民出版社, 2014, 3쪽.
39) 위와 같음.
40) 같은 책, 4쪽.
41) 葛洪, 『神仙傳』. 『太平御覽』에서는 『上元寶經』을 인용하여 이렇게 말하였다. "(장릉은) 본래 큰 유학자로, 한나라 연광(延光) 4년에 처음 도를 배웠다. 동한 말기에 학명산(鶴鳴山)에서 선관(仙官)으로부터 정일맹위의 가르침(正一盟威之教)을 전수받았는데, 이것을 베풀어 백성을 교화하는 법으로 삼으니 천사(天師)라고 불렀다."

라 안제(安帝) 연광(延光) 4년(125년)에 비로소 도를 배우기 시작하여 『황제구정단경』(黃帝九鼎丹經)과 장생의 도(長生之道)를 배우고 널리 제자들을 모아 한 순제 때 촉(蜀)에 들어가 학명산(鶴鳴山: 지금의 成都市 大邑縣 안에 있다)에서 도서(道書) 24편을 저술하였다. 『삼천내해경』(三天內解經), 『한천사세가』(漢天師世家) 등의 기록에 의하면 장릉은 순제 한안(漢安) 원년(142년) 학명산에서 태상로군(太上老君)의 부명(符命)을 받아 천사(天師)의 지위에 봉해졌고, "정일맹위지도"(正一盟威之道)를 새롭게 세우고, 천 여 명의 제자들을 이끌고 사방에서 포교하고, 좨주 도관 제도(祭酒道官制度)를 세워 도민을 관리하여 천사도를 창립하였다. 천사도는 본래 장릉의 교단이 스스로 칭한 것으로, 정일맹위지도(正一盟威之道)를 전한 까닭에 후에 또 정일도(正一道)라고 이름하였다.

한말 파촉(巴蜀)지역은 본래 무귀도가 성행하였던 지역이다. 당시에 사천(四川)에는 역병이 크게 유행하여 백성들은 비명횡사하고 도적이 성행하였으며, 음사(淫祀)가 심하여 무격(巫覡)은 이 기회를 타고서 귀신을 빌려 무귀도를 전파하면서 백성들의 재물을 거두어 들였다. 장릉은 부수(符水)로 병을 치료하는 방식으로 포교를 하였다.

장릉은 환제(桓帝) 영수(永壽) 3년(157년) 죽었다. 일설에는 영수 2년에 승천(昇天)하였다고 한다.42) 『한천사세가』(漢天師世家)에는 그의

---

42) 그런데 구보 노리따다는 장릉의 죽음과 관련하여 흥미로운 주장을 하였다. "(장도릉이) 그런데 영제(靈帝) 희평(喜平)년간 말기에 큰 뱀에게 잡아먹히고 말았다. 아들인 형(衡)이 당황해서 시체를 찾았으나 발견되지 않았다. 사실이 알려져 세간으로부터 비난받는 것을 두려워한 형은 계책 하나를 생각해 양화(靈化)한 흔적을 과장해서 보여주기 위해 몰래 잡은 학을 사람이 오을 수 없는 위험한 낭떠러지의 꼭대기에 묶어 놓고서는 말하기를 장릉은 178(光和 원)년 1월 7일에 하늘로 올라갈 것이라는 소문을 퍼뜨렸다. 당일 모였던 사람들의 눈앞에서 형의 계획대로 학이 발을 묶어 놓은 줄을 풀고 날아갔기 때문에 장릉은 더욱더 존경받게 되었다고 한

아들 장형이 그의 도를 행하였다는 기록이 보인다. 그의 아들 장형은 사사(嗣師)라 부르며, 뜻이 고상하여 은거해서 선업(仙業)을 닦았다. 영제(靈帝) 광화(光和) 2년(179년) 정월에 승선(昇仙)하였다.43)

장형이 죽은 뒤 장로가 천사도의 뒤를 이어받았다. 그러나 이 과정에서 장로와 장수 사이에 미묘한 관계가 있었다.44)

장도릉의 오두미도는 뒤에 천사도(天師道), 정일맹위지교(正一盟威之敎, 즉 正一敎)가 되었다. 그는 50세에 비로소 도를 배우기 시작했는데 10년 걸쳐 도를 이루었다. 그는 촉(蜀) 땅에 들어가 제자들과 함께 학명산(鶴鳴山)에 은거하였다.

장도릉은 학명산에 은거할 때 노군(老君)을 만났다. 그는 그곳에서 약물로 비법에 따라 연단을 익혔고, 3년 만에 성공하였다. 그렇지만 그는 단약을 복용하지 않고 제자들에게 이렇게 말하였다.

신단(神丹)을 이미 성공하였다. 그러나 이것을 먹으면 하늘로 올라가 진인(眞人)이 되고 만다. 그렇게 되면 이 세상에 아무런 공덕도 남기지 못하게 된다. 모름지기 국가를 위하여 재앙을 제거하고 이익을 누리게 해주어 백성과 서민을 구제해야 한다. 그런 다음 단약을 복용하면 가벼운 마음으로 신선이 될 수 있다. 신하로서 세 가지 경우를 섬겨놓고 나면 거의 부끄러움이 없을 것이다.

우리는 위의 기록에서 장도릉 오두미도의 구세도민(救世度民)의 뜻

다.”(『도교사』, 최준식 옮김, 분도출판사, 1990, 129쪽.) 이것은 도안(道安)의 『이교론』(二敎論)에서 『촉기』(蜀記)를 인용하여 주석한 “(장릉은) 한나라 희평(喜平) 말기에 큰 뱀에 의해 삼켜졌다.”고 말한 것에 근거한 것이다.
43) 『雲笈七籤』 권28에 『張天師二十四治圖』를 인용하고 있다.
44) 『典略』과 『三國志』 「張魯傳」에 의하면 張魯가 張修를 살해하고 오두미도의 교권을 빼앗았다.

을 읽을 수 있다.

또 노군은 그에게 청화옥녀(淸和玉女)를 보내 토납청화(吐納淸和)의 비법을 전해주었다. 그는 이것을 천 일 동안 수련하여 능히 안으로는 오장(五臟)을 볼 수 있게 되었고, 밖으로는 귀신들을 불러 모을 수 있게 되었다.

장릉은 저서입설(著書立說)을 하였다. 그의 저작으로 『도서』(道書), 『영보』(靈寶), 『천관장본』(天官章本) 즉 『천이백관의』(千二百官儀), 『황서』(黃書) 등이 있다. 그는 또 『구정단경』(九鼎丹經), 『상청금액신단경』(上淸金液神丹經) 등을 전수하였다. 이것은 그가 금단을 제련했음을 설명해준다.45)

장릉은 24치(治)의 교구를 두고 전교활동을 하였다. 이 24치는 태상노군이 상황(上皇) 원년에 세운 것인데 한안(漢安) 2년(143년) 장도릉에게 명하여 다스리도록 했다고 한다.46) 24치는 다시 상치 8곳(上八治), 중치 8곳(中八治), 하치 8곳(下八治)으로 나뉜다. 상치는 제1 양평치(陽平治)로 사천(四川) 양평산(陽平山)에 있고, 제2 녹태산치(鹿台山治), 제3 학명산치(鶴鳴山治), 제4 이원산치(灉沅山治), 제5 갈괴산치(葛瓄山治), 제6 경제산치(庚除山治), 제7 진중산치(秦中山治), 제8 진다산치(眞多山治)이다. 중치는 제1 창리산치(昌利山治), 제2 예상산치(隸上山治), 제3 용천산치(涌泉山治), 제4 조갱산치(稠粳山治), 제5 북평산치(北平山治), 제6 본죽산치(本竹山治), 제7 몽태산치(蒙泰山治), 제8 평개산치(平盖山治)이다. 하치는 제1 운태산치(雲台山治), 제2 진구산치(瀘口山治), 제3 후성산치(后城山治), 제4 공모산치(公慕山治), 제5 평강산치(平岡山治), 제6 주부산치(主簿山治), 제7 옥국산치(玉局山治), 제8

---

45) 孔令宏, 『中國道教史話』, 河北大學出版社, 1999, 90쪽.
46) 李申, 『道教洞天福地』, 宗教文化出版社, 2001, 45쪽.

북망산치(北邙山治)이다.47)

장로는 또 의사(義舍)를 두어 유민들에게 음식을 제공하였다.

후에 장로는 한 헌제 건안 20년(215년) 조조(曹操)에게 투항하였고, 진남장군(鎭南將軍) 관직이 배수되고 낭중후(閬中侯)에 봉해졌다. 장로의 동생 장위(張衛)는 투항하지 않고 전사하였고, 그의 아들 장성(張盛) 부부는 동오(東吳)로 흘러 들어가 강서(江西) 용호산(龍虎山)에 은거하여 도를 닦았다. 장로는 도민을 이끌고 조조를 따라 북방으로 옮겨 갔으며 이듬해(216년) 죽었는데, 시호를 원후(原侯)라 하고 업성(鄴城: 지금의 河北 臨漳)에 장사지냈다. 장로의 다섯 아들과 그의 신료(臣僚)인 염포(閻圃), 이휴(李休), 방덕(龐德) 등은 북방으로 들어가 존숭을 받았으며, 또 조씨 집안과 인척관계를 맺어 다섯 아들은 모두 영후(列侯)에 봉해졌다. 이처럼 천사도는 사천 지역에서 가지고 있던 초기 도교 결사의 소박한 형식을 벗어나 중원의 사족 사회(士族社会)에 전파되면서 그 교단의 명성은 비로소 드러나기 시작하였고 귀도 및 오두미도라는 호칭은 점차 다시 사용하지 않게 되었다. 사회 하층에서 많은 오두미도 도민들이 중원으로 옮겨가면서 중원의 태평도 도민과 하나로 융합되면서 강력한 초기 도교의 성격을 형성하여 천사도의 역량을 크게 하면서 천사도의 영향력은 전국에 미치게 되었다.48)

오두미도와 천사도는 태평도와 같이 한나라 정권의 진압을 당하지 않았으므로 뒤에 중국 도교의 정종(正宗)이 되었다.

47) 최대우·이경환, 『신선과 불로장생 이야기』, 경인문화사, 2017, 314쪽.
48) 胡孚琛·呂錫琛, 『道學通論-道家·道敎·丹道』, 社會科學文獻出版社, 2004, 287-288쪽.

3. 장수의 오두미도

장수 역시 초기 오두미도의 지도자이다. 그는 장릉보다 약간 뒤의 인물로 보인다. 『전략』에 의하면 장각과 동시대 인물로 파촉 일대 오두미도의 초기 지도자이다.[49]

천사도의 장형(張衡)이 죽은 뒤에 무귀도가 다시 성행하면서 천사도의 교권이 파군(巴郡)의 무인(巫人) 장수(張修)의 손에 들어가게 되었다. 파군의 무인 장수는 대체로 장릉의 천사도에 들어간 사천 지역의 무격이다. 그는 천사도의 교법(敎法)과 무귀도를 하나로 결합하여 간략하게 오두미도를 만들었다.

장수의 오두미도는 무귀도의 신앙을 기초로 하고 도관(道官)은 "귀리"(鬼吏), 신도[道徒]는 "귀졸"(鬼卒), 교령(敎令)은 "간령"(奸令)이라 부르고 포교의 수단과 신도가 되는 자격을 간략하게 하여 일률적으로 쌀 다섯 말을 받았으므로 "미무"(米巫), "미적"(米賊)이라 부르기도 하였다.

한나라 영제(靈帝) 중평(中平) 원년(184년) 황건 봉기가 폭발하여 가을 7월에 장수는 그의 귀도병졸(鬼道兵卒)을 이끌고서 황건봉기에 호응하여 그 군대를 "오두미 군대"(五斗米師)라 부르며 군현을 공격하여 빼앗았다.

장수는 『전략』에 의하면 장각과 동시대의 인물로 파촉(巴蜀) 일대 오두미도의 초기 지도자였다.

장수는 최초로 『노자』를 교도들이 익혀야 할 경전으로 삼았다.[50]

---

49) 牟鐘鑒, 『중국 도교사』, 69쪽. 이것은 裵松之의 관점이다.(李申, 『道敎本論』, 上海文化出版社, 2001, 76쪽.) 그러나 이 책에서는 우선 장로와 장수를 서로 다른 인물로 삼고 기술한다.

그는 또 『삼관수서』(三官手書)를 지었는데 참회문 세 통을 써 천·지·인 삼관에게 빌게 한 것이다.

모종감은 장수의 죽음과 관련하여 이렇게 말하였다.

　필자는 장수가 도를 행할 때 이미 오두미도라는 호칭이 있었다고 생각한다. 그리고 『전략』에 기록된 오두미도사 장수와, 『삼국지』「장로전」에서 장로와 연합하여 한중태수 소고(蘇固)를 공격했다가 이후 장로에 의해 살해된 장수는 동일인이라고 생각한다. 당시 장로는 장수를 살해하고 그 무리를 빼앗은 이후에 스스로 한중에서 오두미도의 교권을 세웠기 때문이다.[51]

호부침·여석침 역시 장로와 장수가 한중의 태수 소고를 죽인 뒤에 장로가 다시 장수를 죽이고 그의 오두미사(五斗米師)를 겸병했다고 말한다.[52]

위에서 논의한 것과 같은 중국 도교사에서 중대한 역사적 사건들은 모두 민중의 고단한 삶과 연관이 있다. 이 문제와 관련해서 우리는 중국의 비밀결사(祕密結社)에 대해서도 고찰할 필요가 있다.

---

50) 牟鐘鑒, 『중국 도교사』, 69쪽.
51) 같은 책, 70쪽.
52) 胡孚琛·呂錫琛, 『道學通論-道家·道教·丹道』, 296쪽.

제7장 도교와 동양의학

- 『황제내경』(黃帝內經)·『포박자』(抱朴子) 이야기

제1절 고대 중국의 의학

도가와 도교 사이에서 가장 큰 차이를 한 마디로 거칠게 정의한다면 아마도 순자연(順自然)과 역자연(逆自然)으로 표현할 수 있을 것이다. 도가철학의 핵심을 이루고 있는 노장철학에서는 언제나 자연에 순응할 것을 강조하였지만 그에 비하여 도교에서는 자연을 거슬러 그것을 인위적으로 정복하고자 노력하였다. 그래서 도교에서는 "나의 운명은 나에게 달려있지 하늘에 있지 않다"(我命在我不在天)고 강조하였다. 그런 까닭에 도교에서는 노장철학에서 말하였던 항존(恒存)하는 도를 모방하여 그것을 물질화하고자 노력하였고[그것은 단약(丹藥)을 만들고자 하는 노력으로 나타났다], 다른 한편으로 그것은 노자철학에서 말하는 도(道)→일(一)→이(二)→삼(三)→만물(萬物)로 분화해 가는 우주생성론1)을 역으로 이용하여 만물→삼→이→일→도로 나아갈 수 있는 길을 찾고자 노력하였다.

『장자』「지북유」(知北遊)편에서는 기(氣)의 취산(聚散)으로 생사를 설명하였다.

사람의 탄생은 기(氣)가 모인 것이다. 기가 모이면 태어나고 기가 흩어지면 죽는다.2)

이것은 기가 모이고 흩어지면 인간의 생명은 태어나고 죽게 된다는 것을 설명한 것이다. 그렇다면 인간이 '불로장생'(不老長生)을 하려면 당연히 이 '기'를 잘 보존해야만 할 것이다. 따라서 당시 사람들이 이 '기'를 잘 간직할 수 있는 방법을 추구하였던 것 역시 너무도 당연한 일이라고 말할 수 있다.

진한시대에 널리 유행하였던 신선사상은 한 편으로 봉래(蓬萊), 방장(方丈), 영주(瀛洲)라는 삼신산(三神山)에서 선인(仙人)을 만나 그들로부터 불사의 약(不死之藥)을 구하고자 하는 것으로 나타났고, 다른 한 편으로 그들 자신이 직접 단약을 만들고자 하는 형태로 표현되기도 하였다. 이 과정 중에서 단약을 직접 만들고자 한 것이 바로 외단황백술(外丹黃白術)이다.

『북당서초』(北堂書鈔)에서는 『귀장』(歸藏)을 인용하여 항아(姮娥)에 대해 이렇게 말하였다.

옛날에 항아(嫦娥)는 서왕모(西王母)의 불사의 약(不死之藥)을 먹고 달아나

---

1) 『老子』 제42장: "道生一, 一生二, 二生三, 三生萬物."
2) 『莊子』「知北遊」: "人之生, 氣之聚也. 聚卽生, 散卽爲死."

달의 정령이 되었다.3)

    『초사』(楚辭) 「천문」(天問)에서도 항아(嫦娥)가 불사의 약을 훔쳐 달(月)로 달아난 이야기가 있다. 불사의 약이라는 전설의 연원이 매우 오래되었음을 알 수 있다.

    『전국책』(戰國策) 「초책」(楚策)에는 어떤 사람이 불사의 약을 형왕(荊王)에게 바쳤다는 기록이 있다. 『사기』(史記) 「봉선서」(封禪書)에도 제(齊)나라 위왕(威王), 선왕(宣王)과 연(燕)나라 소왕(昭王)이 사람들을 바다로 보내어 불사의 약을 구하도록 하였던 일을 기록하고 있다. 이것은 전국시대에 추연(鄒衍)의 방사지학(方士之學)이 흥성함에 따라 불사의 약을 먹으면 신선이 될 수 있다는 것이 이미 방사들의 믿음이 되어 의심하지 않았음을 설명해준다. 진한 교체기에 묵가학파 역시 방선도(方仙道)와 합류하여 초기 도서 『태평경』의 사상적 연원 가운데 하나가 되었다. 중국의 외단황백술은 본래 야금주조업의 부산물이다. 그것은 먼저 연금술(즉 황백술)에서 시작되었고, 후에 점차 변하여 연단술이 되었다.

    한 무제 때 제나라의 방사 이소군(李少君)은 다음과 같이 말하였다.

    부엌신에게 제사를 지내면 신기한 물건[神物]을 얻을 수 있습니다. 신기한 물건을 얻으면 단사(丹沙)를 이용하여 황금을 제련할 수 있으며, 황금을 제련한 후에 그것으로 음식을 담는 그릇을 만들어서 사용하면 장수할 수 있습니다.4)

---

3) 『北堂書鈔』: "昔常娥以西王母不死之藥服之, 遂奔爲月精."
4) 『史記』 「封禪書」: "祠灶則致物, 致物而丹砂可化爲黃金. 黃金成以爲飮食器則益壽."

이와 같이 단사로 약금(藥金)을 만들고 또 약금으로 음식기(飮食器)를 만든다는 사상은 연금술이 확실히 야금제조공예(음식기를 만드는 것)에서 기원한다는 것을 증명할 뿐만 아니라 또 전한시기 복이파(服餌派) 방사는 이미 이러한 야금 주조 공예를 실험실에서 조작하는 연금술로 변화시켰음을 설명해준다.

비록 외단황백술은이 실패로 끝났지만 이 과정에서 중국의 과학은 발전하게 되었다. 뿐만 아니라 중국 의학 역시 발전하게 되었다.

중국 의학을 논의하려면 우리는 먼저 중국 의학과 인도 의학과 관계를 살펴보아야 한다. 일본학자 가노우 요시미츠는 『중국의학과 철학』에서 "중국에도 불교가 들어오기 이전에 인도의학이 전해졌을 가능성이 크다"[5]고 하였다.

『춘추좌씨전』 성공(成公) 10년(기원전 581년)에는 '고황'(膏肓)이라는 병을 꿰뚫어 본 의완(醫緩)의 이야기가 보인다.

　(晉나라) 경공(景公)은 병이 깊어지자 진(秦)나라에게 의사를 보내달라고 부탁하였다. 진백(秦伯) 환공(桓公)은 의완(醫緩)을 보내 치료하도록 하였다. ……의환이 말하였다. "이 병은 고칠 수 없습니다. 황의 위쪽, 고의 아래쪽에 있어서 치료할 수 없고, 그곳에 닿을 수도 없으며, 약을 써도 그곳까지 미치지 않습니다. 고칠 수 없습니다."[6]

여기에서 '고황'은 불치병이다.

또 소공(昭公) 원년(기원전 541년)에는 진후(晉侯)의 '혹고'(惑蠱)라는

5) 가노우 요시미츠, 『중국의학과 철학』, 한국철학사상연구회 기철학분과, 여강출판사, 1992, 11쪽.
6) 『春秋左傳』成公 10년: "公疾病, 求醫于秦. 秦伯使醫緩爲之. ……曰: '疾不可爲也. 在肓之上, 膏之下, 攻之不可, 達之不及, 藥不至焉, 不可爲也.'"

질병을 진단한 의화(醫和)라는 인물을 소개하고 있다.

　　진후(晉侯) 평공(平公)이 진백(秦伯)에게 의원을 보내주도록 요청하였다.
진백 경공(景公)은 의화(醫和)를 보내어 병을 살피도록 하였다. 의화는 평공의
병을 살펴보고 이렇게 말하였다. "임금의 병은 치료할 수 없습니다. 이것은
방사(房事)의 일로 생긴 질환으로 고(蠱)와 같은 병입니다. ……마음이 홀려
뜻을 상실하였기 때문입니다. 양신(良臣)이 곧 죽어가건만 하늘이 돕지 않습
니다."7)

　　여기에서 '혹고'는 지나치게 여색을 가까이하여 생긴 질병이다. 이
어지는 대화는 다음과 같다.

　　평공이 말하였다. "여색을 가까이해서는 안 된다는 것인가?" 의화가 대답
하여 말하였다. "절제하셔야 합니다. ……여자는 양을 따르는 것이므로 어
두운 때에 가까이하는 것이되 지나치면 내열(內熱)이나 혹고(惑蠱)의 병이
생깁니다. ……"8)

『열자』에는 편작(扁鵲)이 심장 교환 수술을 했다는 기록이 있다.

　　노(魯)나라 공호(公扈)와 조(趙)나라 제영(齊嬰) 두 사람이 병이 나서 함께
편작(扁鵲)을 초청하여 치료를 받았다. ……편작은 마침내 두 사람에게 독한
술을 권하여 사흘 동안 가사(假死)하게 하고서는 가슴을 쪼개어 심장을 찾
아내어 그것을 바꾸어놓았다. 그리고 신묘한 약을 쓰자 전과 같이 깨어나서

---

7) 같은 책, 昭公 元年: "晉侯求醫於秦. 秦伯使醫和視之. 曰: '疾不可爲也. 是謂近女, 室疾
　　如蠱. ……惑以喪志. 良臣將死, 天命不佑.'"
8) 위와 같음: "公曰: '女不可近乎?' 對曰: '節之. ……女, 陽物而晦時, 陰則生內熱惑蠱之
　　疾. ……'"

두 사람은 집으로 돌아가게 되었다.9)

『시자』(尸子)에는 진(秦)나라의 외과의사 의구(醫竘)의 이야기가 보인다.

    의구(醫竘)라는 사람이 있었는데 진나라의 양의이다. 선왕(宣王)을 위하여 고름을 자르고 혜왕(惠王)을 위하여 치질을 고쳐 모두 나았다. 장자(張子)의 등에 종기가 생겨 의구에게 치료하도록 명하였다.10)

『사기』 「편작창공열전」(扁鵲倉公列傳)에서는 기상천외한 외과수술을 행한 유부(兪跗)의 이야기가 있다.

    중서자(中庶子)가 말하였다. "……내가 듣자하니 옛날 유부(兪跗)라는 의원이 있었다는데, 그 의원은 병을 고치는데 탕액(湯液), 예쇄(醴灑), 참석(鑱石), 교인(撟引), 안올(案扤), 독위(毒熨)를 사용하지 않고 옷을 풀고 한 번 진찰하는 것으로 병의 징후를 보고, 오장에 있는 수혈(腧穴)의 모양에 따라 피부를 가르고 살을 열어 막힌 맥(脈)을 통하게 하고 끊어진 힘줄을 잇고, 척수(脊髓)와 뇌수(腦髓)를 누르고 고황(膏肓)과 횡격막(橫膈膜)을 바로 하고, 장(腸)과 위(胃)를 씻어내고, 오장을 씻어내어 정기(精氣)를 다스리고 신체를 바꾸어놓았다고 합니다. ……"11)

---

9) 『列子』「湯問」: "魯公扈·趙齊嬰二人有疾, 同請扁鵲求治. ……扁鵲遂飮二人毒酒, 迷死三日. 剖胸探心, 易而置之. 投以神藥, 旣悟如初, 二人辭歸."
10) 『太平御覽』 권724: "有醫竘者, 秦之良醫也. 爲宣王割痤, 爲惠王治痔. 張子之背腫, 命竘治之."
11) 『史記』「扁鵲倉公列傳」: "中庶子曰: '……臣聞上古之時, 醫有兪跗, 治病不以湯液·醴灑, 鑱石·撟引, 安扤·毒熨, 一撥見病之應, 因五藏之輸, 乃割皮解肌, 訣脈結筋, 搦髓腦, 揲荒瓜幕, 湔浣腸胃, 漱滌五藏, 練精易形. ……'"

또 장상군(長桑君)이 편작에게 신비한 약을 전해줬다고 하는 기록이
있다.

편작(扁鵲)은 발해군(渤海郡) 정읍(鄭邑) 사람으로 성은 진(秦)이고, 이름은
월인(越人)이다. 젊어서 남의 객사(客舍)에서 사장(舍長)을 지냈다. 객사에 장
상군(長桑君)이라는 은자가 빈객(賓客)으로 와 있었는데, 많은 사람들 중 오
직 편작만이 장상군을 특출한 사람이라고 여겨 언제나 그를 정중하게 대하
였다. 장상군 역시 편작이 보통 사람이 아니라는 것을 알았다. 장상군은 그
가 객사를 드나든 지 10여 년이 되었을 때 은밀히 편작을 불러 둘만이 마
주하고는 이렇게 말하였다. "비전(祕傳)의 의술(醫術)을 알고 있는데, 내가
이미 나이가 들어 그대에게 전해주려 하네. 절대 남에게 말하지 말게." 이
에 편작이 공손히 대답하였다. "그렇게 하겠습니다." 그래서 장상군은 품속
에서 약을 꺼내 편작에게 주면서 말하였다. "이 약을 깨끗한 연못의 물에
타서 마신 후 30일이 지나면 어떤 물건인지 알게 될 것이네." 그리고 비전
의 의서(醫書)를 전부 꺼내어 편작에게 주고 홀연히 모습을 감추었다. 아마
도 그는 인간이 아닌 듯하였다. 장상군의 말대로 약을 복용한 지 30일이
지나자 편작은 담 너머에 있는 사람들이 보이게 되었다. 이러한 재주로 병
자를 진찰하니 오장(五臟) 속 병근(病根)이 있는 부위를 훤히 볼 수 있었
다.12)

편작이 장상군에게 전해 받은 의학 비방은 무엇일까? 정확한 내용은
알 수 없지만 투시법(透視法)에 해당한다. 이것은 현대의학의 X-레이,

---

12) 『史記』「扁鵲倉公列傳」: "扁鵲者, 渤海郡鄭人也, 姓秦氏, 名越人. 少時爲人舍長. 舍客
長桑君過, 扁鵲獨奇之, 常謹遇之. 長桑君亦知扁鵲非常人也. 出入十餘年, 乃呼扁鵲私坐,
閒與語曰: '我有禁方, 年老, 欲傳與公, 公無泄.' 扁鵲曰: '敬諾.' 乃出其懷中藥與扁鵲:
'飮是以上池之水, 三十日當知物矣.' 乃悉取其禁方書盡與扁鵲. 忽然不見, 殆非人也. 扁鵲
以其言飮藥三十日, 視見垣一方人. 以此視病, 盡見五藏癥結, 特以診脈爲名耳."

CT촬영과 비슷하다고 할 것이다. 그렇다면 장상군은 어떤 인물인가? 그가 편작에게 전해준 의술은 무엇인가? 아직 명확하지 않다. 백조고길(白鳥庫吉)은 이 고사를 "도가 방사(方士)의 한 유파가 자신의 교리와 신앙을 삽입한 이야기"라고 보았다.[13]

편작이라는 인물에 대해 일반적으로 전국시대 때 사람이라는 견해가 지배적이다. 그러나 그의 활동연대가 매우 불명확하다. 괵(虢)나라의 멸망(기원전 655년)에서 진나라의 함양 천도(기원전 350년)까지 300년의 차이가 있다. 또 진나라 무왕(武王, 기원전 310년-기원전 307년 재위)과도 관계가 있다. 그런 까닭에 일본사람 천정도남(淺井圖南)은 "편작은 한 사람이 아니다"고 말한 것이다. 그는 "편작이란 상고시대 신의(神醫)의 이름이며 괵나라의 태자를 치료한 자와, 조간자를 진찰한 자, 제의 환후를 만난 자, 진의 무왕을 욕한 자, 『할관자』(鶡冠子) 가운데에 위나라의 문후에 대답한 자, 진나라의 이해(李醯)에게 살해된 자, 이들은 모두 각기 편작이라고 작명[綽名: 별명]한 별개의 名醫라는 것이다."[14]

이상과 같은 고대 중국 의학에 관한 기록들이 얼마나 진실한 것인지 알 수 없지만, 어쨌든 고대 중국 의학의 높은 수준을 설명해준다.

J. 니담은 중국의 해부학에 대해 이렇게 말하였다.

중국의 경우, 해부의 역사는 서양보다 상당히 오래 되어, 편작(扁鵲)에서부터 시작하여 왕망(王莽)의 시대(+9년)에도 존재했던 증거가 있으며, 그 때부터 삼국시대(+240년께)까지 계속되었고, 그 이후에는 유럽의 경우와 마찬가지로 중세 후기까지 모습을 나타내지 않았다. ……송대(宋代)에 해부학자

---

13) 가노우 요시미츠, 『중국의학과 철학』, 32쪽.
14) 같은 책, 51쪽 참조 요약.

가 존재했던 일도 있었으나 그 이상 아무런 진전도 없었다.15)

『한서』(漢書) 「예문지」(藝文志)의 의경(醫經) 부분에 7가(家) 260권이
다음과 같이 기록되어 있다.

　　『황제내경』(黃帝內經) 18권
　　『외경』(外經) 37권 또는 39권
　　『편작내경』(扁鵲內經) 9권
　　『백씨내경』(白氏內經) 38권
　　『외경』(外經) 36권
　　『방편』(旁篇) 25권

다음은 의경에 대한 설명이다.

　　의경(醫經)은 사람의 혈맥·경락·골수·음양·표리를 찾아 그것으로 모든 병
의 근본과 살고 죽는 것의 구별을 정한다.. 그리고 도(度)·잠(箴)·석(石)·탕
(湯)·화(火)의 베푸는 바를 이용하여 백약(百藥)의 약제를 조합하는데 적합하
다.16)

또 경방(經方) 부분의 11가 274권의 문헌이다.

　　『오장육부비십이병방』(五藏六府痺十二病方) 30권
　　『오장육부산십육병방』(五藏六府疝十六病方) 40권

15) 조셉 니담, 『中國의 科學과 文明』(Ⅰ), 이석호 외3 역, 을유문화사, 1989, 179쪽.
16) 『漢書』「藝文志」: "醫經者, 原人血脈經(絡)[落]骨髓陰陽表裏, 以起百病之本, 死生之分,
　　而用度箴石湯火所施, 調百藥齊和之所宜."

『오장육부단십이병방』(五藏六府癉十二病方) 40권

『풍한열십육병방』(風寒熱十六病方) 26권

『태시황제편작유부장』(泰始黃帝扁鵲俞拊方) 23권

『오장상중십일병방』(五藏傷中十一病方) 31권

『객질오장광전병방』(客疾五藏狂顚病方) 17권

『금창종계방』(金創瘲瘲方) 30권

『부인영아방』(婦人嬰兒方) 19권

『탕액경법』(湯液經法) 32권

『신농황제식금』(神農黃帝食禁) 7권

경방에 대해서 이렇게 설명하였다.

경방(經方)은 초석(草石)의 한온(寒溫)에 근본하여 질병의 깊고 얕음을 헤아려 약맛의 차이에 따르고 기감(氣感)에 의하여 오고(五苦)·육신(六辛)을 변별하고 약을 물이나 불로 조제하여 막힌 것을 뚫고 맺힌 것을 풀어준다.17)

이와 같은 의경과 경방의 문헌은 모두 의학과 약학에 관한 문헌이다. 이처럼 방대한 문헌 목록이 있었다는 것은 의학과 약학에 대한 깊은 이해가 있었음을 반증한다.

제2절 도교와 의학

원대(元代) 때 인물 유밀(劉謐)은 『삼교평심론』(三教平心論)에서 "도

---

17) 위와 같음: "經方者, 本草石之寒溫, 量疾病之淺深, 假藥味之滋, 因氣感之宜, 辯五苦六辛, 致水火之齊, 以通閉解結."

교는 몸을 다스린다"(以道治身)이라고 말하였다. 이러한 말이 비록 편벽된 것이기는 하지만 도교에서 몸에 대해 얼마나 관심을 많이 가졌는지 잘 보여준다.

앞에서 우리는 도교의 핵심을 신선사상이라고 말하였다. 그런데 신선이 되는 과정은 매우 어렵고 복잡하다. 뿐만 아니라 인체에 대한 심오한 의학적, 생리학적 이해가 필요하다. 신선이라는 것 자체가 이 몸을 그대로 불사의 몸으로 만들려는 것이기 때문이다.

아래에서는 『황제내경』(黃帝內經)과 『포박자』(抱朴子)를 중심으로 도교의학에 대해 각각 나누어 살펴보기로 한다.

1. 『황제내경』

중국 고대의 의학서 『황제내경』은 "진한(秦漢) 시대 에 걸쳐서 도가(道家) 철학 계열의 사람들에 의해 집성된 것"[18]이다.

『황제내경』은 크게 「소문」(素問)과 「영추」(靈樞)로 나누어진다.

『한서』「예문지」 방기략(方技略) 의경(醫經) 부분에서 『황제내경』 18권, 『황제외경』 37권이라고 하였다. 『황제외경』은 일실되어 전하지 않는다. 『황제내경』은 「소문」 9권, 「영추」 9권으로 모두 18권이다. 그런데 진대(晉代) 인물 황모밀(皇甫謐)은 『갑을경』(甲乙經) 서문[序]에서 "지금 『침경』(鍼經) 9권, 『소문』 9권 2·9 18권이 있다. 이것이 곧 내경(內經)이다"고 하였다. 원본 『침경』 9권은 전해지지 않는다. 『수서』(隋書)「경적지」(經籍志)에서도 『황제내경』은 「소문」 9권, 「침경」 9권이라

---

18) 이창일 옮김, 『황제내경』, 책세상, 2005, 7쪽.

고 하였다. 그런데 당대(唐代) 때「침경」과 비슷한 책이 나왔다. 왕빙(王氷)이 이 책을 「영추」라고 이름하였다. 장개빈(張介賓)은 『황제내경』을 11개의 주제로 분류하여 『유경』(類經)이란 책을 펴냈다. 이 책의 분류에 의하면 『황제내경』의 내용은 다음과 같다. ①섭생(攝生) 7조, ②음양(陰陽) 7조, ③장상(藏象) 33조, ④맥색(脈色) 47조, ⑤경락(經絡) 40조, ⑥표본(標本) 5조, ⑦기미(氣味) 3조, ⑧진치(診治) 22조, ⑨질병(疾病) 110조, ⑩침자(針刺) 146조, ⑪운기(運氣) 52조이다.[19]

『황제내경』은 오랜 기간 동안 여러 사람에 의해 편집된 문헌이다.[20]

김희정은 고대 중국에서 '몸 담론'과 『황제내경』의 관계를 이렇게 설명한다.

도교의 핵심이 몸에 관한 것이라면 그 몸을 이루는 담론의 뿌리를 형성한 것은 『황제내경』이다. 『황제내경』이 형성되는 한대 초·중기 이후에 이미 정치사상으로서 황로학의 역할은 유교에 의해 대체되고, 마음에 관한 사상의 주도권은 위지(魏晉)시대 이후에는 불교에 내주게 된다. 그러나 몸의 영역은 중국의 전 역사를 통하여 도교가 주도했다. 그 중심에 항상 『황제내경』이 있었다.[21]

먼저 『황제내경』의 음양오행설(陰陽五行說)을 살펴보자. "음양오행론은 『황제내경』을 성립시킨 가장 기본적인 인식 체계"[22]이다. 음양에

---

19) 龍伯堅, 『黃帝內經槪說』, 白貞義·崔一凡 共譯, 논장, 1988, 50쪽.
20) 『황제내경』의 형성 과정에 대한 구체적인 내용은 龍伯堅의 『黃帝內經槪說』을 참조하라.
21) 김희정, 『몸·국가·우주 하나를 꿈꾸다』, 궁리, 2010, 213쪽.
22) 이창일 옮김, 『황제내경』, 8쪽.

대해 다음과 같이 말하였다.

　　음양(陰陽)은 천지의 도(天地之道)이다. 만물의 강기(綱紀)이고, 변
화의 부모(父母)이며, 생사의 근본[本始]이고 신명(神明의 곳간[府]이
다.23)

　　이창일은 『황제내경』의 '자연주의적 사유'에 대해 이렇게 지적하였
다.

　　『황제내경』에 담긴 '자연주의'적 사유는 '자연과학주의'적 사유와는 거리
가 멀다. 전자가 인위적인 모든 것을 '자연의 질서'로 풀어내려는 근원적
태도라면 후자는 자연을 '법칙적으로 구성' 해내려는 인간의 욕망과 불가분
의 관계에 있는 인위적인 것이다.24)

　　그는 음양오행론을 "사물의 질서와 마음의 질서가 일여(一如)한 생
명의 비밀을 다루는 데 더없이 적절한 체계"25)라고 말한다.
　　음양오행설은 우주의 모든 사물을 음양(陰陽)과 오행(五行)으로 설명
한다. "음양오행은 자연의 질서가 인간의 질서와 다르지 않다는 가장
원초적인 인식"26)을 나타낸다. 음양을 의학적으로 설명하면 육부(六腑)
는 양(陽)이고, 오장(五臟)은 음(陰)이다. 기(氣)는 양이고, 혈(血)은 음
이다. 열(熱)은 양이고, 한(寒)은 음이다. 오행을 의학적으로 설명하면

---

23) 『黃帝內經素問』「陰陽應象大論篇」제5: "陰陽者, 天地之道也. 萬物之綱紀, 變化之父母,
　　生殺之本始, 神明之府也."
24) 이창일 옮김, 『황제내경』, 10쪽.
25) 같은 책, 11쪽.
26) 위와 같음.

오장(五臟)·오규(五竅)·오체(五體)·오취(五臭)·오성(五聲)·오지(五志)·오맥(五脈) 등이 있다. 『황제내경소문』「금궤진언논편」(金匱眞言論篇)에서 목(目)은 목(木), 이(耳)는 화(火), 구(口)는 토(土), 비(鼻)는 금(金), 이음(二陰)은 수(水)라고 하였고, 「음양응상대론편」(陰陽應象大論編)에서는 목(目)은 목(木), 설(舌)은 화(火), 구(口)는 토(土), 비(鼻)는 금(金), 이(耳)는 수(水)라고 하였다. 「음양응상대론편」에서는 또 노(怒)는 목(木), 희(喜)는 화(火), 사(思)는 토(土), 출(怵)은 금(金), 공(恐)은 수(水)라 하였고, 「선명오기편」(宣明五氣篇)과 『황제내경영추』「구침론편」(九鍼論篇)에서는 출(怵)은 목(木), 희(喜)는 화(火), 외(畏)는 토(土), 비(悲)는 금(金), 공(恐)은 수(水)이라고 하였다.

『황제내경』에는 오운육기설(五運六氣說)이 있다.

오운(五運)은 토(土)·금(金)·수(水)·목(木)·화(火)이다. 이것을 십간(十干)과 연관시켰다. 오운은 세운(歲運)으로 배열순서는 토(土)·금(金)·수(水)·목(木)·화(火)이다. 오운과 십간을 연관시키면 토(土)는 갑기(甲己), 금(金)은 을경(乙庚), 수(水)는 병신(丙申), 목(木)은 정임(丁壬), 화(火)는 무계(戊癸)이다. 오운은 중운(中運)이라고도 하고, 또 주운(主運)과 객운(客運)의 구별이 있다.

육기(六氣)는 풍(風)·화(火)습(濕)·서(暑)·조(燥)·한(寒)이다. 이것을 십이지(十二支)와 연관시켰다. 오행과 십간을 연관시키면 목(木)은 갑을(甲乙), 화(火)는 병정(丙丁), 토(土)는 무기(戊己), 금(金)은 경신(庚申), 수(水)는 임계(壬癸)이다.

육기(六氣)에는 천기(天氣, 司天), 지기(地氣, 在泉)가 있다. 이것을 삼음삼양(三陰三陽)의 명칭을 사용하여 소음(少陰)·태음(太陰)·궐음(厥陰)·소양(少陽)·태양(太陽)·태양(太陽)·양명(陽明)이라고 부른다.[27]

육기에는 주기(主氣)와 객기(客氣)의 구별이 있다.

『황제내경』을 관통하고 있는 기본관점은 두 가지이다.[28] 첫째, 인체에 나타나는 다양한 병리 현상은 기와 관련이 있다. 둘째, 자연과 인간은 상호 감응하며, 자연과 인간의 구조는 동일하다.

『황제내경』은 질병의 원인은 두 가지라고 말한다.

> 감정의 도[喜怒]가 지나치고, 자연의 도[寒暑]가 지나치면 생명은 안정을 잃게 된다.[29]

첫째, 감정의 도이다. 이것은 내인(內因)이다. 「소문」에 이렇게 기록하였다.

> 사람에게는 오장(五臟)이 있어 오장의 기(氣)가 변화하여 희(喜)·노(怒)·비(悲)·우(憂)·공(恐)의 감정을 일으킨다. 즐거움과 노여움은 기를 손상시킨다. ……격하게 노하면 음(陰)을 손상시키고, 격하게 기뻐하면 양(陽)을 손상시킨다.[30]
> 기쁨이나 노여움의 감정이 지나치면 장기(臟器)를 손상한다.[31]

둘째, 자연의 도이다. 이것은 외인(外因)이다. 「소문」에서 이렇게 말하였다.

---

27) 龍伯堅, 『黃帝內經槪說』, 118쪽.
28) 이석명, 『회남자-한대 지식의 집대성』, 사계절, 2004, 59-60쪽.
29) 『黃帝內經素問』 「陰陽應象大論篇」 제5: "喜怒不節, 寒暑過度, 生乃不固."
30) 위와 같음: 人有五臟, 化五氣, 以生喜怒悲憂恐, 故喜怒傷氣. ……暴怒傷陰, 暴喜傷陽."
31) 『黃帝內經靈樞』 「百病始生篇」: "喜怒不節則臟傷."

하늘에는 사시(四時)·오행(五行)이 있어 생(生)·장(長)·화(化)·수(收)·장(藏)의 활동을 수행하여 한(寒)·서(暑)·조(燥)·습(濕)·풍(風)의 기를 만들어낸다. ……추위와 더위가 형체(形體, 육체)를 손상시킨다.[32]

그런 까닭에 자연 질서에 따를 것을 강조한다.

음양과 사시는 만물의 시작과 생과 사의 근본이다. 이것을 거스르면 재액이 일어나고, 순응하면 질병이 생기는 일이 없다.[33]

이처럼 인간의 질병은 '감정의 도'와 '자연의 도'에 의해 발생한다. 또 이 신체 내의 병의 원인과 신체 밖의 병의 원인은 서로 연관된다.

풍(風)·우(雨)·한(寒)·열(熱) 등의 외사(外邪, 외적 병인)는 체내에서 응하지 않으면 사람을 상하게 하지 않는다. 갑작스럽게 질풍과 폭우를 만나도 병이 나지 않는 것은 체내가 허하지 않기 때문이다. 그러므로 (외부의) 사(邪, 병인)가 있다고 해도 그 자체로 사람을 상하게 하지는 않는다.[34]

『황제내경영추』「통천편」(通天篇)은 사람의 유형을 태양인(太陽人)·소양인(少陽人)·태음인(太陰人)·소음인(少陰人)·음양화평인(陰陽和平人)으로 분류하였다. 「음양이십오인편」(陰陽二十五人篇)에서는 오행의 관점에서 목형인(木形人)·화형인(火形人)·토형인(土形人)·금형인(金形人)·수형인(水

---

32) 『黃帝內經素問』「陰陽應象大論篇」 제5: "天有四時五行, 以生長收藏, 以生寒暑燥濕風. ……寒暑傷形."

33) 같은 책, 「四氣調神大論篇」제2: "陰陽四時者, 萬物之終始也, 死生之本也. 逆之則災生, 從之則苛疾不起."

34) 『黃帝內經靈樞』「百病始生篇」: "風雨寒熱, 不得虛邪, 不能獨傷人. 卒然逢疾風暴雨而不病者, 盖無虛, 故邪不能獨傷人."

形人)으로 분류하였고, 이것을 다시 각(角)·치(徵)·궁(宮)·상(商)·우(羽)로 분류하여 25가지 유형으로 구분하였다. 이러한 분류에 기초하여 사람의 형태·체질·성격과 그에 따른 질병을 분류하였다.35)

『황제내경』은 오장을 중심으로 인간의 질병을 분류하였다. 열(熱)·학(瘧)·해(咳)·풍(風)·비(痺)·장(脹)의 병은 모두 간(肝)·심(心)·비(脾)·폐(肺)·신(腎)과 관련지어 분류하였다. 또 위(胃)·大腸·소장(小腸)·방광(膀胱)·삼초(三焦)·담(膽) 등의 육부에 대한 분류, 힘줄·근육·피부·뼈 등에 대한 분류, 삼음삼양(三陰三陽)의 경락에 의한 분류 등이 있다.36)

경락이론(經絡理論)에서 경락은 몸의 '기운의 흐름'에 대한 것이다. 이것은 해부학적 실체가 없이 기능만 존재하는 몸의 현상이다. "경락은 장부와 몸의 표면(피부)과의 연결 통로다." 경락은 경맥, 낙맥, 손맥, 기경(奇經) 등을 포함한다.37)

가슴의 횡경막을 기준으로 가슴 속에 폐·심포·심장이 있고 배 속에 비장·간·신장이 들어 있기 때문에, 가슴 속의 오장(3장)은 손의 경맥에 ,배 속의 오장(3장)은 다리의 경맥에 연관된다. 그리고 오장(6장)에 대응하는 육부가 오장의 연관에 따라 분류된다. 이렇게 되면 팔과 다리의 경백은 각각 12개로, 모두 12정겨이 성립된다. 12정경은 몸의 좌우 대칭으로 12쌍이 있게 된다.38)

『황제내경』에는 자침요법(刺針療法)이 매우 상세하다. 여기에는 "기재의 준비 孔穴의 분포, 刺針의 법칙, 補瀉의 기술, 刺針의 근본방침,

---

35) 龍伯堅, 『黃帝內經槪說』, 59-60쪽.
36) 같은 책, 70-71쪽.
37) 이창일 옮김, 『황제내경』, 153쪽.
38) 같은 책, 154-155쪽.

刺針의 금기에서 각종 질환의 刺針療法"[39] 등이 자세하게 논의되었다.

『황제내경』에는 혈액순환의 발견, 질병의 계절성, 지역성, 장부에 대한 인식, 호흡에 의한 맥박의 측정 방법의 발명, 정밀한 감별진단, 예방상의 중시 등과 같은 뛰어난 업적이 있다.[40]

2. 『포박자』[41]

초기의 신선사상을 집대성한 도교 교학의 체계화를 이룬 인물은 갈홍(葛洪, 283-343)이다. 그의 저작으로 유명한 『포박자』(抱朴子)가 있다. 이 책은 「내편」(內篇)과 「외편」(外篇)으로 되어 있는데 동진(東晋) 건무(建武) 원년(317년)에 완성되었다.

갈홍은 중국역사상으로 저명한 연단가, 의약학자, 기공사와 양생가로 『포박자내편』에서 외단황백술(外丹黃白術)·도교 의약학(道教醫藥學)· 방중술(房中術)·양생(養生) 이론을 매우 자세하게 논의하였다. 그것들은 다른 신선방술에 비해서도 더 많은 과학적 내용을 담고 있다. 갈홍의 『포박자내편』은 동시에 중국철학사, 도교사와 중국과학사상에서 중요한 저작으로, 과학사에 있어서 인체관학, 심리학, 의약학, 양생학과 고대 화학에 귀중한 자료를 남겨주었다.

중국은 고대로부터 건강과 장수를 인생의 최고의 희망으로 삼고서 추구하였던 문화전통을 가지고 있었다. 갈홍은 "삼락(三樂)을 즐긴다"

---

39) 龍伯堅, 『黃帝內經槪說』, 94쪽.
40) 같은 책, 120-121쪽.
41) 『포박자』에 관한 설명은 胡孚琛의 『魏晉神仙道教-抱朴子內篇研究』(人民出版社, 1991)를 중심으로 서술하도록 한다.

(玩其三樂)42)고 하였는데 곧 장수를 그 가운데 하나의 즐거움으로 보 았다.43)

갈홍은 위진시대 저명한 도교 의약학자이다. 그의 의약에 대한 연구 는 사회적 하층 군중을 향한 것이었다. 이것은 문벌 의사들이 가족치 료에 국한되었던 것과는 근본적으로 다르다. 일설에 의하면 진군[陳郡: 하남(河南) 회양(淮陽)] 은호[殷浩: 자는 연원(淵源)]는 양주자사(揚州刺 史)로 사족 명류의 청담(淸談)의 지도자였고, 또 문벌의 명의였는데, 그의 부하인 관리의 어머니에게 병이 있어 그에게 치료를 부탁하였다.

갈홍의 『포박자』에서는 금단술(金丹術)을 논의하고 있다. 이것은 환 단(還丹)·금액(金液)의 약법이다. '환단'은 단사(丹砂)라고 부르는 주황 색의 유화수은(硫化水銀)을 가열한 후 건조하여 만든 은색의 수은으로 유황과 화합하게 되면 다시 유화수은으로 환원되는 성질을 가지고 있 다. '금액'은 금을 높은 열로 가열하면 액화되었다가 다시 식으면 굳 게 되어도 여전히 아름다운 광택을 갖게 되는 것으로 불변의 성질을 의미한다.44)

호부침은 『위진 신선 도교-포박자 내편 연구』에서 이렇게 말하였다.

중국의 도교문화는 의심할여지 없이 전통문화 중에서 자연과학에 가장 가까운 부분이다. 도사들은 '장생성선'(長生成仙)을 위하여 종교의 목적에서

---

42) 葛洪, 『抱朴子內篇』 「釋滯」.
43) 『列子』 「天瑞」편 중에서 영계기(榮啓期)가 말하였다: "하늘이 만물을 낳고, (그중에 서) 사람이 가장 귀한데 나는 사람으로 태어났으니 첫 번째 즐거움이다. 남자로 태 어나는 것이 귀한데 나는 남자로 때어났으니 두 번째 즐거움이다. 사람으로 태어 나서도 강보에서 벗어나지 못하고 죽는 자가 있는데 나는 이미 90세를 살았으니 세 번째 즐거움이다."(天生萬物, 唯人爲貴, 吾得爲人, 一樂也; 以男爲貴, 吾得爲男, 二 樂也; 人生有不免于襁褓, 吾已行九十矣, 三樂也.)
44) 酒井忠夫 외, 『道敎란 무엇인가』, 최준식 옮김, 민족사, 1991, 49-51쪽

출발하여 수많은 신선방술을 익히고 배웠다. 이러한 신선방술 중에는 종교에 의탁한 고대 자연과학이 있다.45)

중국의 역사에서 자연과학의 발전은 도교철학과 밀접한 관계를 가지고 있다. 그 가운데에서 중국 의학 역시 도교철학의 '장생성선'이라는 목적과 밀접한 관계를 가지고 있다. 중국도교사에서 방사(方士)집단으로 분류되는 인물들은 단약(丹藥)을 만들고자 하는 과정에서 자연과학에 주목하게 되었다. 그리고 그 결과 여러 가지 화학실험을 하게 되게 되었는데 이러한 노력의 과정에서 과학적 실험과 연구가 이루어졌다. 중국 의학의 발전 역시 '장생성선'을 위한 연구와 밀접한 관계를 갖는다.

금단술에 종사한 도사들의 입장에서 볼 때, 황금은 도사들이 필요로 하였던 불에 넣어 아무리 달구어도 변하지 않는 성질을 가지고 있었을 뿐만 아니라 또 소량을 복용하여도 일정한 약리작용을 얻을 수 있었다. 중의학에서는 금은 신맛이고 기운이 평탄하고 독이 있는 것으로 "정신을 진정시키고, 골수를 튼튼하게 하며, 오장의 사기(邪氣)를 두루 이롭게 하는"(鎭精神, 堅骨髓, 通利五臟邪氣)46) 정신을 안정시키는 기능이 있다고 생각하였다. 유명한 중의약 '안궁우황환'(安宮牛黃丸), '자설단'(紫雪丹) 등은 모두 금박(金箔)을 함유하였고, 기타 심장의 풍질(風疾), 횡설수설하는 병을 치료하는 '금박환'(金箔丸)47)과 금박으로 옷을 입힌 중약환단(中藥丸丹)은 또 아주 많다.

도교 중의 황백술은 처음에는 단지 기타 금속 표면에 아말감으로

---

45) 胡孚琛, 『魏晉神仙道敎-抱朴子內篇硏究』, 229쪽.
46) 『名醫別錄』.
47) 『證治準繩』.

도금을 하거나 혹은 황금의 색과 광택을 모방하는 기술에 지나지 않았다. 연단사의 이른바 "단사는 변하여 황금이 될 수 있다"(丹砂可化爲黃金)는 말은 대부분 단사에서 수은을 추출하여 금 아말감을 만드는 도금방법이거나 혹은 수은이 기타 물질과 생성하게 되는 황색 산화물(예를 들어 HgO) 및 염류(鹽類)의 반응이다. 예를 들어, 당시의 도교에서 유명하였던 '구정단'(九鼎丹)은 모두 일정한 방법을 통하여 황색의 약금(藥金)으로 전환시킬 수 있었으므로 도사들은 그것을 환단으로 삼아 실험을 감정하였다.

도교는 의약학을 자신의 방술 수련에 있어서 필수적인 내용을 삼았으므로 점차 자신의 종교적 특징에 적합한 의학체계를 형성하였다. 사실, 도사들은 환자에게 먼저 자신의 잘못을 기도로 참회하도록 하였고, 부수(符水)를 복용하는 것과 신에게 제사하고 잡귀를 물리치는 방술 자체 또한 일종의 종교적 정신치료법이었다. 사람의 질병은 사람의 외부환경(가정, 사회조건과 쥐의 환자에 대한 태도를 포함한다) 및 내부 환경(사람의 심리상태, 신체적 영양조건 등)은 모두 밀접한 관계가 있어서 도사들이 적극적으로 환자의 외부조건과 심리상태를 개선하는 것은 분명히 질병을 치료하는 유리하였다. 특히 경건한 종교적 심리를 가지고 있었던 환자들에게는 더 적극적인 치료효과가 있었다.

갈홍의 의방과 선약의 일부분은 그가 계승한 『영보경』(靈寶經) 즉 『태상영보오부서』(太常靈寶五符序)에서 연원한다. 『태상영보오부서』 중에서는 수많은 약의 명칭, 방제와 입산하여 약을 채취할 때의 금기사항을 열거하였는데, 모두 그에 의하여 계승되어 내려왔다. 갈홍의 신약사상은 도교 의가의 연년익수약(延年益壽藥)의 연구를 추진하였고, 금본 『도장』 중에는 수많은 연년(延年), 건신(健身), 방로(方老)의 의방을 수록하였는데 세계 의약학 연구에 있어서 비교할 수 없는 것으로 중국 고대과학사의 중요한 유산의 일부가 되었다.

갈홍의 선약은 대략 세 가지 유형으로 분류할 수 있다.

제1류는 금석광물약으로 귀중한 금,(金), 은(銀), 주(珠), 옥(玉)을 포한하는데 대부분 상품에 속한다. 이것은 도교 의약학과 외단황백술이 본래 일체가 되었던 것에서 유래한 것으로, 갈홍은 환단대약을 신선이 되는 요체로 삼았으므로 자연히 이와 같이 연단가들이 상용하는 석약의 약리작용을 매우 미신하였던 것이다.

갈홍의 제2류의 선약은 오지(五芝)이다. '지초'(芝草)는 본래 진시황 때 방사들이 중시하였던 것으로, 허신(許愼)의 『설문』(說文)에서는 '신초'(神草)라고 해석하였는데 대개 고대인은 이것을 '서초'(瑞草)로 삼았다. 현대 의약학에 의하면 영지초(靈芝草)는 분명히 정기를 돕고 근골을 강하게 하며 건뇌안신(健腦安神)의 효용이 있어서 신경쇠약, 만성기관지염을 치료하고 건신익수(健身益壽)에 좋은 약이라는 것을 증명하였다. 갈홍의 '오지'는 모두 세상에서 드문 신기한 사물로 지초만이 아니었다. 그중에서 석지(石芝)는 바로 석상지(石象芝), 옥지지(玉脂芝), 칠명구광지(七明九光芝), 석밀지(石蜜芝), 석계지(石桂芝), 석중황자(石中黃子), 석뇌지(石腦芝), 석유황지(石硫黃芝) 등 120종의 광물을 포함하고 있었는데 대체로 석산호(石珊瑚), 석순(石笋), 활석광(滑石礦), 고동식물화석(古動植物化石)의 유형 및 빗물에 의하여 침식된 산동광층(山洞礦層) 중에 포함된 응고되지 않은 천연광물질(天然礦物質)이다.

갈홍의 제3류 선약은 몇몇 보완작용이 있는 초목약이다. 현대 중의학은 항상 건신보뇌(健身補腦), 익수연년(益壽延年)의 방제 중에서 채용하였다. 이러한 약에는 복령(茯笭), 지황(地黃), 맥문동(麥門冬), 목거승

(木巨勝), 중루(重樓), 황련(黃蓮), 석위(石偉), 저실(楮實), 구기(枸杞), 천문동(天門冬), 황정(黃精), 감국(甘菊), 송백지(松柏脂), 송실(松實), 술(術), 구절석창포(九節石菖蒲), 계(桂), 도교(桃胶), 호마(胡麻), 영목실(檸木實), 괴자(槐子), 원지(遠志), 오미자(五味子) 등이 있고, 대체로 『신농본초경』 중에 있는 강장작용을 보완하는 식물약이다. 갈홍의 설에 의하며, 이러한 약으로는 "무릇 300여 종이 있고 모두 연년(延年)할 수 있으며 한 가지만 복용할 수 있다"(凡三百餘種, 皆能延年, 可單服也)고 하였으며, 또 이러한 약들의 발견은 대부분 장수한 노인들이 복용한 경험으로부터 나온 것이라고 열거하여 설명하였다.

제8장 신선의 계보학

- 신선의 세계와 도덕윤리

제1절 신선의 세계와 그 계보학

고대로부터 인간 세상에는 다양한 신(선)들이 존재하였다. 그렇다면 인간은 왜 신(선)을 만들었을까? 신(선)의 이미지는 무엇을 의미할까? 구보 노리따다(窪德忠)은 인간의 '신에 대한 신앙심'의 그 원인을 두 가지로 설명한다.[1] 첫째, 사람들의 삶이 옛날부터 항상 불안정했지만 자신들을 보호·구제하고 안정된 생활을 할 수 있게 해주는 존재가 이 세상에 존재하지 않았기 때문이다. 둘째, 인간에게 피해·재난을 주는 정령(精靈)·망령(亡靈)들이 많았기 때문이다.

신선의 이미지 역시 이와 다르지 않다. 다른 점은 신선이란 인간 자신의 노력으로 스스로 이룰 수 있다는 점이다.

---

[1] 구보 노리따다, 『도교사』, 최준식 옮김, 분도출판사, 1990, 28쪽.

1. 신선의 세계

호부침·여석침은 『도학통론-도가·도교·선학』에서 도교의 신들에 대하여 이렇게 말하였다.

도교의 여러 신은 대략 수 백 종이 있다. 그중에는 원시사회 선민(先民)의 자연숭배, 토템숭배, 여성숭배, 생식숭배, 조상신령숭배 등 원시종교의 유산이 남아있고, 주대(周代) 경천(敬天)숭배의 예교 전통이 이어진 것도 있으며, 만물에는 신령이 있다는 사상에서 나온 각종의 보호신과 직능신이 있고, 국가 정권의 형식에 따라서 만들어진 인간의 선악을 감독하고, 잘못을 관장하고, 운명을 주관하는 것과 저승을 관리하는 신이 있으며, 민간신앙과 제사의 우상 및 요신(妖神) 등이 있다. 삼청존신(三淸尊神)은 도교의 최고신으로 옥청원시천존(玉淸元始天尊), 상청태상대도군(上淸太上大道君: 靈寶天尊), 태청태상노군(太淸太上老君: 道德天尊)을 포괄한다. 그밖에도 그 다음으로 삼청의 사어천제(四御天帝)가 있는데, 옥황대제(玉皇大帝), 북극천제(北極天帝), 구진상궁천황상제(句陳上宮天皇上帝)를 포함한다. 다음으로 후토황지지(后土皇地祇)가 있다. 성군(星君), 두모(斗姆), 오악존신(五岳尊神)과 하해(河海)의 신이 있는데, 그중에는 칠요(七曜), 오두(五斗), 사령(四靈), 이십팔숙(二十八宿) 등이 있다. 그밖에 독특한 특색을 가진 인체기관의 신이 있어 신신(身神)이라 부르는데, 예를 들어 뇌신(腦神), 안신(眼神)과 오장육부(五臟六腑)의 신이 있다. 민간의 속신(俗神)에는 성황신(城隍神), 토지신(土地神), 조신(灶神), 문신(門神), 뇌공(雷公), 우사(雨師), 온신(瘟神), 복신(福神), 재신(財神), 호선(狐仙), 황선(黃仙), 청와신(靑蛙神), 사왕(蛇王), 오통신(五通神) 등의 요신이 있다. 저승을 주관하는 풍도대제(酆都大帝), 십전염군(十殿閻君), 귀판(鬼判) 등 또한 도교의 신령에 속한다. 이밖에 공신열사(功臣烈士)의 묘우(廟宇) 제사는 영험함이 있다고 전해져서 도교의 신령으로 변한 것이 있는데, 예를 들어 관우(關羽), 곽광(霍光), 악비(岳飛), 장순(張巡), 포증(包拯), 범중엄(范仲淹), 진숙보(秦叔寶), 유맹(劉猛) 장군 등이 있다. 무격(巫覡)에 강신하여 도교의 신령이 된 것으로 장자문(蔣子文) 등이 있다. 신화소설(神話小說)에서 보이는 제천대성(齊天大聖), 이랑신(二郎神) 등이 있다. 또 불교를 모방하여 만들어진 도신(道神)으로 "사치공조"(四値功曹), "오현영관"(五顯靈官) 등이 있으며, 그 명칭이 매우 많다. 그 가운데에서 유명한 신령으로는 관성제군(關聖帝君), 문창제군(文昌帝君), 진무대제(眞武大帝) 등이 있다. 도교에서는 북쪽에 벽하원군(碧霞元君)이 있고, 남쪽에는 천후마조(天后媽祖)가 있어 전국적으로 향불을 피우고 존경하는 최고의 여신이다.[2]

이밖에도 도교에는 시방제천존(十方諸天尊), 삼관대제(三官大帝: 天, 地, 水 三官), 남극장생대제(南極長生大帝), 동극태을구고천존(東極太乙救苦天尊), 두모(斗姆: 北極星), 오요이십팔숙(五曜二十八宿) 등 일월성신의 신 등이 있다.[3] 뿐만 아니라 또 민간에서 믿었던 속신(俗神)이 있다.

몇몇 민간 속신은 제왕의 인가를 받아 묘를 짓고 제사를 올리게 되어 국가에서 존숭하는 정식의 신이 되었다. 예를 들어 관성제군(關聖帝君), 진무대제(眞武大帝), 문창제군(文昌帝君) 등이 모두 이러한 신이다. 또 몇몇 도교의 교의에서 나온 것이나 불교를 모방하여 만들어진 도교의 신으로, 예를 들어 "오현영관"(五顯靈官), "사치공조"(四値功曹) 등이 있다. 그밖에 뇌공(雷公), 우사(雨師), 약왕(藥王), 온신(瘟神), 성황(城隍), 토지(土地), 문신(門神), 조군(灶君), 재신(財神), 복신(福神), 벽하원군(碧霞元君), 천후마조(天后媽祖) 등 도교의 속신은 전국에서 보편적으로 제사를 올린다. 도교는 천지 사이의 팔방(八方), 사시(四時), 오행(五行)의 다양한 신지(神祇)를 받들어 모실 뿐만

2) 胡孚琛呂錫琛, 『道學通論-道家·道敎·仙學』, 社會科學文獻出版社, 1999, 499-500쪽.
3) 같은 책, 502쪽.

아니라 사람의 신체를 하나의 우주로 생각하므로, 또 사지(四肢), 칠규(七竅), 오장(五臟), 육부(六腑)의 신이 있어 신체의 신[身神]이라 칭한다.4)

이와 같이 도교 속의 신들의 계보는 방대하고 잡다하다. 그 원인은 대체로 두 가지로 말할 수 있다. 첫째, 시대적 변화에 따라서 민중이 요구하는 또는 좋아하는 인물들이 도교의 신들로 편입되었기 때문이다. 둘째, 세속의 봉건체제를 모장한 것으로 봉건체제에 야합한 측면도 존재한다. 즉 봉건체제를 정당화하는 이론적 근거가 되기도 한다.

2. 신선의 계보학

도교는 다신교이다. 그렇지만 이러한 신(선)들의 관계가 평등한 것은 아니다. 도교의 여러 신(선)들 사이에는 위계질서가 존재한다. 먼저 『운급칠첨』(雲笈七籤) 권3에 보이는 만물의 기원·신·경전 등의 관계를 소개하면 다음과 같다.

도교는 무(無)에서 생겨났다. 시초에 무가 있었는데 그것이 세상에 나타나[垂跡] 묘일(妙一)로 되고 이 묘일이 삼원(三元)으로 나뉘어지고 계속해서 세 가지의 기[三氣], 삼재(三才)를 만들어내어 그것으로부터 만물이 생겨났다. 삼원이라는 것은 혼동태무원(混洞太無元), 적혼(赤混)태무원, 명적현통원(冥寂玄通元)인데 그 가운데 혼동태무원에서는 천보군(天寶君)이, 적혼태무원에서는 영보군(靈寶君)이, 명적현통원에서는 신보군(神寶君)이 각각 화생(化生) 한다. 이들 삼군(三君)이 있는 곳을 삼천(三天) 혹은 삼청경(三淸境)이라고 한다. 천보군이 있는 옥청경(玉淸境)은 청미천(淸微天)이고 영보군이 있

4) 같은 책, 505쪽.

는 상청경(上淸境)은 우연천(禹余天)이며 신보군이 있는 태청경(太淸境)은 대적천(大赤天)이다. 비록 이 삼보군(三寶君)이 이름은 다르지만 그 근본은 같은데 그것이 원시천존(元始天尊)이다. 이 삼보군은 각각 경전을 설해 동진(洞眞), 동현(洞玄), 동신(洞神) 등 삼동(三洞)의 존신(尊神), 교주가 되었다[道教三洞宗元].5)

『태평경』에는 대태평군(大太平君) 후성 이군(後聖李君)이 보인다.

대태평군(大太平君)으로서 성명을 확정할 수 있는 자는 이군(李君)이다. 임신년(壬申年) 3월 6일 찬란한 빛을 내뿜으면서 세상에 나타났는데, 자주색·청색·진홍색 등 세 가지 색깔의 구름으로 만들어진 신의 수레를 타고, 만 마리의 용이 끄는 수레가 하늘을 날면서 호위하였다.6)

또 일사사보(一師四輔)라는 것이 있다.

후성 이군의 태사(太師)의 성은 팽(彭)이다. 그는 이군에 앞서 도를 배웠다. 그의 위호는 태미좌진(太微左眞)이고, 인황(人皇) 때의 위호[位]는 보황도군(保皇道君)으로 아울러 명령을 받들어 인간 세계의 사람들에게 복록의 상을 내리는데 다스리는 곳은 자신태미천제도군(紫晨太微天帝道君)의 북쪽 당궁(塘宮)의 영상광대(靈上光臺)이다. ……후성 이군(後聖李君)의 상상(上相)은 방제선궁(方諸仙宮)에 거주하는 청동군(靑童君)이 되었고, 후성 이군의 상보(上保)는 대단선궁(大丹仙宮)에 거주하는 남극원군(南極元君)이 되었으며, 후성 이군의 상부(上傅)는 백산궁(白山宮)에 거주하는 태소진군(太素眞君)이 되었고, 후성 이군의 상재(上宰)는 서성궁(西城宮)에 거주하는 총진왕군(總眞王

5) 구보 노리따다, 『도교사』, 38쪽.
6) 王明 編, 『太平經合校』 권1-17 『太平經鈔』 甲部: "大太平君定姓名者, 李君也. 以壬申之年三月六日, 顯然出世, 乘三素景輿, 從飛軿萬龍."

君)이 되었다. 위에 열거한 다섯 사람이 한 명의 스승과 네 명의 보좌인 일사사보(一師四輔)이다.[7]

이처럼 도교에는 수없이 많은 신들이 존재한다. 그 속에는 신화적 인물들, 역사속의 인물들, 천지만물의 정령들, 심지어는 인체의 각 기관을 담당하는 신들도 존재한다. 도교의 관점에서 보면 온 우주에는 어느 곳이 되었든 신들이 존재한다.

도홍경의 『동현영보진령위업도』(洞玄靈寶眞靈位業圖)는 또 『진령위업도』라고 간칭하기도 한다. 이 책의 체제는 신과 신선을 제1계에서 제7계까지 일곱 단계로 구분하여 중앙에 단계별로 중심적인 신의 이름을, 그 좌우에 바로 다음 신의 이름을 각각 기록하였다. 그 신들의 계보를 나타내면 다음과 같다.[8]

제1계
원시천존(元始天尊)
오령칠명혼생고상도군(五靈七明混生高上道君)
자허고상원황도군(紫虛高上元皇道君)
외 29명의 신들 　　　　　　　　　　　　외 19명의 신들
* 옥청경(玉淸境)에 있는 신들이다.

↓

제2계
상청고성태상옥신현황대도군(上淸高聖太上玉辰玄皇大道君)

---

7) 위와 같음: "後聖李君太師姓彭, 君學道在李君前, 位爲太微左眞, 人皇時保皇道君並常命奉授兆民, 爲李君太師, 治在太微北塘宮靈上光臺. ……後聖李君上相方諸宮靑童君, 後聖李君上保太丹宮南極元君, 後聖李君上傅白山宮太素眞君, 後聖李君上宰西城君總眞王君. 右五人, 一師四輔."
8) 구보 노리타다, 『도교의 신과 신선 이야기』, 이정환 옮김, 뿌리와이파리, 2004, 112-113쪽.

좌성자신태미천제도군(左聖紫辰太微天帝道君)

우성금궐제신후성현원도군(右聖金闕帝辰後聖玄元道君)

외 38명의 신들   외 58명의 여신을 포함한 66명의 신들

* 상청경(上淸境)에 속하는 신들이다.

↓

제3단계

태극금궐제군성이(太極金闕帝君姓李)

태극좌진인중앙황로군(太極左眞人中央黃老君)

태극우진인서양자문(太極右眞人西梁子文)

외 50명의 신들   외33명의 신들

↓

제4단계

태청대상로군(太淸太上老君)과 상황태상무상대도군(上皇太上無上大道君)

정일진인삼천법사장(正一眞人三天法師張)

태청선왕조거자(太淸仙王趙車子)

외 63명의 신들   외 상천옥녀(上淸玉女) 128명을

포함한 222명의 신들

* 태청경(太淸境)에 속하는 신들이다.

↓

제5단계

구궁상서(九宮尙書)

좌상(左相)

우상(右相)

외 19명의 신들   외 16명의 신들

↓

제6단계

우금랑정록진군중모군(右禁郞定錄眞君中茅君)

삼관보명소모군(三官保命小茅君)
우리중감유익(右理中監劉翊)

외 60명의 신들	외 116명의 신들

↓

제7단계
풍도북음대제(酆都北陰大帝)
북제상상진시황(北帝上相秦始皇)
중구직사여세상서(中廏直事如世尙書)

외 55명의 신들	외 51명의 신들

이상의 신들은 모두 837명으로, 적어도 6세기 초 상청파에서는 약 840명의 신들이 있었다.

다음은 갈홍의 『침중서』에 보이는 신의 계보이다.[9]

원시천왕(元始天王)
-현도(玄都)의 옥경칠보산(玉京七寶山)에 살고 있으며 여러 신들의 신이다.
-사도(司徒)와 승상(丞相)이 있다.
-그의 부인은 태원성모(太元聖母)로 부상대제동왕공(扶桑大帝東王公)과 구광현녀태진서왕모(九光玄女太眞西王母)라는 아들과 딸이 한 명씩 있다. 동왕공은 시양(始陽)의 기를 상징하고 서왕모는 시음(始陰)의 기를 상징하며, 목공(木公), 금모(金母)라 부른다.

↓

삼황(三皇)
-천황(天皇), 지황(地皇), 인황(人皇)

↓

오제(五帝)
-오악(五嶽)을 다스린다.

↓

---

9) 葛兆光, 『道教와 中國文化』, 심규호 옮김, 東文選, 1993, 94-95쪽.

오제좌상(五帝佐相)
-요(堯), 순(舜), 우(禹), 탕(湯), 청조(靑鳥)

↓

구천시중(九天侍中)·도령사명(都靈司命: 郭璞)·태극좌선공(太極佐仙公: 葛玄)·지하주자(地下主者: 鮑靚)·중앙귀제(中央鬼帝: 嵇康)·사방귀제(四方鬼帝: 揚雄, 蔡鬱縷·杜子仁·王眞人)·태극상진공(太極上眞公: 孔子)·삼천사진(三天司眞: 顔回)·삼천법사(三天法師: 張道陵)·보명정록사비감(保命定籙司非監: 三茅君) 등

위에서 우리는 도홍경의 『진령위업도』와 갈홍의 『침중서』에 보이는 도교의 신들의 계보를 간략히 살펴보았다. 이러한 도교의 신들의 계보에서 우리는 다음과 같은 사실을 알 수 있다. 첫째, 이러한 신의 계보를 조직하는 좌표계의 하나는 바로 중국 고대의 우주도식이다. 둘째, 이 도교의 신들의 계보를 조직하는 좌표계의 두 번째는 '생존'과 '죽음'의 이원적인 대립의 개념이다. 종교에 보이는 신들의 계보에서는 '삶'을 상징하는 신들과 '죽음'을 상징하는 신들이 나타난다.10)

종교윤리가 신의 계보에 흡수된 후에는 생명은 '선'(善)과 그리고 사망은 '악'(惡)과 서로 연결되었으며, 신의 계보에 이러한 구조가 발생함으로써 인간세계의 윤리도덕을 정돈하는 작용을 할 수 있게 되었다.

제2절 신선이 사는 곳

신선이 사는 곳은 결국 인간이 추구하는 어떤 이상향을 의미한다.

___
10) 같은 책, 78-79쪽.

도교에서 말하는 이상향은 태공설, 해도설, 산악설 세 가지로 나누어 진다. 그런데 이곳의 특징은 무엇보다도 먼저 인간세계와 일정한 거리가 있는 즉 구별되는 먼 곳이라는 점이다. 이것은 기본적으로 '성스러움'[聖]과 '세속'[俗]을 구별하려는 관념을 나타낸다.

아래에서는 최대우·이경환의 『신선과 불로장생 이야기』에 보이는 내용을 간략히 소개하기로 한다.11)

1. 태공설

하늘은 옛날부터 동·서양을 막론하고 신성한 곳이었다. 도교에서도 마찬가지이다. 도교에서는 비승(飛昇)하여 하늘로 올라가는 형상으로 그리고 있다. 그 대표적인 인물이 황제이다. 『열선전』(列仙傳)의 기록이다.

> 선서(仙書)에서 말하였다. "황제는 수산(首山)의 동(銅)을 캐서 형산(荊山) 아래에서 솥을 만들었다. 솥이 완성되었을 때 용이 수염을 늘어뜨린 채 내려와 맞이하자 황제는 [그것을 타고] 승천했다. ……"12)

이와 비슷한 기록이 여기저기에 보인다. 예를 들어 『시경』에서는 문왕(文王) 역시 이러한 이미지로 그리고 있다.13) 또 『열자』(列子) 「주목왕」(周牧王)편의 기록,14) 굴원(屈原)의 『초사』(楚辭),15) 왕충(王充)의

---

11) 최대우·이경환, 『신선과 불로장생 이야기』, 경인문화사, 2017, 277-314쪽 참조 요약.

12) 劉向, 『列仙傳』: "仙書云: '黃帝採首山之銅, 鑄鼎於荊山之下, 鼎成. 有龍垂胡髥下迎, 帝乃昇天. ……'"

13) 『詩經』 「大雅」 「文王之什」: "文王在上, 於昭於天. ……文王陟降, 在帝左右."

『논형』(論衡)에 보이는 항만도(項曼都) 이야기,16) 갈홍(葛洪)의 『포박자
내편』(抱朴子內篇)의 기록17) 등은 모두 태공설을 설명하고 있다.

2. 해도설

해도설에는 삼도십주(三島十洲)가 있다. 『운급칠첨』(雲笈七籤) 권26
「십주삼도부」(十洲三島部)에 의하면 삼도는 곤륜(崑崙), 방장(方丈), 봉
구(蓬丘)이고, 십주는 조주(祖洲), 영주(瀛洲), 현주(玄洲), 염주(炎洲),
장주(長洲), 원주(元洲), 유주(流洲), 생주(生洲), 봉린주(鳳麟洲), 취굴주
(聚窟洲)이다.

삼도설에는 원래 삼신산(三神山)과 오신산(五神山)이 있다. 이 삼신
산과 오신산은 모두 바다 가운데에 있는 섬들이다. 삼신산은 영주, 봉
래, 방장이다. 오신산으로는 대여(岱輿), 원교(員嶠), 방호(方壺), 영주,
봉래 등이다.18)

이 삼신산은 선인(仙人)이 사는 곳으로 이곳에 사는 신선들은 불로

---

14) 『列子』「周穆王」: "居亡幾何, 謁王東遊. 王執化人之袪, 騰而上者, 中天迺止. 暨及化人
之宮. 化人之宮, 構以金銀, 絡以珠玉, 出雲雨之上, 而不知下之據, 望之若屯雲焉. 耳目
所觀聽, 鼻口所納嘗, 皆非人間之有. 王實以爲淸都紫微, 鈞天廣樂, 帝之所居."

15) 『楚辭』「離騷」: "四玉虬以乘鷖兮, 溘埃風余上征. ……";「遠遊」: "仍羽人於丹丘兮, 留
不死之舊鄕. ……命天閽其開關兮, 排閶闔而望予, 召豊隆使先導兮, 問大微之所居, 集重
陽入帝宮兮, ……"

16) 王充, 『論衡』「道虛」: "曼都好道學仙, 委家亡去, 三年而返. 家問其狀, 曼都曰: '去時不
能自知, 忽見若臥形, 有仙人數人將我上天, 離月數里而止. 見月上下幽冥, 幽冥不知東西.
居月之旁, 其寒悽愴. 口飢欲食, 仙人輒飮我以流霞一杯. 每飮一杯, 數月不飢. 不知去幾
何年月, 不知以何爲過, 忽然若臥, 復下至此."

17) 葛洪, 『抱朴子內篇』「暢玄」: "夫玄道者, ……咽九華于云端, 咀六氣于丹霞. 徘徊茫昧,
翱翔希微, 履略蜿虹, 踐跚旋璣."

18) 洪丕謨 編著, 『中國神仙養生大全』, 中國文聯出判公司, 1994, 475쪽

장생(不老長生)을 한다. 또 그곳에는 불로의 약초(不老草), 불사의 약(不死藥), 불사의 물(不死水), 불사의 나무(不死樹)가 있다.

십주에서 조주, 영주, 생주는 동해에 있고, 서해에는 유주, 봉린주, 취굴주가 있으며, 남해에는 염주, 장주가 있고, 북해에는 현주, 원주가 있다.[19] 이것 역시 매우 도식적인 배치이다. 중국을 중심으로 동서남북에 각기 배당하고 있다. 10주는 동해, 서해, 남해, 북해 가운데에 있다. 따라서 해도설에 속한다.

3. 산악설

산악설의 그 바탕에는 하늘로 우뚝 솟은 산을 신령스러운 것으로 여기던 관념과 연관이 있다. 고대인들은 산이 하늘과 가깝기 때문에 하늘에 이르는 통로로 여긴 것 같다.

산악설은 다시 크게 막고야산(藐姑射山)과 곤륜산(崑崙山)으로 나누어진다.

막고야산에 관한 기록으로는 『장자』(莊子) 「소요유」(逍遙遊)편,[20] 『열자』(列子) 「황제」(黃帝)편[21] 등이 있다.

곤륜산에 관한 기록은 『회남자』 「지형훈」(地形訓)편,[22] 『산해경』(山

19) 張志堅,『道教神仙與內丹學』, 宗教文化出版社, 2003, 29-30쪽.
20) 『莊子』「逍遙遊」: "藐姑射之山, 有神人居焉, 肌膚若氷雪, (綽)[淖]約若處子. 不食五穀, 吸風飲露. 乘雲氣, 御飛龍, 而遊乎四海之外. 其神凝, 使物不疵癘而年穀熟."
21) 『列子』「黃帝」: "列姑射山在海河州中, 山上有神人焉, 吸風飲露, 不食五穀; 心如淵泉, 形如處女; 不偎不愛, 仙聖爲之臣; 不畏不怒, 愿愨爲之使; 不施不惠, 而物自足; 不聚不斂, 而已無愆. 陰陽常調, 日月常明, 四時常若, 風雨常均, 字育常時, 年穀常豊, 而土無札傷, 人無夭惡, 物無疵厲, 鬼無靈響焉."
22) 『淮南子』「地形訓」: "掘崑崙虛以下, 地中有增城九重, 其高萬一千里, 百十四步二尺六寸. 上有木禾, 其修五尋: 珠樹玉樹璇樹不死樹在其西, 沙棠琅玕在其東, 絳樹在其南,

海經)의 여러 편들,23) 『목천자전』(穆天子傳),24) 『신이경』(神異經),25) 『죽서기년』(竹書紀年),26)『열자』「주목왕」(周穆王)편27) 등이 있다.

산악설의 확장으로 볼 수 있는 것은 동천복지(洞天福地)이다. '동'(洞)자는 '통'(通)과 통한다. 따라서 동천복지는 '하늘로 통하는 복된 땅'이라는 의미이다. 그리고 이곳은 모두 산이다. 따라서 동천복지도 산악설에서 파생된 것으로 보는 것이 타당하다. 동천복지는 10대동천(大洞天), 36소동천(小洞天), 72복지(福地)로 나뉜다.28)

『운급칠첨』(雲笈七籤) 권27에는 10대동천으로 제1 왕옥산동(第一王屋山洞), 제2 위우산동(第二委羽山洞), 제3 서성산동(第三西城山洞), 제4 서현산동(第四西玄山洞), 제5 청성산동(第五靑城山洞), 제6 적성산동(第六赤城山洞), 제7 나부산동(第七羅浮山洞), 제8 구곡산동(第八句曲山洞),

碧樹·瑤樹在其北. 旁有四百四十門, 門間四里, 里間九純, 純丈五尺. 旁有九井, 玉橫維其西北之隅. 北門開以內不周之風. 傾宮·旋室·縣圃·凉風·樊桐, 在崑崙·閶闔之中, 是其疏圃. 疏圃之池, 浸之黃水. 黃水三周復其原, 是謂丹水, 飮之不死. 河水出崑崙東北陬, 貫渤海, 入禹所導積石山. 赤水出其東南陬, 西南注南海丹澤之東. 赤水之東, 弱水出自窮石, 至于合黎, 餘波入于流沙, 絶流沙, 南至南海. 洋水出其西北陬, 入于南海·羽民之南. 凡四水者, 帝之神泉, 以和百藥, 以潤萬物. 崑崙之丘, 或上倍之, 是謂凉風之山, 登之而不死. 或上倍之, 是謂縣圃, 登之乃靈, 能使風雨. 或上倍之, 乃維上天, 登之乃神, 是謂太帝之居."

23)『山海經』「海內東經」: "西湖白玉山, 在大夏東, 蒼梧, 在白玉山西南, 皆在流沙西, 崑崙虛東南. 崑崙山在西湖西, 皆在西北."; 「西山經」: "南望崑崙, 其光能能, 其氣魂魂……"; 「西山經」: "西男四百里, 曰崑崙之丘, 是實惟帝之下都, 神陸吾司之."

24)『穆天子傳』권1: "河宗□命于皇天子. 河伯號之, 帝曰穆滿. '女當永致用岂事.' 南向再拜. 河宗又號之, 帝曰穆滿. '示女春山之瑤. 詔女崑崙□舍四平泉七十, 乃至于崑崙之丘, 以觀春山之瑤, 賜語晦.' 天子受命, 南向再拜."

25)『神異經』「中荒經」: "崑崙之山有銅柱焉, 其高入天, 所謂天柱也. 圍三千里, 周圓如削. 下有回屋焉, 壁方百丈, 仙人九府治所, 與天地同休息."

26)『竹書紀年』周穆王 17년: "十七年, 西征崑崙丘, 見西王母. 西王母止之, 曰: '有鳥谷磬人.' 西王母來見, 賓于昭宮."

27)『列子』「周穆王」: "……遂宿于崑崙之阿, 赤水之陽. 別日昇崑崙之丘, 以觀黃帝之宮, 而封之, 以詒後世. 遂賓于西王母, 觴于瑤池之上. 西王母爲王謠, 王和之, 其辭哀焉."

28) 文山遯叟蕭天石 主編, 『雲笈七籤』(上), 『道藏精華』(第七集之一), (臺灣: 自由出版社, 民國51) 401-411쪽.

제9 임옥산동(第九林屋山洞), 제10 괄창산동(第十括蒼山洞)이 기록되어 있다.[29]

다음은 36소동천이다. 제1 곽동산동(第一霍桐山洞), 제2 동악태산동(第二東岳太山洞), 제3 남악형산동(第三南岳衡山洞), 제4 서악화산동(第四西岳華山洞), 제5 북악상산동(第五北岳常山洞), 제6 중악숭산동(第六中岳嵩山洞), 제7 아미산동(第七峨嵋山洞), 제8 여산동(第八廬山洞), 제9 사명산동(第九四明山洞), 제10 회계산동(第十會稽山洞), 제11 태백산동(第十一太白山洞), 제12 서산동(第十二西山洞), 제13 소위산동(第十三小潙山洞), 제14 잠산동(第十四潛山洞), 제15 귀곡산동(第十五鬼谷山洞), 제16 무이산동(第十六武夷山洞), 제17 옥사산동(第十七玉笥山洞), 제18 화개산동(第十八華盖山洞), 제19 개죽산동(第十九盖竹山洞), 제20 도교산동(第二十都嶠山洞), 제21 백석산동(第二十一白石山洞), 제22 구루산동(第二十二峋嶁山洞), 제23 구의산동(第二十三九疑山洞), 제24 동양산동(第二十四洞陽山洞), 제25 막부산동(第二十五幕阜山洞), 제26 대유산동(第二十六大酉山洞), 제27 금정산동(第二十七金庭山洞), 제28 마고산동(第二十八麻姑山洞), 제29 선도산동(第二十九仙都山洞), 제30 청전산동(第三十靑田山洞), 제31 종산동(第三十一鐘山洞), 제32 양상산동(第三十二良常山洞), 제33 자개산동(第三十三紫盖山洞), 제34 천목산동(第三十四天目山洞), 제35 도원산동(第三十五桃源山洞), 제36 금화산동(第三十六金華山洞)이다.[30]

논리적으로 볼 때 10대동천이 뒤에 36소동천으로 확대되었고, 또 36소동천이 72복지로 확대 개편된 것으로 보는 것이 타당하다. 72복지는 지폐산(地肺山), 개죽산(盖竹山), 선개산(仙磕山), 동선원(東仙源),

---

29)『雲笈七籤』(上) 27권, 401-402쪽.
30) 文山遯叟蕭天石 主編,『雲笈七籤』(上), 402-406쪽.

서선원(西仙源), 남전산(南田山), 옥류산(玉溜山), 청서산(靑嶼山), 욱목동(郁木洞), 단하동(丹霞洞), 군산(君山), 대약암(大若岩), 초원(焦源), 영허(靈墟), 옥주(玉洲), 천모령(天姥嶺), 약야계(若耶溪), 금정산(金庭山), 청원산(淸遠山), 안산(安山), 마령산(馬岭山), 아양산(鵝羊山), 동진허(洞眞墟), 청온단(靑玉壇), 광천단(光天壇), 동령원(洞靈源), 동궁산(洞宮山), 도산(陶山), 삼황정(三皇井), 찬가산(爛柯山), 늑계(勒溪), 용호산(龍虎山), 영산(靈山), 천원(泉源), 금정산(金精山), 각조산(閣皁山), 시풍산(始豊山), 소요산(逍遙山), 동백원(東白源), 발지산(鉢池山), 논산(論山), 모공단(毛公壇), 계롱산(鷄籠山), 동백산(桐柏山), 평도산(平都山), 녹몽산(綠夢山), 용계산(龍溪山), 창롱산(彰龍山), 포복산(抱福山), 대면산(大面山), 원신산(元晨山), 마제산(馬蹄山), 덕산(德山), 고계남수산(高溪藍水山), 남수(藍水), 옥봉(玉峰), 천주산(天柱山), 상곡산(商谷山), 장공동(張公洞), 사마회산(司馬悔山), 장재산(長在山), 중조산(中條山), 교호어징동(茭湖魚澄洞), 금죽산(錦竹山), 노수(瀘水), 감산(甘山), 황산(王晃山), 금성산(金城山), 운산(雲山), 북망산(北邙山), 노산(盧山), 동해산(東海山)이다.

제3절 신선과 도덕윤리의 관계

인간이 수련을 통해 신선이 되는 일은 간단한 것이 아니다. 수많은 난관을 극복해야만 가능한 일이다. 따라서 그에 따른 금기 역시 매우 많다.

초기에는 신선이 사는 곳에 찾아가 불로장생의 약물을 구하는 과정과 단약을 직접 만드는 과정에서 부정한 것을 멀리해야 한다고 강조하였다. 그런데 후대에는 신선이 되는 것과 윤리도덕의 관계를 중시하였다. 이것은 도교가 종교화되는 과정에서 윤리학을 강조하게 된 것이다.

1. 도교의 윤리경전

『노자상이주』(老子想爾注)에서 "도는 생명을 주어 선을 권장하고, 죽음을 두어 악을 경계한다"(道設生以賞善, 設死以威惡)고 말하였다. 또 『태평경』(太平經) 역시 "도에 힘을 쓰고 선을 구하면 오래살 수 있어서 장생하게 된다"(務道求善, 增年益壽, 亦可長生)고 하였다. 도교의 신령은 수도하는 사람들을 감독하여 선을 행하면 장수하게 하고 악을 지으면 생명을 줄여 청규계율(淸規戒律)을 지키고 선을 행함에 게으르지 않은 사람에게는 천신이 그들을 이끌어 승선(升仙)하게 해준다. 그러므로 도교에서 청규계율은 궁관 도교의 기초가 되었으며, 수많은 권선서(勸善書)가 사회적으로 유행하여 충신, 효자, 현인, 선사(善士) 역시 선인의 반열에 올랐다.

도교 권선서의 윤리학설은 한대의 도서(道書)에서 싹이 발생하였는데 『태평경』(太平經) 중의 '승부'(承負)사상, 위진시대 『포박자내편』(抱朴子內篇) 등의 도서 중에서 신선이 되고자 한다면 마땅히 선을 행하고 공을 세우며(行善立功), 충효를 다 하여야 한다(克忠盡孝)는 사상과 같은 것이다.[31]

도교에서 권선징악(勸善懲惡)을 나타낸 책을 권선서(勸善書)라고 칭한다. 이 권선서의 형식은 송대(宋代)에 형성 되었는데 그것은 『태상감응편』(太上感應篇)의 출현으로 나타났다. 도교의 권선서에는 설리성(說

---

31) 陳霞, 『道教勸善書研究』, 巴蜀書社, 1999, 9쪽.

理性), 조작성(操作性), 기사성(紀事性), 징악성(懲惡性)의 4가지 유형을 포함한다. '설리성'의 도교 권선서로는 『감응편』, 『음즐문』(陰騭文)과 같은 유형이 있는데 종교 신학의 각도에서 도덕원칙, 규범과 선악의 조목을 밝혔다. '조작성'의 도교 권선서의 여러 가지 명목의 공과격(功過格)으로 『태미선군공과격』(太微仙君功過格)과 같은 것이 있는데 '설리성'을 실시한 권선서에서 제시한 도덕규범의 선악기록부이다. '기사성'의 도교 권선서는 선악보응의 영험한 고사를 말한 것으로 『재동제군화서』(梓潼帝君化書), 『지음단색편』(指淫斷色篇)과 『제욕구본』(除欲究本) 등과 같은 책들이다. '징악성'의 도교 권선서는 주로 지옥의 모습을 그린 선서로 도사가 명계(冥界)에 들어가 본 뒤에 지은 『옥력초전』(玉歷鈔傳)과 같은 것이다.[32]

도교 권선서에는 다음과 같은 특징이 있다. 신령의 관념이 전체 도교 권선 학설을 관통하고 있다. 도교 권선서는 일종의 종교적 윤리교화서로 그 신학 관점은 줄곧 그 권선 학설 중에 관통하고 있다. 첫째, 도교 권선서는 일반적으로 모두 도교 신선의 명의를 빌어 만들어졌다. 도교도는 신선을 우러러 보는데 신선이 되는 것을 최고로 추구하는 것으로 삼았다. 그들은 도교 경전을 신선이 내려준 것이라고 하여 그 경전의 신성성을 강화하였다. 도교 권선서는 도교가 그 경서를 신화한 특징을 체현하였다. 도교에서 숭상하는 신선들은 일반적으로 모두 완전한 품덕을 갖추고 있다. 도교 권선서는 신은 도덕의 창조자, 도덕규범의 제정자와 도덕행위의 모범이라고 주장한다. 이것은 전형적인 "도덕신계설"(道德神啓說: 도덕은 신이 계시한 것이다)이다. 둘째, 도교 권선서는 신명(神明)이 있어서 사람의 선악을 감독한다는 것을 선전한다. 신선이 선악의 법칙을 후대인에게 내려준 후에 사람들이 그러한 법칙

---

32) 위와 같음.

에 따라서 행동할 지의 여부는 여전히 회의적일 수밖에 없다. 그러므로 도교의 선서에는 천상(天上), 지하(地下), 가정[家中] 및 인체 내 등과 같은 곳에 각급의 신령을 두어 사람의 선악의 행동을 감독하고 기록하여 신이 사람들의 행위에 대하여 방지, 구속과 지도를 하도록 하였다. 도교 권선서는 세상 사람들에게 한 사람의 말과 행동은 모두 신명의 감독을 받는다고 경고하였다. 셋째, 도교 권선서는 신명이 사람에게 상벌을 준다고 강조하였다. 도교는 신에게 상벌을 내리는 능력이 있어서 일정한 때가 되면 사명신(司命神)이 개인의 선악행위를 옥황대제(玉皇大帝), 문창제군(文昌帝君), 동악대제(東嶽大帝),진무대제(眞武大帝), 풍도대제(豊都大帝) 등과 같이 상벌을 줄 능력이 있고 생사와 장수·요절을 관장하는 신에게 고지한다.

도교의 권선서는 사람들에게 선을 쌓아 신선이 되도록 가르친다. "선을 쌓고 신선이 된다"(積善成仙)는 사상은 일찍이 초기 도서 중에서 존재하였다. 도교의 권선서 역시 선을 쌓으면 신선이 될 수 있다고 선전하였다. 예를 들어 『감응편』에서는 부단히 악을 제거하고 선을 쌓아 선인(善人)이 되면 곧 신선이 될 수 있다고 생각하였다.

도교의 권선서에는 삼교합일(三敎合一)과 민간화(民間化)의 특징을 가지고 있다. 도교 선서는 도교윤리가 집중적으로 체현된 것으로 도교윤리가 발전하여 성숙한 단계에 도달한 산물이다. 그 형성과 발전 과정 중에서 유가와 불교는 모두 그 발생 과정에 큰 형향이 있었다.33)

2. 신선과 윤리도덕

---

33) 같은 책, 8-21쪽 참조 요약.

앞에서 여러 차례 도교의 핵심 내용은 불로장생하는 신선이 되는 것이라고 말하였다.

도교는 초기에 이미 신선이 되는 과정에서 선행을 강조하였다. 『태평경』에서는 "악한 짓을 하면 목숨이 짧아지게 되고, 착한 일을 하면 목숨이 늘어난다"(爲惡則促, 爲善則延)고 말하였다.[34]

도교의 윤리화는 선악보응(善惡報應)의 종교 관념에서 출발하여 선을 행하고 덕을 쌓는 것(行善積德), 계율을 지키고 경전을 익히는 것(持戒誦經) 역시 선인의 경지에 도달하는 길이 되었다. 선을 행하고 덕을 쌓으며, 계율을 지키고 경전을 익히는 것도 역시 "도"의 요구이고 또 생명에 직접적으로 영향을 주는 수련이다. 그런 까닭에 "도교에서는 장황한 신의 계보를 보여주면서, 신(神)과 귀(鬼)가 인간의 모든 말이나 행동을 감시하여 자칫 악을 행하면 귀(鬼)가 벌을 줄 것이고, 선을 행하면 신(神)이 보호해 줄 것이라 했다."[35]

도교의 윤리도덕과 관련하여 『태평경』에는 독특한 승부(勝負) 사상이 있다. 먼저 그 내용을 소개하면 이렇다.

승부라는 것에 대해 하늘은 크게 세 부류로 정해 놓았다. 즉 제왕은 3만 년 동안 이어지고, 신하는 조상의 과오에 대한 승부가 3천 년 동안 이어지고, 백성은 3백 년 동안 간다.[36]

악한 짓을 하면 목숨이 짧아지고, 착한 일을 하면 목숨이 길어진다.[37]

---

34) 王明 編, 『太平經合校』 권1-17 『太平經鈔』 甲部.

35) 葛兆光, 『道教와 中國文化』, 23쪽.

36) 『太平經合校』 『太平經鈔』 乙部: "勝負者, 天有三部: 帝王三萬歲相流, 臣勝負三千歲, 民三百歲." [한글 번역은 윤찬원 책임역주, 『태평경역주』(1-5)(세창출판사, 2012) 참조. 필요한 경우 수정하였다. 아래도 같다.]

37) 같은 책, 『太平經鈔』 甲部: "爲惡則促, 爲善則延."

승(勝)은 원인이고 부(負)는 결과이다. 승부응보의 기본전제는 "선한 행위는 좋은 응보를 받고, 악한 행위는 나쁜 응보를 받는다"(善有善報, 惡有惡報)는 것이다. 그리고 승부에는 공적 차원과 사적 차원의 두 가지 의미가 있다.38) 승부관념은 중국 고유의 전통적 관념을 정착시킨 『태평경』특유의 관념이다.39)

또 여기에는 조상의 과오와도 관련이 있다.

힘써 선행을 하였지만 도리어 나쁜 결과를 얻는 것은 조상의 과오를 이어받았기 때문이다. 흘러내려온 재앙이 앞뒤로 쌓여 이 사람을 해친 것이다. 악행을 하였음에도 반대로 좋은 결과를 얻게 되는 것은 조상이 매우 큰 공덕을 쌓아 그것이 이 사람에게 흘러들어왔기 때문이다.40)

도교에는 인간의 선악에 따라 생사를 주관하는 사명신(司命神)과 사록신(司錄神)이 있다.

사명신(司命神)에 의해 청록색의 글[靑綠]에 기록되면 사록신(司錄神)은 검은 색 글[黑文]로 기록할 수 없다. 검은 색 글에 이름이 오른 자는 죽고, 청록색으로 기록된 자는 산다. 생사의 명부는 하늘의 명당(明堂)에 있다. 천도(天道)는 편애함이 없고, 오직 선한 자와 함께 한다.41)

이처럼 선악행위가 인간의 삶에 큰 영향을 준다면 당연히 신선이

---

38) 윤찬원 책임역주, 『태평경역주』(1), 32쪽.
39) 같은 책, 34쪽.
40) 『太平經合校』『太平經鈔』乙部: "力行善反得惡者, 是勝負先人之過, 流災前後積來害此人也. 其行惡反得善者, 是先人深有積畜大功, 來流及此人也."
41) 『太平經合校』, 권1-17 『太平經鈔』甲部: "行之司命注靑綠, 不可司錄記黑文. 黑文者死, 靑綠者生. 生死名簿, 在天明堂. 天道無親, 唯善是與."

되는 과정에도 반드시 영향을 준다고 생각하는 것이 매우 자연스러운 현상이다.

갈홍의 『포박자내편』에서는 이렇게 말하였다.

사람이 지선이 되려고 하면 300가지의 선한 일을 행해야 한다. 천선이 되려고 하면 1200가지의 선한 일을 해야 한다. 만약 1199가지의 선한 일을 했다고 하더라도 그 뒤에 한 가지 악한 일을 했다면 그때까지 했던 선한 일은 모두 사라지고 만다. 그때부터 다시 선한 일을 하지 않으면 안 된다.[42]

결국 신선이 되기 위해서는 높은 도덕성이 요구됨을 의미한다. 그런 까닭에 강생(姜生)은 "도교의 윤리이상은 완명양생(完命養生: 타고난 생명을 완전히 하고 잘 기르는 것), 도덕을 이루는 것(達於道德), 신선이 되는 것(成於神仙)이다"[43]고 말한 것이다. 그러므로 "도교에서 말하는 이른바 득도성선(得道成仙)은 인륜을 일달(一達)하는"[44] 것이다.

윤리학의 각도에서 말하자면 전체 도교는 그 수행 의의에서 윤리의 큰 담지자[大載體]이다. 도교의 신선은 도식화된 윤리전범(倫理典範)이다.[45]

최고 수준의 도덕적 요구에 도달하지 못하면 장생성선이란 불가능한 일이 된다.

---

42) 葛洪, 『抱朴子內篇』 「對俗」: "人欲地仙, 當立三百善; 欲天仙, 立千二百善. 若有千一百九十九善 而忽復中行一惡, 則盡失前善, 乃當復更起善數耳."
43) 姜生, 『漢魏兩晉南北朝道教倫理論稿』, 四川大學出版社, 1995, 5쪽.
44) 위와 같음.
45) 같은 책, 6쪽.

맺는말

인간은 운명적으로 초월적 세계에 관심을 가질 수밖에 없는 존재이다. 자신의 삶이 영원하지 않다는 실존적 사실은 우리를 '궁극적 관심'의 문제에 관심을 돌리게 한다. 인간의 실존적 상황, 즉 삶과 죽음의 고통은 결국 인간으로 하여금 종교와 철학에 대해 심도 있는 성찰을 요구한다.

중국의 도교 역시 이와 마찬가지이다. 중국 도교가 후한 말기에 발생하게 되었던 그 근본 원인을 고찰해보면 이것은 매우 분명해진다. 중국 도교는 상층도교와 민중도교로 구분되는데, 일반적으로 상층도교는 사대부 계층(지식인 집단)이 관심을 가졌던 신선도교를 의미하고, 민중도교는 일반대중이 신앙하던 종교이다. 그런데 사대부가 되었든 일반대중이 되었든 그들의 고통 역시 삶과 죽음이라는 인간의 실존적 문제에서 발생한 것이다.

필자는 초월적 세계를 나타내는 종교 역시 인간의 가치 관념의 표현이라고 생각한다. 다시 말해, 종교는 어떤 절대적 진리(종교는 그렇게 표현한다)를 우리에게 말하는 것이 아니라 어디까지나 우리가 필요로 하는 어떤 가치체계를 표현하는 한 가지 방식이라는 의미이다. 우리는 이것을 '인문학적 진리'라고 말할 수 있다. 이 '인문학적 진리'는 자연과학처럼 그에 대한 객관적 검증이 필요하지 않다. 또 자연과학과 같은 객관적 검증 역시 불가능하다. 그렇다고 해서 '무의미'한 것 또는 '헛된' 어떤 것을 의미하지도 않는다. 사실 만약 우리가 종교에 대해 어떤 객관적 검증을 시도하여 명백한 정보를 얻을 수 있다고 한다면 그때부터 종교는 이제 '종교'가 아니라 '과학'이 될 것이다. 그렇지만 또 종교에 대해 과학적 검증을 했다고 해서 인생의 문제가 모두 해결되는 것도 아니다. 만약 우리가 과학적 검증을 통해 종교에 대해 그것이 '거짓'임을 표명한다고 하더라도 인생의 실존적 문제는 여전히 현재진행형이 될 것이다.

우리는 인간에 대해 다양한 정의를 내린다. 그 가운데 한가지로 인간은 종교적 존재라고 말할 수 있다. 이것은 '영원'을 응시하고 살아갈 수밖에 없는 인간의 숙명이기도 하다.

참고문헌

1. 원전·주석·번역

『老子』

『論語』

『孟子』

『莊子』

『荀子』

『史記』

『詩經』

『三國志』

『列子』

『資治通鑑』

『戰國策』

『楚辭』

『春秋左傳』

『太平御覽』

『韓非子』

『漢書』

『後漢書』

『黃帝內經靈樞』

文山遯叟蕭天石 主編, 『雲笈七籤』(上), 『道藏精華』(第七集之一), (臺灣: 自由出版
社, 民國51)

『관자』(김필수·고대혁·장승구·신창호 옮김, 소나무, 2007)

『목천자전』(郭璞 注, 송정화 譯註, 살림, 1997)

『태평경역주』(전5권)(책임역주 윤찬원, 세창출판사, 2012)

『황제내경』(이창일 옮김, 책세상, 2005)

『黃帝內經素問』(洪元植 譯, 傳統文化硏究會, 2000)

葛洪, 『神仙傳』(임동석 역주, 동서문화사, 2009)

昔原台 譯註, 『抱朴子內篇』(1)(서림문화사, 1995)

王明 撰, 『太平經合校』(上/下)(中華書局, 1997)

劉向, 『列仙傳』(김장환 옮김, 예문서원, 1996)

王充, 『論衡』(이주행 옮김, 소나무, 1996)

염정삼 주해, 『묵경』(1)(한길사, 2012)

趙曄 撰輯, 『吳越春秋』(朴光敏 譯註, 景仁文化社, 2004)

[明] 張介賓(景岳) 原撰, 『類經評注』(上/下)(陝西科學技術出版社, 1995)

최창록 옮김, 『黃庭經』(동화출판사, 1993)

2. 단행본

가노우 요시미츠, 『중국의학과 철학』(한국철학사상연구회 기철학분과, 여강출
판사, 1992)

葛兆光, 『道敎와 中國文化』(沈揆昊 옮김, 東文選, 1993)

구보 노리타다(窪德忠), 『도교의 신과 신선 이야기』(이정환 옮김, 뿌리와 이파
리, 2004)

-------, 『도교사』(최준식 옮김, 분도출판사, 1990)

고익진 편역, 『한글 아함경』(동국대학교출판부, 1991)

김관도·유청봉 엮음, 『중국문화의 시스템론적 解釋』(김수중·박동현·유원준 옮
김, 天池, 1994)

김미영, 『유교문화와 여성』(살림, 2004)

김성환, 『회남자-고대 집단지성의 향연』(살림, 2007)

金勝惠 編著, 『宗敎學의 理解』(분도출판사, 1993)

김용수, 『이 방식대로 하면 내단(內丹)이 형성된다』(한올, 2014)

金忠烈, 『노장철학강의』(예문서원, 1996)

김희정, 『몸·국가·우주 하나를 꿈꾸다』(궁리, 2010)

길희성, 『인도철학사』(민음사. 1986)

리오넬 오바디아, 『종교』(양영란 옮김, 웅진지식하우스, 2007)

리처드 에번스, 『페미니스트』(정현백 외 옮김, 창작과비평사, 1997)

마이클 피터슨·윌리엄 해스커·브루스 라이헨바하·데이비드 배싱어, 『종교의 철학적 의미』(하종호 옮김, 이화여자대학교출판부, 2006)

마크 엘빈, 『中國歷史의 發展形態』(李春植·金貞姬·任仲爀 공역, 신서원, 1993)

막스 칼덴마르크, 『노자와 도교』(장언철 옮김, 까치, 1993)

牟宗鑒, 『중국도교사』(이봉호 옮김, 예문서원, 2015)

미르치아 엘리아데, 『대장장이와 연금술사』(이재실 옮김, 문학동네, 2003)

----, 『샤머니즘-고대적 접신술』(이윤기 옮김, 까치, 1996)

방립천, 『불교철학개론』(유영희 옮김, 민족사, 1989)

버트란드 러셀, 『버트란드 러셀 선집』(양병탁 외1 옮김, 新華社, 1983)

徐連達·吳浩坤·趙克堯, 『중국통사』(중국사연구회 옮김, 청년사, 1989)

세르게이 토카레프, 『세계의 종교』(한국종교연구회 옮김, 사상사, 1991)

신정근, 『공자씨의 유쾌한 논어』(사계절, 2009)

쉐이크 하에라, 『이슬람교 입문』(김정헌 옮김, 김영사, 1999)

아더 훼릴, 『전쟁의 기원』(이춘근 옮김, 인간사랑, 1990)

앙리 마스페로, 『도교』(신하령·김태완 옮김, 까치, 1999)

양계초·풍우란 외, 『음양오행설의 연구』(김홍경 편역, 신지서원, 1993)

에드가 모랭, 『인간과 죽음』(김명숙 옮김, 동문선, 2000)

예문동양사상연구원·고영섭 편저, 『원효』(예문서원, 2002)

王治心, 『중국종교사상사』(전명용 옮김, 이론과 실천, 1988)

龍伯堅, 『黃帝內經槪說』(白貞義·崔一凡 共譯, 논장, 1988)

이석명, 『회남자-한대 지식의 집대성』(사계절, 2004)

이용주, 『생명과 불사』(이학사, 2009)

이원국, 『내단, 심신수련의 역사』(1)(김낙필·이석명·김용수·나우권 옮김, 성균관 대학교 출판부, 2006)

이중표, 『근본불교』(민족사, 2002)

李春植, 『中國 古代史의 展開』(신서원, 1992)

任繼愈, 『중국철학사』(Ⅰ)(이문주·최일범 외 옮김, 청년사, 1990)

任東權, 『韓國原始宗教史』(1)(고려대학교 민족문화연구소, 『韓國文化史大系』(X), 1992)

章基弘 編著, 『進化論과 創造論』(한길사, 1991)

장언푸(張恩富), 『한권으로 읽는 도교』(산책자, 2008)

정재서, 『불사의 신화와 사상』(민음사, 1995)

鄭泰爀 譯註, 『素女房中經』(白山出版社, 1988)

재래드 다이아몬드, 『총, 균, 쇠』(김진준 옮김, 문학사상사, 2002)

조셉 니담, 『중국의 과학과 문명』(Ⅰ)(이석호 외3 역, 을유문화사, 1989)

----, 『中國의 科學과 文明』(2)(李錫浩·李鐵柱·林禎垈 譯, 乙酉文化社, 1988)

존 킹 페어뱅크, 『신중국사』(중국사연구회, 까치, 1994)

酒井忠夫 외, 『道教란 무엇인가』(崔俊植 옮김, 민족사, 1991)

中國史研究室 編譯, 『中國歷史』(상권)(신서원, 1993)

코프닌, 『마르크스주의 인식론』(김현근 옮김, 이성과현실사, 1988)

콜린 텃지, 『다윈의 대답2-왜 인간은 농부가 되었는가?』(김상인 옮김, 이음, 2007)

平川彰, 『印度佛教의 歷史』(李浩根 譯, 民族社, 1991)

폴 틸리히, 『存在에의 勇氣』(玄永學 譯, 1980)

----, 『종교란 무엇인가』(황필호 옮김, 전망사, 1985)

최대우·이경환, 『신선과 불로장생 이야기』(경인문화사, 2017)

한국종교연구회, 『종교 다시 읽기』(청년사, 1999)

홍익희, 『세 종교 이야기』(행성비, 2015)

J. L. 곤잘레스, 『기독교사상사』(이후정 옮김, 컨콜디아사, 2002)

R. 샤하트, 『근대철학사-데카르트에서 칸트까지』(정영기·최희봉 옮김, 서광사, 1993)

Z. 브레진스키, 『통제 불능의 세계』(최규장 옮김, 을유문화사, 1993)

姜 生, 『漢魏兩晋南北朝道教倫理論稿』(四川大學出版社, 1995)

郭沫若, 『十批判書』(東方出版社, 1996)

孔令宏, 『中國道教史話』(河北大學出版社, 1999)

金忠烈, 『時空與人生』(法仁文化社, 1994)

羅傳芳 主編, 『道教文化與現代社會』(沈陽出版社, 2001)

譚家健, 『墨子研究』(貴州教育出版社, 1996)

唐大潮, 『明清之際道教"三教合一"思想論』(宗教文化出版社, 2000)

蒙文通, 『古學甄微』(巴蜀書社, 1987)

文史知識編輯部 編, 『道教與傳統文化』(中華書局, 1997)

徐希燕, 『墨學研究』(商務印書館, 2001)

孫中原, 『墨學通論』(遼寧教育出版社, 1995)

沈 洁, 『內丹』(內蒙古教育出版社, 1999)

楊寬, 『戰國史』(上海人民出版社, 1998)

楊玉輝, 『道教人學研究』(人民出版社, 2004)

劉達臨 編著, 『中國古代性文化』(上/下卷)(寧夏人民出版社, 1993)

李申, 『道教洞天福地』(宗教文化出版社, 2001)

----, 『道教本論』(上海文化出版社, 2001)

任繼愈 主編, 『中國道教史』(上海人民出版社, 1997)

張永義, 『墨子-墨子與中國文化』(貴州人民出版社, 2001)

將朝君, 『中國歷代張天師評傳』(卷一)(江西人民出版社, 2014)

張志堅, 『道教神仙與內丹學』(宗教文化出版社, 2003)

中國社科院世界宗教研究所道教室, 『道教文化面面觀』(齊魯書社, 1990)

朱越利·陳敏, 『道教學』(當代世界出版社, 2000)

朱 哲, 『先秦道家哲學研究』(上海人民出版社, 2000)

陳 霞, 『道教勸善書研究』(巴蜀書社, 1999)

胡孚琛, 『魏晉神仙道教-抱朴子內篇研究』(人民出版社, 1991)

胡孚琛·呂錫琛, 『道學通論-道家·道教·仙學』(社會科學文獻出版社, 1999)

-----, 『道學通論-道家·道教·丹道』(社會科學文獻出版社, 2004)

洪丕謨 編著, 『中國神仙養生大全』(中國文聯出判公司, 1994)

3. 논문

이병승, 「몸에 관한 哲學的 談論과 그 教育學的 示唆」(『교육철학』(제18집), 2000)

이종성, 「『노자』제25장의 존재론적 검토」(새한철학회, 『철학논총』 제26집, 2001, 제4집)

4. 기타

한국철학사상연구회 편, 『철학대사전』(동녘, 1990)

胡孚琛 主編, 『中華道教大辭典』(中國社會科學出版社, 1995)

중국 도교의 철학과 문화 I

발　행 | 2019년 4월 1일
저　자 | 최대우·이경환
펴낸이 | 한건희
펴낸곳 | 주식회사 부크크
출판사등록 | 2014.07.15.(제2014-16호)
주　소 | 경기도 부천시 원미구 춘의동 202 춘의테크노파크2단지 202동 1306호
전　화 | 1670-8316
이메일 | info@bookk.co.kr

ISBN | 979-11-272-6758-2

www.bookk.co.kr
ⓒ 최대우·이경환 2019
본 책은 저작자의 지적 재산으로서 무단 전재와 복제를 금합니다.